读客悬疑文库

认准读客读悬疑,本本都是大师级。

同名同姓
受害者协会

[日]下村敦史 著　虞侃 译

同姓同名

文匯出版社

图书在版编目（CIP）数据

同名同姓受害者协会 /（日）下村敦史著；虞侃译
. -- 上海：文汇出版社，2022.3
ISBN 978-7-5496-3727-0

Ⅰ.①同… Ⅱ.①下… ②虞… Ⅲ.①推理小说—日本—现代 Ⅳ.①I313.45

中国版本图书馆CIP数据核字(2022)第030761号

「同姓同名」（下村敦史）
DOSEI DOMEI
Copyright © 2020 by Atsushi Shimomura
Original Japanese edition published by Gentosha, Inc., Tokyo, Japan
Simplified Chinese edition published by arrangement with Gentosha, Inc.
through Japan Creative Agency Inc., Tokyo.
Simplified Chinese language edition copyright © 2022 by DOOK Media Group Limited
All rights reserved.

中文版权 © 2022读客文化股份有限公司
经授权，读客文化股份有限公司拥有本书的中文（简体）版权
著作权合同登记号：09-2022-0121

同名同姓受害者协会

作　　者 /　[日]下村敦史
译　　者 /　虞　侃

责任编辑 /　戴　铮
特约编辑 /　宋　琰　　徐陈健
封面设计 /　李子琪

出版发行 /　文汇出版社
　　　　　　上海市威海路755号
　　　　　　（邮政编码200041）

经　　销 /　全国新华书店
印刷装订 /　番茄云印刷（沧州）有限公司
版　　次 /　2022年3月第1版
印　　次 /　2023年5月第6次印刷
开　　本 /　890mm × 1270mm　1/32
字　　数 /　232千字
印　　张 /　9.5

ISBN 978-7-5496-3727-0
定　　价 /　45.00元

侵权必究
装订质量问题，请致电010-87681002（免费更换，邮寄到付）

登场人物

"大山正纪"同名同姓受害者协会

- ● "凶手"大山正纪

- ● 其他数名大山正纪

  1. 当家庭教师的大山正纪
  2. 上初中的大山正纪
  3. 棕发的大山正纪
  4. 戴棒球帽的大山正纪
  5. 中等身材的大山正纪
  6. 待过足球社的大山正纪
  7. 做研究的大山正纪
  8. 眯缝眼的大山正纪
  9. 主办聚会的大山正纪
  10. 蒜头鼻的大山正纪

本月25日晚，一名居住于东京都××区××町的男子因杀人向警方投案自首。

　　据警方消息，25日晚八点左右，男子至位于东京都××区××町的警察署自首，称其"在废弃酒店的天台上与人扭打，致使对方坠楼死亡"。

　　警方以涉嫌伤害致死罪，逮捕并审讯了致大山正纪死亡并自首的嫌疑人大山正纪。警方认为两位同名同姓者间存在纠葛，正谨慎展开调查。

2021年1月26日

序　章

　　九月，国际奥委会公布东京将成为奥运会主办城市。当此万众欢腾、热议奥运之际，大山正纪怀揣着不可告人的阴暗心思，躲在血色夕阳映照下的公园草丛中。

　　他化身阴影，持续窥探着公园中的情形。每呼吸一次，呼出的白气都会吹动湿漉漉的草叶。

　　有名女童在长木椅上蹦蹦跳跳，还有个男童像是她的弟弟，正举着一架纸飞机在周围跑来跑去。

　　"危险哪，快下来。"母亲抱起女童，放到了沙地上。女童噘起嘴抗议，母亲劝她听话。

　　男童用力拽住母亲的裙摆，对母亲说："我想玩秋千！"

　　母亲看了看秋千，秋千只有一架，上面坐着个小学低年级的小女孩。

　　"你看，姐姐在玩呢。"

　　"我不管，我不管！我也要荡秋千！"男童直盯着秋千，使出浑身的力气去拉母亲的裙摆。

　　"别任性！"

　　母亲的怒吼声传遍了黄昏的公园。几名少男少女回头望了望，但很快又回到了自己的世界里。

大山正纪观察着公园中众人的一举一动。

秋千上的小女孩不荡了,下地站稳。那张脸很是可爱。她走近男童,指指秋千:"你去玩吧。"

男童的脸上瞬间绽出了光彩。

"谢谢你。"母亲冲小女孩微微一笑,"你不玩了吗?"

"……嗯,我已经玩腻了。"

男童冲到秋千边,站上去晃悠起来。

母亲赶过去:"干什么呢?太危险了,坐下再玩!"

男童嘟嘟囔囔地抱怨,但还是坐下了。母亲在一边看着他,他老老实实地荡起秋千来。

大山正纪在草丛中一动也不动,视线却跟着小女孩转。他舔了舔干涩的嘴唇。

小女孩蹲在公园的一角,戳弄满地落叶中开着的一朵白花。

大山正纪继续盯着她看。眼前的草丛中有蜘蛛在爬动。他纹丝不动,蜘蛛从草叶转到了他的脸上,他感觉到蜘蛛腿在皮肤上爬动。

蜘蛛在他的脸上来回爬了一阵子后,啪地掉到地上。大山正纪垂下视线,用手指捻碎蜘蛛。蜘蛛体液迸射,黏在指尖上。他搓着拇指和食指,目光又落回小女孩身上。

不多一会儿,公园里的人渐渐少了。

母亲带着女童和男童回去后,小女孩又独自坐到了秋千上。她荡起秋千,生锈的链条嘎吱作响。

到了下午四点半,公园里已经只剩下孩子们了。

大山正纪凝视着荡秋千的小女孩。靠里的沙坑里,像是幼儿园年纪的女童和男童正其乐融融地堆着小山。

大山正纪长长地出了几口气,腐殖土般的臭味扑鼻而来。

不知是紧挨着身体的草隔绝了寒气，还是身体本身就在发热，他丝毫不觉得冷，反觉得有点热，像发高烧了一样。

这座公园坐落在幽静的住宅区中，园中有片树林，从一头跑到另一头不过十米，入口旁是座混凝土结构的公厕。

附近的居民彼此都脸熟，以往也风平浪静，所以家长可以放心地让孩子自己玩到天黑。因此，大山正纪才会挑中这里。

大山正纪横下心，从草丛中站起，掸落夹克和牛仔裤上的草叶。

他走近秋千，问小女孩："你好啊，能和你聊聊吗？"

小女孩越荡越慢，停了下来。她晃着连衣裙下的双腿，面带惊异地抬头看向大山正纪。

"你自己在这里玩吗？"

大山正纪问后，小女孩微微点了点头。

"你妈妈呢？"

"妈妈要上班，晚上才回来。"

"你没有朋友吗？"

"……学校里有的。"

小女孩露出和傍晚的公园一样寂寥的表情。大山正纪心想，机会来了。

"我带你去看好玩的东西吧。"

要是明说了是什么东西，被她拒绝就不好办了。含糊其词地引起她的兴趣，她应该会上钩。

小女孩果然探过身来："什么好玩的呀？"

"这可不能说。那东西啊，没法带到这儿来。"

"很大吗？"

大山正纪张开双臂，极力夸大其尺寸。事物越是神秘，往往越能激发人的想象力。

"是像魔法一样神奇的东西。"

"魔法！"小女孩的双眼亮了起来。

"对。其实呀，那东西不能给任何人看的，但你是例外。"

"它在哪里？"

"就在那边。"大山正纪指了指公厕的方向。公厕被四棵常青树遮住，从公园中看过去正处于死角。

小女孩露出犹豫的神色。

"……你不想看，我就找其他小朋友了。"大山正纪佯装要去找其他孩子，一副已对小女孩失去兴趣的样子。

他作势要走后，小女孩从秋千上下来，用小手抓住大山正纪的裤腰。

"怎么了？"大山正纪装作若无其事地问她。

"……我想看。"

——上钩了。

大山正纪嘴角上扬，向小女孩伸出手。

午间阵雨积起的水洼将夕阳吸进泥水里，看起来宛如血水。

1

　　足球在万里无云的蓝天中画出一道弧线，落了下来，球场上响起喝彩声。

　　大山正纪用后背和双臂巧妙地封锁住对手的中场，卡住位置。对手也不甘示弱地反击，但他寸步不让。

　　正纪灵活地用脚腕控住球。他没有将球紧踩于脚下，而是一脚传到后方，同时转身摆脱了对手的中场。对方应变不及，抓住他的球衣。正纪一把甩开，带球进攻。

　　对方后卫当即补救，挡在前方。正纪眼角的余光瞥见了己方前锋，他正要冲出防线。

　　正纪放缓盘带的速度，以迈过球的踩单车假动作迷惑对手，重心大幅度左移。就在对方迈步要封住他前进路线的那一刻，他飞快转身，在摆脱盯防的同时来了一记直传球——一记直穿混乱防线的必杀传球。

　　它没有阻碍在绝妙时机杀出来的己方前锋的速度，又到了对方守门员也不及应对的地方。已和守门员一对一的己方前锋一记射门，球穿过守门员的裆下，直入球网。

　　"进了！"己方前锋握拳庆祝，大声吼叫。练习赛也是干劲十足。

"好球！"正纪冲向己方前锋，高举手掌。两人击掌，蓝天下响起一道清脆的爆裂声。

"传得漂亮！"

"好啊！"

正纪接收下队友的祝贺，又回到后场。

练习赛重新开始，正纪向控球的对手中场施加压力，但对手用传球摆脱了。

对手试图以传球破围，但球被己方后卫截下，传给了中场。

正纪一口气冲了过来，该反击了，趁对手回来前发动猛攻。

"嘿！"他扬起手要求传球。

己方中场瞄了正纪一眼。此时对手后卫逼近，展开盯防。

正纪做出向外的假动作，杀进中央，摆脱了对手后卫的攻防。就在这一刻，传球来了。正纪接过球，带球向前。正前方的对手后卫被其气势所慑，呆立不动。

正纪用钉鞋底拨球，声东击西。右、左、右……

球从后卫张开的双腿间穿了过去。羞辱意味十足的穿裆过人。穿过裆间的一瞬间，对手露出挫败的神色来。

现在是和守门员一对一了。正纪不断逼近，以求缩短射门距离。

他摆出要射门的动作，守门员随之停下动作。就在这一霎，正纪带球越过守门员。

接下来只要把球踢进去就行了。

他抬起脚，正欲将球猛踢到网内。此时，飞奔而回的对手后卫使出浑身力气，一个滑铲，封住了射门的路线。

这一举动落在正纪眼中，犹如慢动作一般。

他没有射门，而是绕过了对方的阻挡。对方从眼前滑过。

眼前是开阔的球门。

"哎呀，好精彩的假动作！简直是梅西附体！大山正纪来到无人防守的门前——"正纪一面自己解说，一面轻踢一脚轻松射门，"成功进球！"

他回过头去，竖着大拇指举起双手："大山正纪上演帽子戏法！"

他自吹自擂，兴奋不已。

被假动作骗了的对手后卫用手捶地，懊恼不已。

晨练以首发队的大获全胜而告终。

正纪与队员们一起走向更衣室。他边脱球衣，边兴致勃勃地聊练习赛。

"正纪，你真是天才。"队员喝着运动饮料说。

正纪用毛巾擦了擦上半身的汗。比赛余韵仍在，他周身都散发出舒适的热气。

"我的目标可是职业球员。"正纪说到这里，不甘地咽下一口气，"为此，我本想在全国大赛上踢出成绩来的……"

另一名队员附和："是啊，就差那么一步了，我们却只能含恨出局。"

全国高等学校足球锦标赛未能晋级，之后唯有坐等引退。正纪一口气窝在心里，仍和锦标赛前一样，练习不休。

"正纪，体育推荐有消息了吧？"

"教练委婉地邀请过我。"

那是一所名牌大学。如果能上，再遇上靠谱的教练的话，他就有望成为职业球员。

"毕竟我们里面，也就你能搏一搏了。"

"你毕业之后有什么打算？"

"我叔叔在镇上开了家工厂，我准备去那儿工作。"

"不是吧……"

正纪心中泛起一丝寂寞。从前他们说好了要一起杀进职业圈,当一对名震球坛的好搭档。但是升上高三之后,毕业的日子一天近过一天,他们也不得不面对现实了。

那名队员拍了拍正纪的肩膀,用力握住:"你可是我们的希望之星。我们只能放弃梦想了,你要替我们圆梦啊。"

说这句话时,他眼神凝重,全不见平时的轻佻之色,叫正纪心中一痛。

"……包在我身上了。"正纪也拍了拍他的胳膊,"我会像本田圭佑和中田英寿那样,在世界上闯出名头来的。"

"你可千万别放弃,要相信自己。"

"我会扬名全日本。我要大家说到大山正纪,就知道是日本的超级巨星。"

正纪梦想在日本国家队大放异彩,让自己的名字填满整版报纸。

万人瞩目的大赛到了关键一刻,全场起立,激情欢呼"大山"。电视直播也大喊他的名字。他不负众望,从盘带转为直传,又或是一记中距离射门,就此拿下一分,成为力挽狂澜的主角。这是正纪幻想过无数次的场景,实现的第一步就始于名牌大学的体育推荐。

在当今足球体系化的大背景下,"九号半"——如其意大利文"fantasista"所示,以富于创造力的球风俘虏观众的球员——已成为历史的遗物。但是正纪有个梦想,就是重现这一辉煌。他崇拜以前的意大利国家队球星罗伯特·巴乔这样的九号半。

"真期待世界杯。"正纪对队员们说。

明年六月会举办2014年巴西世界杯。日本将于今年六月连比五场,选出第五次出战世界杯的阵容。

日本足球在三年前(2010年)南非世界杯小组赛上的表现,尤其是第三场对战丹麦队,可谓精彩至极。正纪记得,他当时在上初中,半夜里一个人激动地大声叫好。

"不知道会对上哪个国家,"有个队员说,"我已经等不及抽签了。"

"首场是关键啊。"

正纪和队友聊得起劲,什么谁会出战啦,用什么队形最合适啦,参赛国家的战力如何啦,等等。

正纪换好校服朝教室走去。他和来上学的学生们一起上了楼梯。

走进三年级二班的教室后,他发觉这里讨论的话题与社团更衣室谈论的截然不同。无论是聚在教室中央的女生小团体,还是教室一角隔着课桌相对而坐的两人,又或是凑在黑板前的几个男生,人人都在谈论"案件"。

猎奇杀人案就发生在隔壁镇,众人自然关心。

正纪落座,将书包扔到桌上,他的两个朋友立刻跑来。

"这一天天的,新闻真吓人。"棒球部的朋友先凑过来说。他光头薄眉,一张脸长得活像土豆。

正纪一边从书包中抽出教科书放进课桌,一边答他:"你是指'爱美被害案'吧?"

这是将近一周前发生的凶杀案,电视上也连续报道了好几天。一名独自在公园里玩耍的六岁小女孩在公厕被刺死。报道说她衣衫凌乱,应该是凶手试图施加性暴力,遭到反抗后杀害了她。

"对,对。"棒球部的朋友点点头,"都快两个星期了,还没抓到凶手,警察都是吃干饭的吗?"

"正纪,"天然卷的朋友凑了过来,压低音量,像在讲述自己的灵异经历,"你知不知道那个小女孩死时是什么样子?"

"你这问的……都被捅了二十八个地方了,肯定很惨吧?"

"比想象中还要惨。她的脖子也被捅了很多下,据说就剩一层皮连着了。"

脖子上只剩一层皮……

正纪光想象一下,就感到心惊肉跳。他甚至闻到了鲜血的腥味。

"你说真的?"他皱眉反问。

"杂志上都登了。"

天然卷的朋友回答后,棒球部的朋友一脸意外:"你还看杂志?不觉得跟个老大爷似的吗?"

"不是,不是,你误会了。是推特上发的报道图,我看到别人的转发了……太狠了。"

正纪掏出手机,带着好奇打开推特。他一搜索,看到被转发了八千五百次的推文:"今天发售的《周刊真实》报道好猛!'爱美被害案'的细节登出来了,可恶。说是脖子就剩一层皮了,真的假的啊?赶紧抓到凶手,把他给千刀万剐了吧!"

推文附上了报道的图,可以看到那页一半多的内容。

　　自东京都××区××町公园的公厕中发现津田爱美的遗体,已经过去了十二天。亲属已为其守灵。

　　爱美只活了六年,短暂的人生便断送在卑鄙无情的凶手手中。她在公厕中被小刀足足捅了二十八处,被发现时已经死亡。

　　办案刑警称,爱美的头只剩下一层皮还连在脖子上,死状极其惨烈,见者为之哑然。还有刑警在查访时忍不住流下了眼泪。

猎奇杀人犯激起网民的众怒,处处可见打着"#爱美被害案""#找出凶手""#必须判死刑"标签的推文，或是提供信息、发表推测，或是抒发义愤。

"这就是所谓的猎奇杀人吧？"棒球部的朋友战战兢兢地说，"真的太恐怖了。"

正纪放下手机说："六岁的小女孩总不可能结仇。不是仇杀的话，是那个吧？"

"凶手是变态吧？就是变态。"

"不知道他是个什么样的人。"

"每家媒体都发了头条吧？"

"《新闻秀》也大报特报了。"

"我没看过《新闻秀》节目。不对，这节目是白天播的吧？你还特地录下来了？"

"我没录，是我妈。她每天晚上都要看，就在吃晚饭的时候。所以我不想知道这么多都不行。"

"真的？节目上怎么说？"两个朋友都好奇地看向他。

正纪回想起《新闻秀》的影像。

它用阴森凄惨的背景音乐配上案件重现视频、对附近居民的采访、专家的罪犯侧写等版块，结构相当吸睛。但是多看上几天，就会发现每期的内容都差不多。不过它总能营造出有新料的感觉，所以正纪还是会和父母一起看完。

母亲一直都以看悬疑剧的心态来推理，父亲则负责听她推理，时不时随口附和几句。

"节目组他们在调查凶手的特征，比方说去案发地附近走访……"

一位中年女社会学家在电视上分析凶手的特征，表示"凶手是个在现实世界里接触不到女性的中年恋童癖者"。

"有新消息吗？"棒球部的朋友问。

"说是有人看到了个可疑的大叔。"

"可疑？"

"他跟附近的小孩子搭讪了。好像问了小女孩'你知不知道谁家在哪里'，小女孩说'不知道'，他就说'你帮叔叔找，叔叔给你糖吃'。"

"就是他，没跑了。怎么就不抓呢？都查到这些了，就画张肖像画，全国通缉啊。"

天然卷的朋友笑了笑："看来你是真动怒了。"

棒球部的朋友咬牙切齿："那当然了。我有个七岁的妹妹，担心着呢。最近我妈在接送她上学，也不让她去公园玩了。我把掌机也借给她打了。"

"公园也不让去了？有父母跟着，应该很安全吧？"

"凶手可是个带着刀的猎奇杀人狂，就跟开膛手杰克、汉尼拔一样可怕。"

"汉尼拔不是虚构的吗？"

"别抬杠。我就是想说，凶手和他们一样可怕。他还逍遥法外呢。要是盯上哪个小女孩，又嫌父母碍事，指不定就能同时干掉几个。我妈也说不敢出门了。"

"可是，你妹妹应该挺安全的吧？"

"为什么？"

"因为——"天然卷的朋友故意顿了顿，"她又不可爱。"

"喂！"棒球部的朋友朝他胸口猛推一把，厉声道，"你开什么玩笑，小心我宰了你！"

天然卷的朋友满不在意地笑了。

正纪知道他们不是认真的，也跟着笑了笑。氛围轻松下来。

"不过，"正纪说，"明明有目击线索，还是没抓到，就说明那个人不住在那里吧。这么一想,他很可能现在就躲在什么地方。说不定就在我们这儿……"

黑板前的那群人里有一个单手拿着手机的,朝班上所有人喊了声:"大家注意!家属就要开记者招待会了!"

教室里立刻沸腾起来,周围传来交头接耳的声音。

"看了会哭的吧。"

"媒体干吗把家属拖出来?"

"可能是大家都想看吧。"

"孩子才出事,他们哪有精神好好说话?"

几个人拿着手机,看起转播。

正纪和朋友们在手机边围成一圈。

爱美的父母坐在折叠椅上,右边坐着个胸前戴着律师徽章的中年男性,一脸愁苦。长桌上设有许多话筒,摆了张嵌在相框里的照片,照片上的小女孩面带笑容。

招待会由主持人主持,爱美的父亲面色沉痛地向记者们打完招呼后,沉重地说:"女儿遇害后,我们每天都在被地狱般的痛苦所折磨。我早上去上班时,女儿还好好地送我出门,可那竟是最后一面了。怎么会发生这种事……"

父亲咬住下唇,强忍呜咽,再也说不下去了。母亲用手帕揩着眼角:"……最后,我们一家人甚至没法和爱女说声再见。因为遗体很难'整理',这场葬礼连棺材都不能开。"

现场陷入一阵压抑的沉默。想必人人都想到了小女孩的惨状。

母亲带着哭腔说:"爱美出生时的体重是3150克。她和我早产的大女儿不一样,身体好得过头,一个劲儿地哭闹,让我费尽了心。这一切仿佛就发生在昨天。她不挑食,健健康康地成长,体重也越来越重,闹着要我抱的时候,我也得费好大劲才能抱起她——"

父亲的眉头拧成一团。

"早知道会这样,我真该多抱抱……"颤抖的声音越来越低,还没说完就断了。

沉默再度降临。打破这片沉默的是母亲。

"我恨凶手。"她的声音像是挤出来的,"他怎么杀爱美的,我就想怎么亲手杀了他……"

她语出惊人,记者招待会现场一片哗然。

父亲开口想对母亲说些什么,但最终一声也没有吭,视线落到了长桌上。

"请抓住凶手!"母亲大喊,"请抓住凶手,判他死刑!"

正纪长出一口郁积之气。喉咙里堵得慌,胃也沉甸甸的。

仿佛被爱美家属的悲叹魇住了一样。

"快抓住凶手吧。""就按家属说的,以牙还牙。"他和朋友互诉对凶手的恨意,直到班主任来了才停下。

然而又过了两周,凶手仍未落网。案件没有值得一提的进展,热度却不见减轻,媒体依然连日报道一些零零碎碎的消息和推测。

网络上,直指凶手的愤怒沸腾滚滚,像一大锅盖好的水烧开了,咕嘟咕嘟地就要往外冒。

2

　　大山正纪收到女性朋友的邮件后去赴约，但早到了二十分钟，便坐在公园里埋着的玩具轮胎上打发时间。

　　幼儿园的孩子们正和年轻的保育员一起玩耍。

　　正纪注视着这幅景象。孩子们朝气蓬勃，有的四处跑动，有的在跳绳，都很开心。纯洁的身影和天真无邪的动画角色一样美好。

　　一名穿连衣裙的小女孩走到正纪身前："这个给你。"

　　小女孩满是泥污的双手托着一颗泥捏的丸子。她毫不认生，对第一次见面的人也全无戒心。

　　正纪说了声"谢谢"，接过泥丸，做出狼吞虎咽的动作，小女孩露出笑容。

　　保育员注意到这边的情况，带着歉意低头："不好意思……"

　　"我很喜欢小孩子的。他们天真烂漫，真是天使啊。"

　　"是的。"保育员微微一笑，"小孩子实在可爱。"

　　正纪和同辈处不来。只要多于两个人聚在一起，总会觉得格格不入，聊天时也只是强迫自己跟上话题而已。能够坦露真我的地方，就只有匿名的社交网络了。

　　"所以我一直想找个和小孩子打交道的工作。"正纪小心掩饰自己不纯的动机。

"做这一行得时刻盯着他们,挺辛苦的,但也很开心。这应该就是我的天职。"

正纪边听保育员说,边随口附和。这人对外形普通、人缘不佳的人也笑容可掬,而且不是那种偶像对随便哪个买了握手券的粉丝奉上的营业性笑容,温柔得叫人心动。这就是保育员的包容力吗?

欢乐的时光转瞬即逝。

正纪看看手表,已经到约好的时间,便和保育员道别,又对小女孩挥挥手,离开了公园。

他们约在马路对面的咖啡馆门口见,朋友已经在那里等着了。

"正纪,你来得太晚了,别让人等这么久啊。"

"不好意思,我来早了,去公园转了一会儿,结果就过来晚了。"

"不用解释了,解释也是浪费时间。"

朋友当即迈开步伐。她要开始独居了,正纪答应今天陪她看公寓。

她自顾自地边说边走,走进看到的第一家中介。这家面积很大,不是开在杂居大楼底楼的那种小店,里面有十来个员工。

一名中年男中介来接待他们,双方在玻璃桌两边的沙发上面对面坐下。

"我想找间公寓……"朋友开口讲明各方面的要求。中年男子翻着资料,介绍起房源来。朋友说希望能在今天签约,但又因为有很多要求且不愿让步,所以一时半会儿没有谈拢。

三十分钟后,正纪闲得发慌,便玩手机消遣。

中年男子扭过头,对写字间里喊了声"上茶"。一名身着西装套裙的女性说着"来了",起身到茶水间倒好茶,用托盘端过来:"请用。"

她留着清爽的黑色短发,大大的杏眼,嘴唇看着也软。即使披着外套，也掩不住胸部的丰满，腰部勾勒出纤细的线条。

——是个美女，身材也不错。

正纪目不转睛地盯着她看了一会儿后，女性含笑走开，对其露骨的视线毫无厌恶之色。

再看看身边，朋友正不快地皱起眉头。正纪虽然疑心她嫉妒了，但还是等她谈完了公寓的事。

茶出自美女之手，光这一点就够香了。

中年男子展示着房源，问道："您看这套怎么样？"

朋友不满地叹息一声，静静摇头："不是很合适……"

"您没看中？"

"……我考虑考虑。"

离开中介后，朋友依然心情不佳。这人喜怒无常，若是随便多问，就得听她抱怨个没完，所以正纪刻意避而不谈。

与朋友告别后，正纪回到自己住的居民楼里。房间里的五层书架上装满了漫画，没塞进去的随地堆成小山。墙上挂了许多挂画，美少女朝自己露出灿烂的笑容。另外就是电脑和游戏机了。

好累。

正纪叹着气打开电视，这时正在播报新闻。

"警方收到了各方人士提供的四百余份线索，却依然未能逮捕凶手。附近的居民忧心忡忡，惶恐不安。"

主持人呼叫现场的记者，问他有没有新线索。

电视上映出无人游玩的公园，站在公园前的记者肃然开口。

"案发地现在仍冷冷清清，完全看不到孩子的身影。附近的孩子出行，也一定有大人陪同。"记者边走边继续说，"这个镇子素来没什么大案，没想到竟会发生这样的猎奇杀人案，居民们都难掩惊恐之情，盼望能早日抓到凶手。"

正纪目不转睛地看着屏幕。

画面切回摄影棚，评论员开始各抒己见。

中年女社会学家神情激愤地宣称："凶手对无力抵抗的小女孩下手，是因为他无法和成年女性构建平等的交际关系，所以选中了可以操控的对象。他不尊重女性，在他眼中，女性不是活生生的人类，而是用来满足自己欲望的物品。"

"他为什么会捅那么多下？"

"应该是因为他无法进行性行为，这是他的'代偿行为'。"中年女社会学家空手模仿持刀连捅几下的动作，"对凶手来说，用刀捅就是他的性行为。"

"如果是这样，那他可能会继续犯案。"

"是的，我敢肯定。等他压制不住性欲了，就会再次寻找'猎物'。请各位家长不要因为离案发地远就放松警惕，在凶手落网前要时刻关注孩子，用心保护好他们，哪怕遇到稍有可疑的人物，也要保持警惕。"

"您看凶手会是什么样的人呢？"

"最近只和动画游戏的角色交流的人越来越多了。他们面对的是可以肆意操控的'数据'，所以对现实人物的共情能力很低，不会体恤别人。"

主持人赞同地点点头，说："前几天逮捕了一名五十多岁的无业男子，他涉嫌打电话威胁大型书店'不许卖不健康的漫画，如果不下架，书店员工的孩子就等着变成第二个爱美吧'。据他自己供述：'我没有威胁他们。我是想提醒书店，这种漫画有不良影响，会培养出下一个凶犯。'此事似乎与'爱美被害案'并无关联。"

主持人顿了顿，语气沉痛地继续说："爱美上的小学里，现在还有很多学生笼罩在案件的阴影里，不敢去上学。他们需要长期的心理辅导。尤其是和爱美关系好的孩子，怕得厉害，出现了夜间尿床等问题。"

中年女社会学家脸上露出忍无可忍的神情，捏紧拳头，愤然捶桌："社会绝不能放过这个凶手！"

主持人似乎被她的激动情绪压倒，眼睛瞪得老大，却不忘以冷静的语气总结道："'爱美被害案'对日本社会造成了严重的影响。警方仍在呼吁各方提供目击线索。"

正纪关掉电视。只需一个按键，即可隔绝不想看的信息。

正纪拿起手机，迅速登录游戏。这是个将食物拟人化的美少女战斗系社交游戏——在社交平台上玩的在线游戏。只要充值购买卡牌，就可以获得新的"萝莉"。"萝莉"越是珍稀，出现率越低，据说充上几万日元也未必能抽到一张。

打工的薪水已经到手，正好抽卡冲一冲想要的"萝莉"。

正纪先在游戏里买了价值五千日元的卡牌，随后点击"开始"。画面上显示出十张卡牌，逐一翻转后，露出一张又一张女孩子的插画。充值五千日元的话，可以抽上十次。

粉色头发上戴着樱花发饰的美少女，黄发双马尾的美少女，银发军帽的美少女——

没有抽到想要的"萝莉"。

正纪倔劲上来，一抽再抽，短短三十分钟就砸进去三万日元，最后将手机扔到了床上。

哪怕不是自己想要的角色，也可以拿来强化队伍的主力，绝不会打水漂。但怎么都抽不到梦寐以求的"萝莉"，也着实煎熬。

正纪闭上眼，摩擦着双掌，念念有词地求神拜佛，随后拿起手机，充值五千日元，按下"开始"。

显示的卡牌翻转一次，就会出现一个已见过无数次的"萝莉"。

就在正纪灰心丧气,准备放弃之时,画面上亮起金色的光芒。这是抽到UR[①]卡时的特效。

正纪眼睛直了,手机也握得更紧了。

卡牌翻转——梦寐以求的"萝莉"出现。金色的长发随风飘舞,铺满屏幕,身上是露脐的仿水手服,胸部的凸起犹如花蕾,翻飞的蕾丝短裙下露出纤细的双腿。

是个端着草莓蛋糕托盘的萝莉。

正纪兴奋地大叫,想立马到推特上抒发这份激动,便飞快打开了兴趣专用的帐号。

账号名叫"冬弥",取自喜欢的漫画角色。个人资料是:"美食萝莉/金发萝莉是我老婆[②]/宅/动画/游戏/萝莉哭起来的样子最萌!"有一百二十一个同好者关注了这个账号。

正纪上传"萝莉"出现时的视频,并附上文字:"终于抽到了!尖叫的语音好萌#美食萝莉。"

这条视频收到了十二个"赞"。

其后,正纪回想着在公园交流过的幼女的形貌——当时心里还在和抱她的冲动作斗争——"今天在公园也遇到了三次元萝莉,真萌!"正纪发出推文。

同好们纷纷回复"无图无真相""哪有二次元萝莉好"。

这里是匿名的世界,可以尽情坦露自我,包括那些不能让现实中的朋友知道的兴趣和性癖。

正纪一头扎进网络世界,遨游到深夜。

[①] UR:Ultra Rare,超级稀有,在卡牌游戏中通常表示最高一级的稀有度。(如无特殊说明,均为译者注)

[②] 老婆:一些喜欢动漫游戏的宅属性的人常称呼自己喜欢的角色为老婆。

3

大山正纪换上便利店的制服，站到收银台后。他向同为兼职的女同事问好："早安。"

"早上好。"带着爽朗笑容回答的女同事比他大两岁，一头丰盈的鬈发，娇小的樱唇叫人见之难忘。正纪第一次见到她时就颇具好感，实际聊过之后，又发现她性情温和，待人亲切，聊什么话题都笑盈盈的，不禁更为心动。

在有客人光顾前，正纪都和她有说有笑。在和流水线工作无异的无聊兼职过程中，这是唯一的慰藉。

冷场后，正纪寻找话题。他注意到收银台正面摆着的抽选箱："你知道这个偶像吗？"

女同事带着疑问"嗯"了一声，看向抽选箱。箱子上印着男偶像的脸。

当地的青年偶像和地方上的便利店做了联动活动，从昨天开始，购买活动商品就可以抽偶像的写真。

"挺帅的，光是老乡这一点就让人觉得很亲切了。"

"我有点羡慕这人。"

"你崇拜艺人？"

"不，也不是崇拜……"正纪苦笑，"怎么说呢，我是个无名小卒，一看到这种算是号人物的，就会感到自己有多渺小……"

本以为女同事会报以困惑，不想她理解地点点头："有时候是会忍不住跟别人比。我初高中的时候，也想过自己算是什么人。"

"真想成为一号人物。"正纪叹着气说，"不然我总觉得，这辈子就只能当个配角了。"

"自己的人生，自己就是主角。"

"就我这戏份，还算不上是主角。"正纪干笑几声，又后悔自己太自轻自贱，怕是要拉低好感度，"好戏肯定还在后头呢！"

她带着笑容回答："对对，不要输啊！"

"好！"

正纪将收银工作交给她，自己去检查商品的陈列。最近太阳落得早，下午六点天就黑了。窗户和自动门上的玻璃已经成了映照黑暗的镜子。

正纪时不时透过玻璃的反射偷看她，她在礼貌地接待客人。

检查完商品陈列后，正纪走回收银台："我来替你。"

"谢谢。"

正纪站到收银台后。受时段影响，这会儿客人也慢慢多起来了。留着超短寸头的中年男性将杂志、罐装啤酒和赤贝罐头放到收银台上："麻烦快一点。"

"您有积分卡吗？"

中年男性不耐烦地咂舌："我要有，早拿出来了。快点。"

正纪克制住心中的不快，逼自己冷静地道歉："十分抱歉。"

他为商品逐一结账。

拿起的杂志封面上用大字写着"警方锁定'爱美被害案'的嫌疑人""收网之日将近"。

是那起猎奇杀人案的凶手吗？

正纪被激起兴趣，准备之后在店里翻一翻。

他收下千元大钞，递回找零。中年男性又一咂舌，走出便利店。

"真讨人厌。"女同事苦笑着对他说。

"这人也太没耐心了。"

"……他大概是看不是我来收银，所以不满了。"

"什么？"

"找零的时候，他总会摸我的手揩油。"

"真够猥琐的。"

女同事为难地笑了笑。

拎着购物篮的女顾客来了，正纪热情地接待。

客人离开后，正纪借口摆货，走近杂志角。

电视上也在连日报道，因此他和大众一样关注猎奇的爱美被害案。杂志还会写到电视上不便多谈的部分，很有看点。

他翻了翻，杂志上说警方锁定了一名四十多岁的无业男子。该男子常引发邻里纠纷，还大声训斥过喧闹的小学女生，让女生相当害怕。

但愿能早日抓到他。

"喂，你偷什么懒呢？"

背后传来女同事的声音，正纪回头："不好意思，我有点好奇，就忍不住看了一下。"

她瞄了一眼杂志上的报道，字体粗大的标题十分扎眼。

"我也很关注那起案子，真是场惨剧。我看了亲属的记者招待会，都看哭了。"

"我也看了，电视上播了的。"

"杂志上登了凶手的信息吗？"

"说是个四十多岁的无业男子。"

"为什么还不抓他啊？"

"就是。"

两人聊着，自动门打开，进来一对母子。正纪和她一起走回收银台。

母子俩在购物篮里堆满便当、杯面和甜面包后，走向对面的收银台。中年临时工爱理不理地站在那里。

和他排班排到一起，正纪总觉得浑身不自在。尤其是只有他们俩时，两人都成了哑巴。

今天女同事也在，正纪就只拿他当背景，跟饭馆里坐得远远的陌生人一样。

顾客离开，店里又只剩店员后，正纪向女同事搭话。他谈起推特上走红的小猫视频。女同事以前说过她喜欢猫，正纪料想她会对这个话题感兴趣。

女同事果然起劲了："我想看，我想看！"

正纪掏出手机，打开推特。账号名是他随手起的"饭勺"。

他正要搜索猫的视频，国内的趋势词倏地映入眼帘。这是推特上发布最多的词条榜单。

1. 逮捕
2. 十六岁
3. 爱美被害案

正纪目瞪口呆。

第四位往下就是艺人的名字、新电影的片名和足球队名了。

看着前三位的词条组合，正纪心里有数了。

"爱美被害案"的凶手被捕了，而且年龄是十六岁。

这些词条看起来不像是没有关联的。

凑过来看屏幕的女同事也忍不住严肃地说："你看……"她用食指指向趋势词，"这是说凶手吧？"

正纪点击了趋势词第一位的"逮捕"。屏幕上显示出包含该词条的推文，最上方是转发次数最多的一条。

那是最大报社的推文。

本月28日，S署以涉嫌于××町公园的公厕杀害津田爱美的罪名，逮捕了高中一年级的少年（十六岁）。少年供认不讳，称"我确实用小刀刺死了她"。

推文还附上了报道的链接。除了逮捕的快讯之外，没什么新信息，只是又写了一遍案情概要而已。

正纪哑然。捅死六岁小女孩的竟然是个比自己还小的未成年人，真叫他难以置信。

"才十六岁，那不会判死刑吧？"女同事的声音中带着怒气与厌恶。

"嗯，应该不会。"

"真糟心。"

"没想到凶手才十六岁。"

"凶手要沾《少年法》的光了吧。太离谱了，罪行这么恶劣，还没法判他死刑。这个世界不该是这样的。正纪，你也这么认为吧？"

正纪认为这是桩惨案，何况新闻报道了这么多天，他对案件自然有一定关注。只是事不关己，他也不至于激愤难平。但他心想：表现出正义感来，说得直截了当些，同意女同事的观点更容易讨她欢心。

正纪端正神色，带上些许怒气答道："这种残忍的凶手，不配活在这个世上。"

"就是。未成年就能减罪，这太荒唐了。遇害的小女孩和家属就活该受罪吗？"

"我也没法原谅他。我最讨厌这种践踏女生尊严的性犯罪了。"

"我觉得罪行恶劣的话，未成年人也该判死刑，不然根绝不了犯罪。"

"我赞同。就该判死刑，死刑！"

"可是现实里，他蹲上几年牢就会回归社会了。"

"而且服刑期间，还得花税金养着他。法律总是站在加害者那边。"

突然间——

"死刑是种不人道的恶法。"一道神经质的声音插话。

声音是对面收银台后的中年临时工发出的。他刘海稀疏，嘴唇厚厚的，镜片后的一双眼睛阴暗地眯了起来。

"呃……你说什么？"正纪疑惑地问。

"我是说死刑。看你们张口就是死刑死刑的，我就纳闷儿，你们的人权意识哪儿去了？"

"不是，怎么就忽然扯上人权意识了……我们又没聊人权，只是在说猪狗不如的凶手该判死刑而已。"

"我知道。我的意思就是，随随便便就能说出该判死刑的人人权意识很有问题。"

——烦人。

竟然是个推特上常见的"教育狂大叔""教育狂大妈"。正纪想着，心里一阵厌烦。推特上有些人，会在别人的私人对话和自言自语下面突然跳出来抬杠，或是教育别人，或是滔滔不绝地大谈自己的观点，有的还会嘲弄攻击推主。

正纪和女同事对视一眼，她眼中也有困惑之色。

"发达国家基本都废除死刑了。"中年临时工说，"更别说判未成年人死刑了，简直荒谬绝伦。"

此前没有跟他说过一句话，他却忽然插嘴，一点眼力见儿也没有。正纪觉得，在人际交往中把握不好距离感的人里，四十岁往上的大叔大妈要比出生时就有网络的"数字原生代"多。

"可是，"女同事不悦地反驳，"那可是个捅了小女孩好多下、虐杀她的变态。你要替凶手说话？"

"这不是替不替凶手说话的问题。你怎么就是不明白呢？未成年人犯了错，关键在于帮助他反省，重新做人，给他返回社会的机会，就不该拿他当成年人看。"

"凶手这么残忍，判死刑已经够便宜他的了。难道被害人和亲属就活该受罪吗？"

"一时气愤就嚷着要判死刑，这是中世纪的做派。死刑不给人改恶从善的机会，是国家对人权的严重侵害。日本能接受死刑制度，可见是个野蛮的国家。"

"想想案情的恶劣程度，我可说不出这种话来。凶手残忍地剥夺了别人的生命，就该一命偿一命。"

"哦，你是觉得只要有理由，就可以杀人？这和认可杀人没什么区别。"

"判死刑怎么能算杀人呢？你都在说些什么啊？"

"这就是国家在杀人，一样的。我问你，你认为亲属要复仇，就有权杀了凶手？"

女同事皱起眉头。

中年临时工不加掩饰地长叹一声："你歇斯底里地凭情绪断案也

没用，我看你是一点儿法律也不懂吧。"

正纪为了袒护她，插嘴帮腔："你就很懂吗？"中年临时工傲然微笑，像是就等着他这句话，"我考过司法考试。我以前想当律师的，可不是外行。"

——不，你就是外行。

正纪勉强咽下险些脱口而出的吐槽。这种半桶水晃荡的人，虚荣心、自尊心和自卑感都难伺候得很。

他忍住了不屑咂舌的冲动。

这人在推特上一定也追着陌生人咬，显而易见。

正纪有几个朋友在推特上被陌生人胡搅蛮缠过，据他们说，"有些人以前在公司里说什么都没人理会，现在找到可以轻而易举传播自己观点的渠道了，所以特别想寻求认同"。或许他们说中了。这人恐怕是想抓着考过司法考试这点小事博取"优越感"，为平凡的人生找些安慰。

"够了。"放话的是女同事，"我不想为这种事吵起来。"

"……哦，随你便喽。"中年临时工哼笑，头一扭，站在收银台前再不作声。

肆无忌惮地胡扯一通后，心满意足的人只有他一个。被他追着咬的一方却是满心的不痛快，堵得难受。

到了这个时候，正纪也不好再问女同事"要看猫的视频吗"，只得不自在地工作到了下班。

4

电视屏幕中播放着西班牙足球甲级联赛。

"好,上!"

深夜,大山正纪在自己的房间里为支持的巴塞罗那加油,激动不已。

随着时代的变化,足球比赛从地面电视转到了卫星电视上。有意见认为,以后的主流会变成网络直播。但正纪嫌电脑屏幕不够震撼,有比赛还是想在电视上看。

球员每高光表现一次,正纪就兴奋一次。

上初中时,他只顾着练习克鲁伊夫转身、彩虹过人、牛尾巴过人、马赛回旋等超级巨星的绝杀大招,一比赛就招教练骂。

只要培养出实力,打下稳固的地位,轻松有趣的球风也会成为俘获观众的武器。

总有一天,他要在大赛上技惊四座。

正纪闭上眼,沉浸于内心的幻想之中。背负太阳旗的世界杯关键一战,对手是豪门巴西,他用罗纳尔多和内马尔一样的技术令对手国家的观众也为之惊叹。然后,得分!

幻想时,他总会听到欢声雷动。

"大山，大山！"

"正纪，正纪！"

大赛上的精彩表现令"大山正纪"这个名字传遍全世界，欧洲四大联赛的名门俱乐部纷纷递来橄榄枝，他就此飞上枝头变凤凰。

退出幻想世界的正纪用手机打开新闻网站，看起体育栏目来。网站上登了欧洲足球快报和比赛的报道。

看完报道，了解过其他比赛的动向后，他在浏览器上点了后退，国内新闻的栏目映入眼帘。

《爱美被害案凸显出〈少年法〉的局限》

这道新闻标题给他的足球激情当头浇了盆冷水。母亲喜欢看《新闻秀》，他不想看也不行。和同学多聊了那么几句，他平时也开始留心报道了。

他知道看了会影响心情，想滑过它，却还是抵不住好奇心，点开了报道。

文章在谈及六岁的爱美被刺死的原委后，讲起未成年犯罪的问题。

对于罪犯为十四岁以上的少年，且罪行相当于死刑、徒刑或监禁的案件，家庭法院认为刑事处分相当时，会将少年移送至检察院。这叫作逆送。

被逆送至检察院的犯罪少年被起诉后，将与成年人一样，由刑事审判而非家庭法院做出判决。

此外，十六岁以上的少年致被害人死亡时，原则上会被逆送。

爱美被害案的嫌疑人少年A今年十六岁。只要他没有精神疾病等特殊情况,想必会被逆送,以成年人的标准受到判决。但这并不代表他的所有待遇都和成年人一样。

《少年法》第六十一条禁止对少年进行实名报道,在这样的保护下,他连真名都不会曝光。《少年法》的用意在于保障少年改过自新的机会,但不少犯下残忍杀人案的少年回归社会后,既不反省,也不改过,反而又走上凶残的犯罪道路。这样的案例屡见不鲜。《少年法》的局限就在于此。

少年A。

少年B。

少年C。

都只有符号的意义。

盗窃的少年、强制猥亵的少年、诱拐儿童的少年、杀人的少年,在报道中都叫作少年A。如果是多人犯罪,就加上B、C、D——字母不断增加。

从发现被捕的犯人是少年的那一刻起,犯人就不再有"脸孔",而只是单纯的"符号"。社会只会记住残忍的罪行,犯人却被遗忘——不,犯人没有名字,所以一开始就不会被记住。

如果法律只会让案件被淡忘,那又有何意义呢?

与此同时,无论被害人家属何等伤心,如何请求,被害人的真名与个人信息都会被公之于众,名义是"如果不是实名报道,就难以保证案件的真实性(是否真的发生过)""为了公众性与公益性"。

照这种逻辑,不更应该公布犯人的真名吗?

世人多半都希望实名报道。

举例来说，当在便利店或饭店里拍"恶搞"视频、在社交网络上发表歧视言论的初高中生激起众怒时，网民根据其账号从前的发言来人肉当事人的案例不胜枚举。真名自不必说，学校名、打工地点，有时候连住址都会被挖出来。

个人信息会以惊人的速度扩散。这正说明，人人都认为应该公布实名。

近年来令人目不忍视的少年恶性犯罪层出不穷，保护加害者的《少年法》第六十一条只能说是过时了。法律也需要更新换代。

市民团体举行了要求公开少年加害者真名的签名活动，现在已收集到一万两千人的签名。

《少年法》必须改变。

文章中有掩不住的怒气。

正纪对足球的激情熄了火，却弄到了和朋友聊天时的谈资。和足球比赛一样，他在聊天时也爱当主角。

他关掉房间的灯，直接上了床。

到了午休时间，正纪在六个人的小团体里侃侃而谈。他拿桌子当椅子坐，兴致勃勃地讲他的足球。这次讲的是他在东京预选赛上上演帽子戏法的那一场。

"大山，你好帅，"一个当时来为他加油的辣妹有些兴奋地说，"真的，我都哭了。你比完还接受采访，太厉害了。"

"嘁，那队伍挺弱的，小意思。我的目标可比这个高多了。"

"可我激动坏了，周围的人也都喊着你的名字，兴奋得不行。"

"我自己倒是更忘不了第二场的逆转助攻，补时的高速反击。"

"是啊，是啊，我也很激动。"

辣妹不像是懂得那记助攻精彩在哪里的样子，但毕竟是在夸他，他自然受用。

他们又津津有味地聊了会儿足球。

没聊多久，一个朋友提起爱美被害案，话题就转到了案子上。

"仅仅为了爱美，也非判凶手死刑不可。"棒球部的朋友义愤填膺地说。

天然卷的朋友反对："可他才十六岁，判不了死刑吧，而且也才杀了一个人。"

"这都是因为法律太宽松了。杀人手法那么残忍，凶手还能很快就回归社会，简直离谱。我接受不了。正纪，你也这么想吧？"

虽说事不关己，但正纪仍觉得凶手罪无可恕。毕竟一个无辜的六岁小女孩死在了公厕里，还是被小刀连捅二十八处，连着头部的脖子只剩一层皮。任谁都会感到愤怒。被害人被剥夺了梦想、生命乃至将来能享受的一切乐趣，毫无道理可讲。

"对，对。"正纪立刻表示同意。他的人设卖点就是足球社的十号王牌球员加充满正义感。

"可是现实来说，死刑就别想了，凶手连名字和长相都不会公开。他虐杀了小女孩，却能躲在'少年A'的名字后面。这就是个符号而已，只会让大家慢慢忘记这个案子。"

这套观点照搬自前天的报道，同学们却钦佩地连连点头。

棒球部的朋友厉声说："我说真的，还是公布他的名字吧。"

"说得是，"正纪点头，"只有被害人的隐私被公开了，太不公平了。"

"她和姐姐一起开开心心地散步，在儿童杂志上当读者模特，将来的梦想是开花店，这些根本就不重要吧？"

新闻中反复报道这类被害人资料,正纪的母亲看电视时也对凶手激愤不已。

同学们争论起来:"可能因为报道这些,大家会更同情被害人吧。像这种加害者的名字和长相都保密的案子,差别就更明显了。"

"凶手就是人渣,渣到家了。明明杀了人,却躲在十六岁的年龄后面。"

"听说凶手的房间里搜出了动漫周边。"

"我妈都一脸严肃地问我:'你没问题吧?'"

"这年头,谁还不看点动漫。"

"我懂,我懂。可是父母那一辈有偏见啊,他们不明白漫画跟动画也是分很多种的,看见游戏机也都叫红白机①。"

聊到惨案,大家总会更起劲。

最后,足球的话题让位给了爱美被害案的凶手。

---

① 红白机:日本任天堂公司于二十世纪八十年代推出的游戏机。

5

大山正纪与那位女性朋友面对面坐在咖啡馆里,朋友滔滔不绝地抱怨这个荒谬的世界。

正纪专门负责听,有时附和几声,有时表示同情和安慰,全程讨好她。

正纪知道自己被当成了情绪垃圾桶,却没有埋怨一句。

差不多过了一个小时,朋友像是消气了,说着"我们该走了",拎起挎包。

看过放在桌上的账单,正纪和她一起走向收银台,从钱包里掏出自己的那一份钱——五百日元。

女性朋友瞥了一眼账单,微微拧起眉头:"好贵……"

她在店员面前不耐烦地叹了口气,付了两千多日元。

两人走出咖啡馆,朝车站走去。路上,她如梦初醒地说:"说起来,我付钱时总有点不能理解……"

听她口气不悦,正纪心中警铃大作。

这顿是不是该AA制的?可她点的是松饼、抹茶芭菲和咖啡,吃了足足两千日元。AA制的话,自己就太划不来了。

但她似乎不是这个意思。

"和女人一起吃饭，就该男人请客吧。一个男人这点儿体贴都没有，只能当一辈子处男。"

这话说得太狠，正纪忍不住反驳："不，一起吃饭应该对半分吧？"

她眉头一皱："哈？女人化妆打扮都得花钱，投资额就不一样，男的请客不是天经地义吗？"

动画和漫画的女主角就绝不会说这种话。真想赶紧回家，去"美食萝莉"的世界寻求慰藉。

但正纪也不愿沦为朋友心情不佳的靶子，便先附和："说得对！"

她骄傲地哼了一声。若是惹她不高兴，得听她怨气冲天地念叨上好几周。

正纪想找个话题来转移，陡然间灵光一闪："对了，你房子找好了没？"

她先前一直在找独居用的房子。两人一起去中介店里时没有谈拢，不知道后来有没有进展。

她叹着气说："根本就找不到……烦死了。"

"上次那家不是介绍了套挺好的房源吗？你没看上？"

"那家中介不行，三流水平。"

"是吗？"

"……我们在店里喝过茶的吧？你还记得吗？"

正纪首先想起的，就是身材优美的西装套裙美女："记得，美女泡的茶真好喝……"

明明说得很真诚，朋友却不加掩饰地皱起眉头，咂了咂嘴。见她如此反应，正纪有些困惑："我说错什么了吗？"

"……这还是二十一世纪吗？要上茶的时候，只有女性起来端茶倒水。"

"那是因为她职位最低吧？看她那么年轻。"

"你说什么呢？不还有年轻的男人吗？男的全都坐着，屁股抬也不抬，跟梦回昭和似的。那种公司不行，我接受不了。"

"哦……不过那里的负责人给人的感觉还不错。"

"他叫女的去倒茶的时候就出局了。"

正纪不大有共鸣，只觉纳闷。

"怎么？"朋友顿时面露凶色。

"……没，就是吧，比起大叔肥腻腻的手泡出的茶，还是可爱的女孩子泡的茶更好喝吧？"

"哈？你说什么鬼话，怎么能有这种歧视。都到这份儿上了，我就直说了，你不是常说'老婆怎么怎么'吗？从你用'老婆'这种过时词汇的那一刻起，你的智力在我心里就已经掉进最低一档了。"她轻蔑地说，表情好像一只狂暴的斗牛犬。

——这词大家不都在用吗？

正纪心中涌起一阵反感。

不过是说出了宅属性的人常用的词而已，就鄙视别人的智力，这种人的歧视更可怕。正纪心里这样想，却还是忍住没有反驳。

"我以后不会再见你了。"她发话绝交后，走开了。

这场情绪的爆发来得太过突然，正纪愕然。

回家后，正纪仍想知道朋友的动向，便坐在床上打开推特的"三次元账号"——构建现实交友关系的账号。这个账号的粉丝和关注都是一位数，只关注了几个熟人和艺人。

朋友很快就发了推文："茶就该美女而不是男人来泡。听到这种屁话，我真的考虑绝交了。这人有病吧。"

正纪慌了神，心跳也乱了。

两人是互关。朋友明知自己的推特会显示在其页面上，还满怀恶意地颠倒黑白，发推谩骂。

正纪不禁叹息。若是直接反驳，两人无疑会大吵一场，但一言不发又叫人窝火。

既然如此——

正纪切换到用喜欢的漫画角色命名的"冬弥"这一"二次元账号"。"冬弥"只是网名，可以无所顾忌，爱发什么就发什么，包括晒性癖乃至一切。

"我觉得大叔和美女比，当然是美女泡的茶更好喝，更让人高兴。可是跟女性朋友说了之后，她怀疑我的人品，发火说这是歧视，还在互关的三次元账号上说我坏话……太阴险了，女人真可怕（颤声）。"

发完牢骚，正纪心里舒坦了些，又振奋精神，玩起手游。

正纪给游戏充值，抽角色卡，但抽不到想要的，开始沉不住气了。忽然间手机的通知音响个不停，打断了自己玩游戏的兴致。

不解之下，一看通知，已经超过四百条了。正纪慌忙打开推特。

先前发牢骚的那条推文转眼间被转发了足足三百八十次，还有二十五条回复。

正纪战战兢兢地看起回复。

"好封建的想法！脑子还在昭和呢。"

"看不起女性，真是个大号男垃圾。"

"喜欢动画就闭好你的嘴。"

"你这个人会给女性带来不幸，请你这辈子都不要和现实中的女性来往。"

"自己胡说八道，瞧不起女性，被人批评了还怪女人阴险，说女人可怕。去死吧你！"

充满攻击性的语言像一把把利刀，猛戳心脏。正纪慌乱之极，双眼无法从屏幕上挪开，心怦怦跳个不停，握着手机的手不住颤抖。

就在一条条看下去的时候，转发和回复越来越多了。

看来先前的推特被某个有影响力的人挂了出来，受到了更多网民的关注。

在推特的世界里，如果被粉丝数超过四位数、五位数乃至更多的账号盯上，配上"天下还有这么离谱的人"的定罪评论加以转发，赞同他的人就会义愤填膺，一个接一个地转发，展开"大型骂战"。

完全是诽谤中伤的信号。

现在自己遇到的正是这种情况。

正纪陷入恐慌，脑子都成了糨糊。但有一点很清楚，当事人做出反应，只会火上浇油。就算想解释当时对话的前因后果、自己的真实想法，在冲动的网民看来，也只会是砌词狡辩。

是该道歉，还是该无视呢？

这些对自己恶语相向、借机取乐的人，会在下一个热点事件发生时转移阵地。上上之策或许就是闭上嘴，忍到那一刻为止。

正纪将手机息屏，深呼吸几下，环顾一圈。这是自己看惯了的房间，房间里处处都是漫画书、动画DVD、美少女挂画等爱好物品。

这里是现实世界。

不是看不到脸孔的大众肆意讨伐自己的空间，而是谁也无法伤害自己的地方。

但也是将自己完全隔绝于人群之外的地方。

心跳稍稍平复后，手机的通知音仍响个不停。

正纪心里在意，忍不住不去看，拿起手机来。一只手按住乱跳的心脏，另一只手在深吸一口气后解除息屏。

三次元账号也收到了几条通知。

为什么？

额头渗出冷汗。

这个账号只有几个粉丝，平时几天才会有一条回复，这是怎么了？

正纪满脑子问号，忐忑得几近崩溃，用颤抖的拇指点开通知。

"冬弥那小子的大号就是这个吧？"

三次元账号为什么会被曝光？是遇上黑客了吗？正纪战栗不已。

但原因很快就浮出了水面。那条发牢骚的推文在转发中被万恶之源——那位女性朋友看到，她在二次元账号"冬弥"下回复说"你是正纪吧，干吗匿名说我坏话"。有人见到这条回复，去查她账号的粉丝，翻出了"大山正纪"的账号。于是乎，"冬弥"与"大山正纪"之间画上了等号。

仔细想想，发推文讲自己在职场或私人生活中的奇葩遭遇，被转上成千上万次后，很有可能被熟人看到。这样自然会被人肉出来。先前忽略了这么理所当然的结果，现在后悔也迟了。有些人用匿名账号发些熟人同事看了就能对号入座的热点内容，或许都是"编"的。不然大号恐怕瞒不了多久。

正纪毫不犹豫地注销了名为"大山正纪"的三次元账号，跟着又点开名为"冬弥"的二次元账号的设置。但看到"要注销本账号吗"的问题后，手指按不下"注销"。

自己对三次元账号并无留恋，但二次元账号另当别论。

这个用来交流爱好的匿名账号承载了自己四年的回忆，其中包括"赞"过无数次的大神画手的美少女插画，与同好的对话……

就在迟迟下不了决心的同时，诽谤中伤的回复不断增加。

一百，一百五十，二百……

"我看了这人的推特，好多'幼女''萝莉'，牛！

他在现实里也会搞事的吧？"

"你别出门了。"

"给我好好待在家里吧。"

"非喷到他注销不可！"

"你歧视别人。只要你还活着，我们就会坚持批判你。做好准备吧！"

"说客气点，我希望你去死。"

自己做了要被骂成这样的事了吗？

来自他人的厌恶令正纪不寒而栗，胃壁一阵剧痛，像有无数支针在扎。

印象中有新闻说过，东南亚的某个国家会对出轨者或同性恋者执行投石致死的"石刑"。

正纪按住自己的胸口。

如果心是有形之物，现在想必已被网民投掷的石头砸出裂缝，处处都有缺口了。

正纪狠下心，点下"注销"。

一瞬间，账号就被删除了。三万多条推文和四千五百次"赞"的记录全部化为虚无。

这是抹杀一切回忆，被逐出社会关系链的一刻。

媒体报道不带身体暴力的霸凌致人自杀事件时，人人都愤怒地大呼"语言暴力也是暴力""谩骂诋毁造成的精神伤害和肉体伤害不一样，是好不了的"。但喊出这些话的人为什么也会行使"暴力"呢？

霸凌事件中遭到指责的加害者会找各种各样的借口：

全怪他自己，是他自己有问题。

长相讨人嫌。

说话腔调恶心人。

不接受我的邀请。

和受欢迎的男生走得近。

性格阴暗。

是个宅。

说了让人不爽的话。

即使在旁人看来，这些原因都荒谬绝伦，霸凌的加害者依然认为这是攻击排挤对手的正当理由。放在现实社会里，做出这些言行的人会被视为加害者，受到处罚，但换到网上，就成了天经地义。

堆满爱好用品的房间骤然褪去了色彩。

眼泪霎时间大滴大滴地落下来。

与社会的唯一关联断绝了。

网络世界就是自己的全部，在这里才能真切感受到与别人的联系。而现实世界总让自己觉得游离在外，无法正常与别人交流。

以后该怎么办才好？

正纪走出住处，晃晃悠悠地信步而行，走到以前来过的公园。幼儿园的孩子们正笑容满面、朝气蓬勃地玩耍。

仿佛受到邀请一般，大山正纪双脚迈进了公园。

6

"欢迎光临!"

自动门每次开启,大山正纪都会大声招呼,顾客却连一个点头都吝于给他。来便利店的人个个面无表情。在他们心里,店员的问候恐怕和门口通知进店的铃声差不多。

正纪觉得自己变成了没有感情的机器。如果没有同事在,他的心理或许已经出问题了。

顾客走后,女同事问他:"正纪,你看昨天的电视剧了吗?"

"什么剧?"

"九点的《爱我》。"

早知道就看了,还能有个共同话题。

"哦……"正纪遗憾地回答,"九点我在看其他台的综艺,我喜欢那一期请的搞笑艺人。"

"你喜欢搞笑节目?"

"我看得挺多的。人生嘛,还是笑一笑为好。"

正纪没有值得一提的爱好,一天天地虚度人生。他在打工上也看不到奔头，做下去只是因为还在上定时制高中①，要赚到包括房租在内的生活费而已。

眼看心情要低落下去，他换了个话题："你喜欢音乐吗？"

她沉吟起来，摆出思考的架势。

"不怎么听？"

"……古典音乐的话，我听得还算多吧。"

"就是贝多芬那些吗？"

"……都会听吧。"

"你好有品位。"

"也没有啦，主要是我以前弹过钢琴。"

"钢琴！太帅了，你是不是弹得特别好？"

"上高中的时候，我在比赛上也算拿过冠军。"

"那够厉害的了。我就没有过这种高光时刻，所以很向往。我以前也练过一段时间的吉他，可是既没有要走这条路的激情，技术也算不上多好，弄到最后，也就是门业余爱好。"

女同事露出有些寂寥的笑容："……我也一样，天才钢琴家比比皆是。你上次说'无名小卒'，其实我也是。"

"可是你在比赛上拿过冠军吧？网上应该也有你的名字吧？"

"哎……是有。"

能一问就答，说明她在网上搜过自己的名字吧。

"我能搜一下吗？"

正纪掏出手机，女同事苦笑着答道"搜吧"。

他在搜索网站中输入女同事的名字，页面上列出许多结果。排在最上面的是一条叫"风云人物"的报道，标题上就有她的全名。

---

① 定时制高中：日本的一种高中形式，与全日制高中相比时间相对灵活，课业压力相对较小，可以边打工边上学。——编者注

正纪点开报道。

本专题每期都会介绍当今的"风云人物"。第二十八期给大家介绍的是一位去法国学习法餐，在新宿开餐厅的女性。

里面写到她的名字，说她是厨师，文字旁显示的照片却是另一个人。

"她是家知名餐厅的厨师。"女同事在一边说。

"是和你同名同姓？"

"对，她的照片曝光也最多。有个人名字跟自己一样，感觉挺奇妙的。在我看来，对方好像冒牌货一样，可是在对方看来，我才是冒牌货吧。"

正纪心中无感，却还是附和道："是有这种感觉。"

第三条报道写的都是那位法餐厨师。第四条报道是一个参加全国体操大赛的高中女生。

"是这个吗？"

女同事笑着摇摇头："我以前是吹奏乐社团的。"

正纪在她的名字后又加上一条搜索词。他输入"钢琴"，高中钢琴比赛的报道跳了出来，是报社记者的采访。

"就是这个。"

正纪看起报道。采访中，她讲述过对音乐的热忱后，总结说"希望这次比赛夺冠能让大家认识我"。

"我本以为拿到冠军，当钢琴家的希望就大了很多。但登上的舞台越大，周围的天才就越多……最后我决定放弃梦想，只把钢琴当爱好了。"

接受采访，登上新闻，受到关注。自己的人生就从未如此辉煌过。哪怕只是人生中的一刻也好，她好歹成为过一号"人物"。这实在叫自己羡慕。

正纪说出他的想法。

"可是做梦又不做到底，会走不出来。这样也很痛苦，我也还没有放下。"

"说不定就是因为你太认真了。"

"……嗯，也许吧。"

聊到私密的话题，正纪感觉和她拉近了一些距离，很是高兴。

"正纪，你呢？"

"什么？"

"有没有和你同名的人？"

"哦，你说这个啊。我还以为你问我网上有没有报道过我。我嘛——"正纪开始在手机的搜索栏里输入自己的全名，"我来看看。"

页面最上方显示的是位牙医的主页链接，他似乎在江浪牙科医院工作。

跟着是条写到某高中田径社成绩的报道，里面有位"大山正纪"。这个正纪在四百米栏里拿了地方大赛的第三名。记录看起来是八年前的，不知道和江浪牙科医院的牙医是同一个人，还是只是重名。

正纪滑动页面后，跳出一条高中足球的报道。

《大山正纪上演帽子戏法！》

实际搜索一番自己的名字，发现有同名同姓的人后，正纪理解了女同事的心情。

这种感觉确实奇妙，仿佛另一个世界上还有另一个自己。

正纪打开在高中球坛大放光彩的大山正纪的报道。那是本年度的大赛，这位同名人士在东京预选赛上完成了帽子戏法——进了三球。

看着另一个有所作为的大山正纪，正纪更觉得自己这个无名小卒不堪了。

大家都叫一个名字，自己怎么就是这副德性呢？

——他才是真正纪。

不知为何，正纪有了这种想法。有所作为，也有名气的"大山正纪"和一介无名小卒的"大山正纪"，世界需要的——更多人喜爱的应该是那个"正纪"。

——不该搜的。

正纪咬紧牙关。

搜索与自己同名同姓的人，或许无异于寻找自己的分身——一个和自己一模一样的分身，据说遇上就会送命。

凑过来看手机屏幕的女同事用别无他意的语气说："有个正纪是踢足球的呢。"

正纪拼命掩饰翻涌的心潮，答道："是啊。"

"还有吗？"她向手机伸出食指，滑动搜索结果。

还有其他"大山正纪"在，有一个是医学研究领域的。专业知识正纪不大懂，但以后这位正纪若是得了诺贝尔奖，这世上的所有"大山正纪"恐怕都会沦为配角。

搜索结果再往下——

《小学老师（二十三岁）猥亵女童被捕》

他一阵惊疑，视线被钉住了。

——被捕？

链接的标题下显示了一部分正文，其中有着"嫌疑人大山正纪"的字样。

"哎呀，这就太糟心了。"女同事像是在宽慰他。

"是啊，和罪犯同名同姓是有点……"正纪回答着，心底里却涌起一股自己也不大明白的优越感——他比这个大山正纪强。

"……还是不搜了吧。"正纪将手机息屏了。

窥视同名同姓者的人生，让他陷入一种说不清的不安，好像自己与别人的界限变得模糊，灵魂开始同化——又或是背离。

到了下午，中年临时工出现了。自从他上次突然发难，正纪就不愿和他分到同一个时段了。但排班表上大半都有他，要避开也不容易。

不过，他也没有主动对正纪说过些什么。他连个招呼也不打，直接进了对面的收银台。

正纪和女同事谈笑了一阵子。气氛骤变，是因为她突然开口："我有件事想请你帮忙。"

她的语气像邀他去玩一样轻快，眼神却极为严肃，像是有些苦恼。

"什么事？"

"刚才聊到名字，我忽然想起来了……我想借你的名字用用。"

借名字？

听起来像是犯罪。但女同事态度坦荡，应该不是找他谈什么危险的勾当。

"怎么说？"

"爱美被害案的凶手被逮捕了，对吧？"

十六岁少年被捕后，连日占据电视新闻头条。正纪看过几眼，也没有特别关注后续报道。

"是啊，没想到凶手才十六岁。"

"对吧，我就是没法接受这一点。"

"这一点？"

"十六岁。"

"年龄这东西是天生的吧？"

"我不是这个意思，我是说，我没法接受凶手靠年龄小而躲过惩罚。他残忍地杀害了六岁的小女孩啊。"她的眼神饱含义愤，语气中满是对凶手的嫌恶与愤怒，"大众也很愤怒，觉得太荒唐了。凶手犯下这么凶残的罪行，还有《少年法》保护他……一想到被害人家属有多憋屈，我就心如刀割。"

"发生了这种案子，是很气人。"

"不要说'发生了'，这案子还没过去呢。"

"抱歉，我不是这个意思……"

"现在民间有些签名活动，一个是亲属发起的，请愿判凶手死刑，还有一个是市民团体发起的，要求公布凶手的真名。"

"……要签名啊。"

"没法去现场签名的人也能参加。下载签名表，写上名字寄过去就好了。"

好像说到麻烦事上了。难得她开口，正纪有心一口答应，却又对借名字这件事有些抵触。

一旦同意，签好的名字会被发到网上。但要是活动的要求没有得到满足，这个团体开始发表极端意见了呢？既然他署名了，落在别人眼里就是赞同这种极端意见。签一次名，以后就可能妨碍到他的求职。

说心里话，他不想蹚这浑水。

或许是看出他在犹豫，女同事又说："不是什么可疑活动，你不用想那么多。你也没法接受吧？你也很生气吧？"

"呃，这个……"

前几天，见她为凶手气恼，正纪迎合她，表现出对惨无人道的案件的愤慨。没想到装模作样一下，就惹出了这场麻烦。

"既然觉得凶手罪无可赦，就该表达出来，不然司法是不会行动的。可我周围尽是些冷嘲热讽的人，什么'签名就算了''反正也没用''有点装'，没几个赞成的。但是正纪你会赞成的吧？"

正纪听出了她的弦外之音：只有这样做才算绝对的正义，否则便是站队相反的小人。

扪心自问，他对发生在陌生人身上的案件没有太大触动。他和一般人一样有些同情，有些愤怒，仅此而已。但让女同事觉得他在隔岸观火的话，会拉低好感度。

"你说得对。没有姓名的凶手很快就会被遗忘，情节恶劣的案件应该公布凶手的真名。"

"就是说嘛！"她的声音拨高了，"这种人不可能洗心革面的，怎么能让他活着回归社会。"

温和体贴、钢琴弹得也好的女同事竟会说出这样偏激的话来，正纪不禁慌了神。

但他再一想，案件太惨烈，生气或许也是理所当然的，便附和道："我懂。"

这时，对面的收银台传来咂舌声。正纪偷瞟一眼，只见中年临时工正怒目瞪着他们。正纪险些条件反射地问"你有什么事"，又使劲忍住。他无视对面，又转头面向女同事。

没说几句，背后又传来夸张的叹息声。那人提高音量，装腔作势地"唉"了一声。看来不给出点反应，他会反复如此，很难当成没听见。

正纪不耐烦地朝他看去："有什么事吗？"

他嘲讽地鼻孔里出气："嗐，这不是看你们又聊侵害人权的事聊起劲了吗？我看不下去了。"

发难的是女同事："就你话多！我们在行使正义！"

她脸上写满愤怒。见她霎时间像换了个人，正纪后退一步。

这时的她好像上周末在涩谷站附近高声喊叫的高中女生。

"我绝不原谅凶手！"

"公布凶手的真名！"

"判凶手死刑！"

"请帮忙建造能让女生安心生活的世界！"

少女和现在的女同事一样怒气冲天地发着传单。正纪记得，当时他打了个寒战，绕道而行了。

看她这样激愤，正纪满以为她和受害人有什么关系。但后来看网民热议其行为时提到的信息，她似乎是那一带有名的社会活动家。

中年临时工嘲弄地摇摇头。

"你知道无罪推定原则吗？那个人目前只是被捕，就还是无罪。媒体却咬定被捕就等于是凶手，民众也跟着相信，跟着骂人。他要是被冤枉的，可就没得挽回了。就算查明他是无辜的——"他用食指和拇指比了个小缝，"媒体也只会拿出这么丁点儿大的地方，登篇报道，订正，道歉，了事了。"

"哪来那么多被冤枉的？"

"证据不足不起诉的案例可太多了。"

"那完全是因为罪犯太狡猾，根本没留下什么证据，跟无辜是两码事。"

"你看你！"他眉飞色舞地拿食指指着女同事，"你又不懂法，又不认识嫌疑人，却自个儿认定他就是凶手。既然拿不出他犯罪的证据，就该当他是无辜的。有些案件吧，只有当事人才清楚真相，可一帮脑子不好使的照样一上来就觉得自己无所不知。要是一开始就往坏处想，那不管是什么间接证据，还是单方面的主观性证言，他们都会照单全收，拿别人当罪犯，往人家身上砸石头。就算事后查明对方是冤枉的，匿名谩骂无辜者的人也不会道歉，只会再去找，再去攻击下一个牺牲品。你见过哪个骂错人的道歉吗？顶多也就是看到被冤枉的人直接反驳，形势不妙了，才顺势说一句。毕竟攻击'邪恶'爽得很，跟精神毒品一样，可以自以为行得端、坐得正嘛。没有人意识到，这其实暴露了自己内心有多丑陋。"

"你不也一样？"反驳的话语险些脱口而出，却还是卡在了嘴里。

都一样。

正纪想全力支持女同事，但又觉得两个人半斤八两。他们说的话都有道理，可为什么就是这么让人不舒服呢？一个歇斯底里，一个啰里八唆。

"总而言之，还是嫌疑人的阶段就实名报道不是好事。"

中年临时工抛下这句话后，女同事还嘴道："为了保证公益性和真实性，必须实名报道。匿名的话，谁也保证不了案情是不是真的。"

"你这是被媒体洗脑了吧。就算亲属苦苦哀求不要实名报道，媒体也会毫不留情地公布被害人的真名，这都是他们的老话术了。"

"……我说的不是被害人，是加害者，是凶手！"

"在实名报道以保障真实性这个问题上，是被害人是加害者都一样。"

"一点儿都不一样！"

"麻烦你别打感情牌。"

"我哪里打感情牌了？不报真名的话，我们怎么知道案件是真是假！案件就不足为信了！"

"是吗？如果是性犯罪，有时候报道就会写'五十岁男教授猥亵女学生'，这也是编的？这种时候，加害者和被害人的真名可都没有曝光。"

"这……"

"要是尊重人权，就该遵守联合国通过的《人权宣言》。在证实嫌疑人有罪之前，都该做无罪推定。三流人权活动家最巧舌如簧，看到逮捕就断定犯人有罪，大肆攻击。你这种人应该最喜欢重视人权的瑞士和瑞典了。可这些国家在人只是犯罪嫌疑人，还没判决的时候，是不会做实名报道，也不会刊登他们的照片的。这你就不知道了吧？"

女同事咬紧下唇，狠狠瞪着他，但看来也无言以对了。

打工结束后，正纪带着一肚子烦闷回了家。

女同事让他为事不关己的杀人案签名，打工店里的两人为该不该实名报道大吵一场，都叫他心烦。

又不是在网上，他想。

人人都为陌生人的案件、言论、纠纷激愤不已，滔滔不绝地发表自己的观点，和意见相左者对立、争吵、剑拔弩张。网络空间的节奏到底侵蚀到了现实世界，弄得人们心中充满戾气。

但推特的优点就在于，它与现实不一样，看谁心烦都能拉黑，免得他再出现在自己眼前。拉黑多了，自己的账号也会变成一片净土，再没有攻击别人的货色。

正纪打开推特，想换个心情。他打算搜一搜好玩的段子或者视频，慰藉自己。推特的热搜关键词前十位映入眼帘。

正纪瞪大眼睛，心脏猛地一缩，呼吸也止住了。

第一位显示的是——

　　大山正纪

他的名字。

7

被闹铃叫醒的大山正纪拿起枕边的手机。他想看看推特上的趋势。流行的话题搁上一天就会过时，必须不断更新当天的谈资。

就在他要查查有没有好玩的推文时，一样东西跳进眼中。

排行榜第一位的词条——

大山正纪

正纪一时间有些茫然。他又没有在全国大赛上上演帽子戏法一类的壮举，名字怎么会登上排行榜的首位呢？

忧虑与不祥的预感一同袭上心头。

到底发生了什么？

正纪深呼吸以平复心情。

他陷入错觉：他一个普普通通的高中生成了全日本的焦点。这叫他胆寒，好像脊梁骨被换成了冰棍。

该不会是有人用奇奇怪怪的方式把他给曝光了吧。

推特上每天都会"检举"各种问题，总有什么人、什么事引发"骂战"，有时是强迫员工遵守不合理规定的企业，有时是性骚扰别人的摄影师、出轨的艺人，有时是广告里有歧视性内容的企业或者广告代理商、不爱护厨房卫生的临时工乃至说话难听的匿名账号。

即使有人不玩推特，只要别人在检举的同时挂出他的个人资料，他就会被绑上网络的十字架，被大众处以石刑。几个月前，岩手县有个议员在博客上谩骂医院，就激起一场大骂战，遭到媒体和网络的攻击，最后自杀了。

正纪是真的害怕这种事会轮到自己身上。

他战战兢兢地点开"大山正纪"的链接，有人上传了自己拍的杂志头版。

　　冷血无情　虐杀爱美
　　丧心病狂的杀人犯　十六岁少年的真名曝光
　　大山正纪

——我虐杀了爱美？

看到骇人标题的一瞬间，正纪感到这个熟悉的名字犹如诅咒，朝他张开大口。自己的名字遥远得像是陌生人的，但又的的确确是自己的。

他勉强从屏幕上挪开视线，再次深呼吸。心脏像刚从后场全力冲到前场上一样，乱跳不止，逼近爆裂的边缘。

　　这名少年用没有人性的残忍手段剥夺了幼小孩子的生命，却倚仗十六岁的年纪，躲在《少年法》后。他的名字是"大山正纪"。本刊考虑到案件的严重性，特此公布其真名。

——只有被害人的隐私被公开了，太不公平了。

正纪先前对近年来罕见的凶残猎奇杀人案感到愤慨，又想树立正义使者的形象，便极力强调公布真名的必要性。

如今这本杂志打破《少年法》的高墙，曝光了少年犯的真名。这本该叫他快意。本来安心躲在"少年A"这一符号保护下的恶徒的身份会大白于天下，接受社会的制裁。

但正纪从未想过，被曝光的少年真名竟与自己一模一样。

他的视线转回手机，上面正依次显示出全日本包含"大山正纪"的推文。

看看数字，一个小时就发了足足一千二百五十六条，数量惊人。还有些推文被转发了成千上万次，扩散速度非比寻常。

"杀害爱美的杀人狂，叫大山正纪？"

"我就不废话了，大山正纪去死吧！"

"大山正纪，我这辈子都不会忘记你的名字！"

"大山正纪是吧，我记住了。你这种王八蛋就等着被千刀万剐、碎尸万段吧！"

"大山正纪先生，你说不定还能活下去，可是被杀的爱美已经回不来了！"

"那个畜生的名字叫大山正纪，彻底喷死他！"

"不要放过大山正纪，我想把他给五马分尸。"

"大山正纪，你不许再回社会了！"

"请愿判他死刑。#大山正纪"

"大山正纪，我绝不会忘记这个名字。"

"大山正纪去死！"

"干得漂亮！难为你们公布名字了！#大山正纪"

"凶手名字曝光，真恶心人。#大山正纪"

"是叫大山正纪吗？我绝不会饶了你小子的。"

"就因为他未成年，很快就会回到社会上！#大山正纪"

"死刑也够便宜他了！#大山正纪"

喷薄而出的厌恶与激愤如有实体，朝他身上压来，叫他心跳得厉害。他的视界变小，除了手机屏幕以外，什么也看不到，胃像冻住了一样，血管中奔涌的血液也变得冰凉。

——我被全日本仇视，被全日本讨厌了。

正纪理智上明白那不是自己，感情上却转不过这个弯。

大山正纪。

一模一样的名字。网上写的文字毫无二致，没有任何差别能区分开他和凶手。那么，痛骂大山正纪的无数言辞不就等于在骂他吗？

他仿佛被踹进了绝望的深渊。

正纪闭上眼，试图和平时一样，沉浸到自己在比赛上大放异彩的幻想中去。

但他刚一进球，全场的观众不但没有欢呼他的名字，反而破口大骂。推特上看到的对大山正纪的辱骂、诅咒化作观众手中的石头，朝他身上砸。

正纪出了一身的汗，睁开眼。他喘着气，只觉室内的空气都变得稀薄了。

入选日本足球国家队，让全世界都知道自己的名字——大山正纪。这是他一直以来的梦想，但就在这一刻，这个名字沦为了丧心病狂的象征。

球场上公布首发阵容，念到这个名字时，众人脑中想到的是猎奇杀人犯。支持他的球迷每次呼喊他的名字，只怕也会想起爱美被杀的惨案。

自己的名字被玷污了。被同叫大山正纪的人玷污了。

走到案发、真名曝光的这一步，这个污名是怎么也洗不掉了。已经无从补救了。

正纪跟跟跄跄地下了楼，走进餐厅。母亲正在做早饭。

"早上好，正纪。"母亲打招呼的语气和平时一样。

正纪像从虚幻的世界回到现实一样，心里一宽，但同时又涌上一股不安，仿佛这片现实被社会遗弃了。

"早、早上好。"他的声音中带着自己也听得出的慌乱。

"……你怎么了，正纪？"

他现在不想听到这个名字。

"你脸色不大好啊。"

他无从解释，"大山正纪"这个名字沾上一辈子都甩不脱的污点了。

母亲应该还毫不知情。照网上的说法，今天发售的杂志曝光凶手的真名后，一转眼就在推特上不胫而走。知道的人想必有几十万了。

但仔细想想，曝光真名属于杂志"越轨"了，电视大概不会报道。他以前看过网上的报道，《少年法》第六十一条是禁止对少年做实名报道的。

只要电视不播，传播范围应该有限。

他这样劝解自己，却没有起到一丝安慰的效果。

"没什么。"正纪答了一句，在桌边坐下。母亲露出讶异的神情，却还是摆起早餐的碗碟来。

母亲有营养师证，每天做饭时都会考虑运动员的营养需求。她是真心支持正纪的职业足球梦。

——要是因为天赋之外的原因放弃，你一定会后悔，会放不下的。钱这些事你就别担心了，挑战到自己满意为止吧。

初中时母亲的鼓励仍萦绕于心头。

但现在……

"大山正纪"已经当不上球星了。以前有过和猎奇杀人犯同名同姓的体育明星吗？唾骂猎奇杀人犯会变成唾骂运动员，同样的道理，为运动员加油也会变成为猎奇杀人犯加油。

正纪想起他记得名字的暴徒，那些叫全日本恨之入骨的杀人犯——随机杀人案、地铁毒气案，还有许多毒杀案的元凶。如果有名人和他们同名同姓，他愿意叫出这个名字为之加油吗？

他想象一番，答案是不愿意。

任谁也无法毫无芥蒂地喊加油吧。即使只想为运动员加油，心底还是会闪过猎奇杀人犯的身影。

父亲下楼来，三人一起吃了早饭。母亲和平时一样，转到早间新闻的频道。

新闻上正在评论爱美被害案。

正纪凝视屏幕，心跳又乱了。

少年A。

屏幕下方的字幕和板子上写的都是"少年A"，没有提到真名。

正纪松了一口气。

电视还是遵守《少年法》的，知道少年A真名的只有网民和杂志的读者。

新闻里主持人在念少年所在高中的学生们的证词："他在班里也独来独往，没有朋友。""就是所谓的宅男，沉迷动漫，只有二次元角色是朋友的那种。""他对小女孩的执念挺吓人的。"

摄影棚里弥漫开"果不其然"的氛围。

"据女学生说，'能感觉出他不擅长跟现实的女生打交道。他不敢直视女生，就算有事要说，也结结巴巴的'＇他阴森森的，班里没人愿意跟他打交道＇。还有传言称，他袭击过女生。"

主持人念完后，中年女社会学家板着脸说："最近很多年轻人有这个倾向。现实中的女性有自己的意志、自己的人格，不会任他们摆布。他们不知道怎么和现实女性打交道，只能依存于虚拟角色，但他们又放不下对现实女性的留恋，欲望就指向了不成熟的小女孩。因为小女孩和成年女性不一样，易于掌控。犯案的那个少年应当也是如此。"

主持人点点头，说："是这个道理。"

画面切换，打出"被捕少年A的父亲"的字幕，镜头对准他的脸部以下。

"我不敢相信儿子会犯下这样的罪行。他是个心地善良的孩子。我妻子精神也崩溃了，恳请大家不要骚扰她。"

正纪的母亲一脸愕然："说得好像不关他们的事似的。最难受的可是被害人家属。他们该先给人家道歉吧？对吧？"

正纪提不起精神去附和，只是闷头吃饭。他一边咀嚼，一边朝煎鸡蛋伸筷子时，节目里工作人员送上了新的展板，上面贴着许多剪报。

主播朗读各家报刊的报道摘要。

"——而预计会遭到抨击的是今天发售的《周刊真实》杂志，它公布了少年A的真名。"

正纪心脏又猛地一缩，胃底泛起冰冷的紧张。

正纪偷眼去看父母的表情。

"……这才像点话，是吧？"母亲对父亲说，"这案子太恶劣了。"

父亲吃着饭，漠然答道："是啊……"

"新闻说曝光了凶手的真名,我得去买本杂志。希望还有卖。"

正纪强忍焦躁。

如果他还不知道凶手的真名,恐怕也会表示关注,说"我也想看了"。冷静想想,一个看热闹的陌生人,就算知道了罪犯的真名,又能怎么样呢?罪犯叫木下、叫东、叫加藤,又和他的人生有什么关系?

"我觉得……还是别买的好。"

"你这是怎么了,正纪?"母亲奇怪地问。

他答不上来。等母亲买了《周刊真实》,发现凶手和自己的儿子同名同姓,会怎么做?会对"大山正纪"深恶痛绝、破口大骂吗?

不,她应该只会浑身不自在。

正纪搁下筷子,起身说:"我去学校了。"

母亲惊讶地看看挂钟:"还没到时间呢。"

"我今天值日。"

这自然只是借口,他不想再看爱美被害案了。

正纪快步走出餐厅,穿好衣服。他出了门,骑上自行车前往学校。

在住宅区里骑了十五分钟后,他到了。这时只有零星几个学生进校门,看不到社团的朋友和同班同学。他在停车处停好自行车,走进教学楼。

入口和走廊都空荡荡的,好像全世界的人都消失了,一片寂静。但猎奇杀人犯"大山正纪"就存在于现实里。他心里只剩下这件事了。

走进三年二班空无一人的教室后,正纪在座位上坐下,书包丢到桌上。他直直盯着暗绿色的黑板,忍不住叹了口气。

他从书包中掏出教科书和笔记本时,背面映入眼帘。

大山正纪。

上面写着自己的名字。

正纪几乎要冷笑了。

标明物主的名字有多大意义呢？学校里没有同名同姓的学生，所以能辨别出物主，但放大到整个日本来看，它就不足以代表个人了。

曾经仅属于自己的名字的存在价值摇摇欲坠。他从未想过，名字是如此暧昧。

现在他知道凶手和自己同名同姓，"名字代表罪犯"的理论就叫他难以信服了。这世上不知道有多少个重名的人。名字代表不了一个人，除非那名字着实奇特，全世界只此一家。

不多久，走廊上渐渐热闹起来，学生们来上学了。教室门打开，两个女学生走了进来。她们的视线刚对上正纪，就"啊"了一声，彼此对望一眼。一阵沉默，谁也没有开口。

"早、早上好，正……"两个女生僵了僵，嘴都忘记合上，跟着又掩饰性地嘟囔着"啊，嗯"，走向自己的座位。

——正。

她们大概是想说"正纪"，但这个名字和可恨的猎奇杀人犯一样，所以欲言又止。或许是觉得太不严肃、太不合适了。

"哈哈！"正纪不禁发出嘲弄的笑声。

扎人的视线黏在背上，后面的座位上传来两个女生有所顾虑的嘀咕声。

回过神来，他已竖起耳朵。他陷入被害妄想，总疑心两人在讨论自己，无比关注她们的聊天内容。

叫人坐立不安的时间持续了几分钟后，同学们陆陆续续进了教室。

"啊。"或许是没想到正纪先来了学校，天然卷的朋友面露疑惑。

"……嗨。"他微泛苦笑，轻轻扬了扬手。

正纪本不想在朋友面前表现出异常，但朋友有了想法，要不表现出来也很难了。

他装出阳光的样子，打招呼道："嗨。"天然卷的朋友本想直接去自己的座位，却又改了主意，走到他身边，挠着头说："看样子，你知道杂志的事了吧。"

"……嗯。"正纪点点头，"网上都闹翻天了嘛。你是说爱美被害案的凶手吧。"

"这真名，吓了我一大跳。"

正纪只能报以自嘲的一笑："是啊，我也是。"

"看到你名字的时候，我脑子一片空白。当时我是真纳闷，你怎么成凶手了。"

"最糟心的可是我。网上还没消停吗？"

"还在推特热门关键词的前十位呢。"

"真的？"

"现在真名在网上传开了，人人都知道，只有报纸和电视闭口不谈，对吧？可是网友没法接受，这事好像就完不了。他们质问媒体要隐瞒凶手的真名隐瞒到什么时候，让媒体不要当帮凶。"

网上的群情激愤不难想象，正纪一阵腻烦。他们向凶手"大山正纪"宣泄的怒火与恨意，全都扎到了同名同姓的人身上。

"你没上网吗？"

"看到痛骂自己的推文，心里会不舒服的。我现在只用手机来收邮件了。"

"同情你。不过是碰巧叫了同一个名字而已，太惨了。"

正纪从未想过，前一天他的人生还充实无比，忽然之间，梦想就这样被践踏了。

棒球部的朋友也来上学了。他看到正纪，讪讪地走过来。

"你不会已经知道了吧？"他问得暧昧。

"你是说我的名字？"

"……差不多吧。看到你的名字，我都慌了。"

"我才是头号当事人。"

"话是这么说，可我心情也很复杂。"

"你复杂什么？"

"不是，我没别的意思。"

"……早知道会这样，还不如不公布真名呢。"

"你这是只看结果吧。我还是觉得，应该直接公布罪犯的名字。"

"事没落在你身上，你说得轻松。换成你是我，你还愿意吗？"

"不带这么假设的，这事跟我又没关系。"

"发挥发挥你的想象力。"

"难不成你觉得杀人犯叫少年A就行了？"

天然卷的朋友插嘴劝解"好了好了"，又拍拍正纪的肩膀："你也冷静冷静。"

他管正纪叫"你"。

正纪发现他们都没有叫自己的名字，明明以前都会叫"正纪"的。

在他们心中，"大山正纪"已经是不愿直呼的名字了。

正纪注视着棒球部的朋友："说到底，这跟少年A问题是两码事吧？"

"名人里不也有同名同姓的吗？"

回想起来，有位棒球球员和足球球员同名。这种时候，大家管一个叫"踢足球的某某"，另一个叫"打棒球的某某"，好加以区分。

这倒也罢了。

不好过的应该是活跃在同一领域的重名人士吧？足球球员里也有这样的例子。

有名气的和没名气的。

如今想来，大家都管表现一般的那位球员叫"不出名的那个"，借此区分。这是事实，所以正纪也从未觉得哪里不对。但球员本人会怎么想呢？

他介绍自己时会自嘲地说"我是不出名的那个某某"，但心里只怕不会舒服。和有名的那位比，他确实寂寂无名。或许这就导致了他只能开开玩笑。

单是重名，球迷就会拿两人作比较。他们心里会不会觉得"不出名的那个"是冒牌货呢？

正纪恍然大悟。

名字这东西，是场先下手为强的争夺战。不管是恶名还是美名，只要先出了名，就能霸占这个名字。

如果和漂亮的偶像同名同姓，旁人一听到名字，就会对外形抱有期待，设下更高的标准。自己越比不上对方，旁人就越为落差而失望，然后断定这不过是个重名的冒牌货。

——即使对本人而言，自己才是本尊。

名字这样东西是何等暧昧不清，何等可怕？

上课铃响起，班主任走进教室。两人如逢大赦，溜回各自的座位。

正纪也一样如逢大赦。

晨会结束，第一堂课很快就开始了，是正纪不擅长的数学课。黑板上写的公式宛如天书。

数学老师瞥了一眼挂钟："现在是五分，这个问题就五号来回答吧，大山。"

刚点到他的姓氏，教室里的氛围绷紧了一下，时间短到难以察觉。是他多心了吗？

正纪一阵局促。

"呃……"他起身，盯住黑板上的问题，但脑子不转了，"对不起，我不会。"

数学老师愕然叹息："六号，你来回答。"

正纪坐下，满心盼着快放学。

刚发现自己的名字成了猎奇杀人犯的代号时，他坠入了绝望的谷底。但荒谬的现状渐渐激起他的烦躁。

他为什么要受这种罪？

可恶！

——自己的名字被猎奇杀人犯给偷了。

大山正纪这个名字已经不属于他了。

足球社的教练叫他去办公室，是一周后的事。

"有什么事？"

教练挠挠后脑勺，皱起眉头，像是不好启齿的样子："不是什么好消息，我不知道该怎么告诉你。"

正纪心生不祥的预感，恨不得逃出去。到底会有什么事发生？他的胃一跳一跳地疼。

"跟你说实话吧，"教练的语气很是沉重，"大学体育推荐的事泡汤了。"

正纪以为自己听错了。一股绝望攫住他，仿佛他所走的路忽然之间坍塌了。

"这、这是为什——"

"推荐的事只是私下的邀请，不是定死了。听说最后他们决定推荐其他人了。"

教练同情地向他解释，大学足球社的教练挑中的是对手学校的王牌球员。

"为什么是他？"正纪不肯罢休。事关他的人生，他无法轻易接受，"我踢得更好，也拿出了成绩！他们怎么能说翻脸就翻脸——"

就在怀疑到对方受贿的时候,他一阵惊愕,如遭雷劈。

"是因为我叫大山正纪吗?"

教练脸上写着:你在说什么?

"谁让大山正纪有污点了嘛。"

"……你是说那个案子吗?"

"不然呢?队里要是有猎奇杀人犯,就不好办了呗。"

"怎么可能为个名字就不要你?是他们的教练眼光——"

别人或许会觉得"一个名字而已",但真的是"而已"吗?

"站在教练的角度,要是实力没太大差别,会更青睐名字干净的那个吧?"

"别说傻话。"

"心里怎么想的,只要不说出来,没人会知道。就算是因为名字不要我,表面上也可以说是我实力不够,要找多少说得过去的理由都行。"

"这——"

"我要直接联系他们的教练,问他们为什么不讲信用。"

正纪下定决心,走出办公室,对教练的劝阻也只当耳旁风。

他心里清楚,做什么都改变不了结果了。

他的人生笼罩在名字的阴影中,就此乱套脱轨。如果"大山正纪"没有猎奇杀人,他或许就在绿茵场上大放光彩,当上职业球员,进军全世界,走向大家都觉得男孩子叫"正纪"真好的未来,走向大山正纪的名字备受爱戴的未来了。

但现在,这一幻想已然破灭。

8

被卷进一种可怕的命运之中，好比一个只负责看热闹的配角被强拖上断头台一般，叫他胆战心惊。

事情怎么会走到这一步？

没有排班的两天，大山正纪闭门不出。他忘不了少年A真名的冲击。

网上每天都充斥着对"大山正纪"的辱骂。这都是因为《新闻秀》报道了《周刊真实》曝光凶手真名一事，据说杂志连连脱销。

从报道凶手真名的那一刻起，一个单纯的字母——"少年A"变成了"大山正纪"。这个名字刻到了大众的意识里，就像符咒上血写的不祥文字。

对大众而言，虐杀女童的杀人犯是独一无二的"大山正纪"。他们都坚信，每个罪犯的名字只代表那个罪犯。但事实是同名同姓者为数众多，大山正纪也是其中之一。

当牙医的大山正纪、在高中足球界小有成就的大山正纪、做研究的大山正纪，还有他这样靠在便利店打工为生、默默无闻的大山正纪。

正纪在搜索网站中输入"大山正纪"，在特定领域多少有些成就的大山正纪们被虐杀爱美的"大山正纪"覆盖了。

他连翻几十页搜索结果,依然全都是猎奇杀人犯"大山正纪"。匿名论坛上的爱美被害案帖、汇总网站、名人的推文、个人博客等,不一而足。

正纪像要偷窥群起声讨自己的地方一样,在灭顶的忧虑中打开帖子。层出不穷的发言在攻击"大山正纪"。无须填写账号名或是网名的匿名论坛上,发言尤为极端,毫不留情。

"大山正纪的家人和亲戚都得判死刑!"
"人肉出他全家人的资料,挂出来!"
"养出这种畜生,父母也得连坐吧?"
"大山正纪的照片还没找着?"
"媒体简直废物!给我加大力度!"
"杀害女童的大山正纪没有人权!"
"我们来断了大山正纪的后路!"
"帮爱美报仇,老天不收他,我们来收。"
"反正大山正纪也不会被判死刑,很快就会回归社会了,我们得让他在社会上混不下去才行。"
"大山正纪去死。"

他呆呆看着这些发言,渐渐觉得是自己杀了人,自己在被大肆抨击。但他还是忍不住要往下看。自己成了众矢之的,叫他怎能视若无睹?

"大山正纪"的名字依然排在推特热搜前列。

网上像是有新进展了。

我查出虐杀爱美的凶犯、变态恋童癖大山正纪的住址了！青海花园山庄的206室有"大山"的名牌，证据就是这个！#求扩散 #求判死刑

　　这条推文是名为"由实"的女性账号发的，转发数超过八千，还顶格附上了四张照片。

　　一张是叫"马克斯"的账号推文的截图。文字是"附近的公寓门口停了好几台警车，吵得要死，是出什么事了吗"，另附有照片，看起来是从推主住的公寓的五六楼上拍的。跟前有栏杆的一张是俯拍，拍到的是栋整洁的公寓，门口大路上停着几辆警车，还有穿着警服的警察。

　　第二张也是"马克斯"的推文截图。他说："完了！昨天的警察照片好像跟那起爱美被害案有关。凶手竟然就住在附近，吓死人了！"

　　第三张是警察闯入的公寓外观和地图应用中显示的公寓对比图。图像的一角标有地址。

　　第四张是同一个地图应用里的公寓正面照，院子的树木间能看到206的名牌。照片已经放大，"大山"的字样十分清楚。

　　正纪以前看过的报道说，行凶的少年和父母一起住在公寓里。恐怕没有人想到，住址会这样被人肉出来。

　　警察到了公寓，附近的居民"马克斯"拍下这一幕，又将未打码的照片传到网上，后来又发推文说此事与爱美被害案有关。当时没有受到关注，大约是因为这个账号只有一百二十来个粉丝，推文也不是同一天发的。但有一万四千五百多个粉丝的账号"由实"发现了这些信息，总结后发出推文，就此扩散开来。

　　如果凶手的父母还住在那里，怕是要头疼了。

正纪有些同情他们。

事实上，网络顷刻间就被点燃，厌恶与义愤喷涌而出。

  我跟踪了大山正纪的爸爸。他在高井电力工作。他妈妈没出过家门，可能是全职主妇！

专门跑去现场的人发的推文成了导火索，推特上掀起人肉凶手父亲的风潮。

  我挖出了高井电力主页上的员工名单。猎奇杀人犯大山正纪他爸本名叫大山晴正，今年四十八岁，是个精英，人生赢家，年收入怕是超过一千万了。真没天理。

附上的图像是官网的截图，登着中年男性的大头照，照片下标了名字、职位和年龄。

人肉出凶手的父亲给网络又添了一大把火。毕竟这次出场的不是已经被捕、正在拘留的杀人少年，而是还活跃在社会上的活靶子。

  "在电视上胡说八道，好像跟他没关系的凶手他爸就是这人吗？"

  "看这面相，是能养出个猎奇性犯罪者。这爹当得真垃圾，毫无伦理观、道德和常识。"

  "别以为还能过你的安生日子！你养出了个杀人犯儿子，睡觉也给我小心点！"

  "把他们父子都赶尽杀绝吧。高井电力的地址和电话号码看这里。"

在攻击凶手父亲的几千条推文里，也有一部分鼓动大家去投诉高井电力。

这是大山正纪的爸爸对新员工的寄语。自己养出个杀人犯，还真有脸！

附图是高井电力的官网三年前上传的寄语。强调工作自觉性何等重要的长文以"请各位新员工心怀对公司的热爱，培养出一流的商业精神"收尾。这似乎又激起了网民的愤怒。

"在自以为是地教育新员工之前，先管好自家孩子吧！"

"这种父亲肯定把育儿工作都丢给母亲了吧。一个不顾家的人渣，唯一的人生价值就是自以为是地教育年轻人了。"

"也别放过他爹！"

"又是有钱人作孽啊！"

"他肯定是纵容儿子爱怎么花钱就怎么花钱了。结果大家都看到了！"

"什么商业精神啊，恶心死了。"

推特上群情激愤，每看一次都会刷出新信息。

这位父亲在以前接受报纸采访时，也提到过他的儿子："我希望儿子能像我一样，就让他继承了我名字中的一个字。我希望他能像名字一样，'行得正'，关爱他人，度过美好的人生。"

不幸这篇报道发布在网上，一转眼就被传开了。网民群情激愤，要求惩罚。

"这下子可以确定就是他了。他都承认儿子的名字里也有'正'字了。"

"这人佐证了一个说法，说话越冠冕堂皇的人，做事越不行。"

"说得这么自以为是，正大光明，不引咎上个吊，可就成光说不练了（笑）。"

"这家伙说的'行得正'，难道是指他的萝莉控儿子虐杀小学女生的事吗？"

他在公司内部有张呼吁献血的公益宣传海报，标题是"大家的血可以拯救生命"，这时候也被翻了出来。

"恶心死了！他想让人感染杀人犯的血吗？换成是我，宁可去死！"

"我们去让献血中心把大山的血液给扔了吧！"

"别让他的血和DNA传下去！"

"大家一起拒绝献血吧！被杀人犯家属的海报打动的人和杀害爱美的凶手同罪！这是在考验大家能不能做出正确的判断！"

正纪感到，推特上——应该说是匿名社交网络上，人类的可怕与残忍都清清楚楚地摆在了眼前。

一个家人后来变成杀人犯的人就不能呼吁献血吗？就像痛恨一个人连他周围的东西一并痛恨一样，情绪上来，连人道也会一并否定。

过火的荒谬言论下，也有反驳的回复。"血液不便保存，只能指望献血。鼓动别人拒绝献血等于帮凶杀人，和凶手一样""请不要害死本能得救的人""你是因为人不会死在自己面前，才感觉不出自己的话是在杀人吧"。但怒气冲冲的人认为这是在挑他们这些正义之士的刺，拉黑回复者，听也不听。

推特上，这位父亲的所有言行都遭到了否定。

第二天中午，正纪带着郁闷的心情去打工。铅灰色的天空下阴云密布，寒风呼啸，开始枯萎的林荫树上飘下褐色的树叶。

眼见便利店越来越近，他情不自禁地叹了口气。

走进店里，熟悉的两个同事的目光同时转到他身上。

"啊……"女同事嘟囔一声，又飞快地移开视线。

"下午好。"正纪向她打招呼。

一阵令人尴尬的沉默。

"嗯……"他收到的不是问候，而是不能无视，只好敷衍一声的反应。再迟钝的人也看得出气氛不对。这到底是怎么了？

正纪换好衣服，回到柜台，对她说："……今天天气真不好啊。"

他选了个不疼不痒的话题，观察女同事。这次对方毫无反应。

"他又跟你说什么了吗？"正纪扫了一眼中年临时工。或许是他没来前，女同事被这个"教育狂大叔"给念叨了。

回答正纪的不是女同事，而是中年临时工："别赖别人，我一句话都没说。"

——那她心情怎么会这么差？

正纪想厉声逼问他，可又不愿一上班就吵起来，便极力克制。

他向女同事搭话。女同事咬紧下唇，皱起眉头，沉默了一阵子。她叹着气看向正纪："……你有点眼力见儿吧，我现在不想跟你说话。"

"你"。

075

她以前会温柔地叫自己"正纪",像善解人意的大姐姐一样,对自己和颜悦色。但她平时的和善在此刻不剩分毫,简直像在拒绝一个死缠烂打的性骚扰狂。

正纪糊涂了,他想不出自己做了什么激怒了她。

不……还是有一样的。

"你要是为签名的事——"

女同事竖起眉梢:"凶手的真名已经被杂志曝光了,你明白我的意思了吧?"

正纪恍然大悟。

她知道那个少年猎奇杀人犯的真名叫大山正纪。

同名同姓。

"不、不不不!可我又不是凶手……"

"我知道。这还用你说?凶手都抓住了。"

"就、就是啊……"

"问题不在这里,在我的心情上。"

"你要这么说,我也是一出生就叫这名字了,又不是我想不叫就不叫的。"

太离谱了——反驳的言辞几乎脱口而出。

但仔细想想,自己和她深恶痛绝的猎奇杀人犯同名同姓,她想忘记这一点都难。但就算能理解她的心情吧,自己感情上也很难接受。

背后陡然迸发出一阵大笑。

正纪扭过头,恶狠狠地瞪着笑得合不拢嘴的中年临时工。这旁若无人的笑声叫他恼火。

"你笑什么?"他的声音里带着压不住的怒气。

"哎呀,我笑一个随随便便就赞成公布真名的人落到了这种田地。太滑稽了,讽刺意味十足。"

正纪恨不得揍他一顿，拳头捏得更紧了。

他到底做了什么？

什么也没有做，只是每天都卖力打工，靠这份微薄的收入糊口而已。

他在爱情上也从未尝过甜头，一直隐隐盼着和自己在打工店里有好感的女性拉近关系。但恶名毁了这丝希望。

除了接待顾客之外，他连开口的机会也没有，孤零零地挨到了下班。

走出便利店，正纪感觉终于出狱了。

一直想着自己的名字，他陷入一种错觉，仿佛来来往往的人都在谴责自己。他们应该都看了杂志曝光真名的报道，都知道少年猎奇杀人犯叫"大山正纪"了。他们一定都对"大山正纪"义愤填膺，不肯放过他。

他理智上明白这些怒火是冲着凶手"大山正纪"去的，但情感上又是另一回事了。

回到家后，正纪打开手机追踪最新动态。他忍不住去看。

凶手和他同名同姓，这就硬把他和原本毫无关系的猎奇杀人案绑在了一起。就这样，他被卷进巨大的漩涡之中，直拖到深海里。

网上对挂出来的所谓"大山正纪"的父亲攻击得越发厉害了。有个视频博主跑到凶手父母住的青海花园山庄公寓，在推特上发了现场的照片。

那是放大过的206室房门照。整扇门都贴满纸，像高利贷催债一般。

"杀人凶手！"

"杀人犯一家滚出去！"

"去死！去死！去死！"

"上吊自杀吧！"

"这是爱美被害案凶手的家。"

纸上的文字用红色油性笔潦草写就，血一样刺眼，贴得满满当当，几乎看不到大门的棕色了。

指责他们行为过激的意见被大众的憎恶与义愤淹没。原来注意不乱贴标签的人，一旦确认了账号，就对犯人及家属进行批判，也一样在宣泄怒火。似乎有一条新闻起到了火上浇油的效果：以人权派和著名律师带头的十五个人组建了辩护团。据说他们准备以凶手年仅十六岁却被曝光真名，受到诽谤中伤等过度的社会制裁为由，要求减刑。

正纪心中一痛，把手机关机，第二天的打工也不说一声就直接翘了。

他有好感的女同事一定讨厌自己了。虽然讨厌自己的原因本和自己毫无实质关系，他也无能为力。

只要他叫大山正纪，就逃不过她的厌恶。

店长打电话来，发火的声音撞上他的鼓膜，不住指责他不负责任。站在店长的角度看，事实的确如此，所以他也无从辩解。

"对不起，我今天就辞职。"

"哈？你说什么？"

"因为我的个人原因。"

"我没问你原因。你明天给我准点来，要辞职先找好代你班的！"

"不要不讲道理。我是临时工，应该没有这个义务。"

"你开什么玩笑！"

"就这样吧。"

挂断电话的那一刻，他听到对面传来一声恼火的"大山正纪真是没救了"。

店主的这句话始终回响在耳中。

他特意用上全名，就代表……

正纪只有一个答案。大山正纪会杀人，打工也会不负责任地辞职。应该就是这个意思吧。

你是外国人。你是男人。你是女人。你是残疾人。你是无业游民。你是流浪汉。你是宅。你是病人——这世上充斥着各种歧视。不只是天生的属性，特定的职业、特定的爱好都能成为招人厌恶的原因，受人嘲弄，受人迫害。

但他从未想过，"你是大山正纪"也会成为被歧视的原因之一。大山正纪这个名字会成为他往后人生中背负的重罪，只因为这世界上有一位"大山正纪"是猎奇杀人犯。

他一介无名小卒，居然以这种方式成了一号人物。

但这么一想，他猛然醒悟。

这世上得有好几——不，是好几十、好几百号和性犯罪或杀人案的罪犯同名同姓的人。

——自己绝不是什么特例。

和罪犯同名同姓，是倒霉到家了。但放在现实里来看，就是很多人的切身经历，毫不稀奇。

两天后，声讨大山正纪父亲的风潮转了向。高井电力在官网上发了声明。

> 对于本次的津田爱美被害案，敝司祈盼逝者安息，也对其家属表示悼唁。另外，敝司员工大山晴正与被捕的少年毫无网络传闻中的血缘关系。敬请诸位理解。

社交网络上的污言秽语飞快哑了火。尽管还有些推文不甘心，死咬着说"撒谎""这是找借口吧""别想蒙混过关""他一定是凶手的父亲"，但大部分人都换了论调。他们大约是嗅到危险的气息了。

这一次，最开始挂出所谓凶手父亲传谣煽动的账号成了抨击的对象。当初相信谣言并且攻击过"父亲"的账号，这时候也在光明正大地批判谣言。

这就是不负责任的网络。

说到底，面对"恶人"，无论是在现实生活圈中大撒传单、乱贴招贴，或是在社交网络上编派辱骂他，本质上都一样。区别只在于攻击的是现实世界，还是网络空间。

如果自己落到同样的田地……

正纪似乎听到了人生慢慢崩塌的声音。

9

球场上，社员们追着足球东奔西跑。他们没有体系，也不分位置，只是在成群结队地追球。

"嘿！"大山正纪在前线扬起手，要求传球。己方后卫一记长传，球画出特大号放射线，嗖地飞远了。

现在没有人盯防，他本希望球能到脚下的。

正纪预测落点，跑起来。球在远处高高弹起，直接落到了对手守门员的手中。

他感到徒劳，叹息一声。回头看去，尝试长传的后卫在后场扬起手，带着歉意点了点头。正纪用动作表示不要紧。

守门员一个大脚，球飞向中场。几个球员同时包抄过去，但谁也没停住，球跳了跳。有人用头将它顶回前场，又一个球员来了记头球。队友控住争夺激烈的球权，这次用地滚球精准地传出下去。

正纪回到中场，要求传球。他用脚接住球，独自反攻。面对拦住他的后卫，他用脚底控球，让对手身体一歪，用外脚背和内脚背触球两次，将对手抛在身后。面对第二个人，他也用拿手的"插花脚加牛尾巴"甩开了。

"好强！"背后响起兴奋的叫声。

正纪直接转到左路，面对前方的后卫，把球控住，用连续的"反向踩单车"和桑巴似的脚步迷惑对手。他没有直冲上前，而是等待队友前来。

"喔！"又是一阵欢呼。

正纪在己方前锋进入对手大禁区的同时发动进攻。

他用外脚背将球一弹，制造出空间，然后用惯用的右脚做出传中的动作。对手后卫试图用左脚堵截。就在这一瞬间，他用"克鲁伊夫转身"甩掉对手，自己冲入大禁区，对方的其他后卫来补位了。

正纪先是"踩单车"，再是"两次触球"，声东击西，将球传给无人盯防的己方前锋。

一举定胜负的机会来了！

距离近到连守门员也不及反应，之后只要将球踢进去就行了。

但己方前锋没踢好，浪费了这次机会。球骨碌碌滚了几下，被守门员轻松捡起。

"好险！"对手后卫们松了一口气。

——球都喂到这份儿上了，竟然还射不中。

他已经深入大禁区，大可自己踢到最后的。做个给队友传球的假动作，最后的后卫应该会轻松上钩——要是球传过去，一分就稳稳到手了，必须阻止——他应该能轻松闪过。但队里实力差别太大时，一个人大包大揽容易惹人反感。他得边展露自己的技术，边在各个关键时刻给队友表现的机会。

毕竟，这不过是踢着玩的社团活动。

正纪掩饰不满，拍着手鼓励队友："别在意，没事！"

傍晚足球社的活动结束后，正纪在活动室冲了个澡，换好衣服。

他和队友们聊着天，走出学校。他们随便找了家快餐店，边吃饭边兴致勃勃地讨论海外足球。有人讲起找工作的挫折，话题自然转到了找工作上。到了大三的秋天，再不愿意也得为将来作打算了。

"正纪，你有着落了吗？"

"……我根本没开始找呢。"

"都到这时候了，还不找要来不及了吧？"

"说实话，我没什么真实感，也不知道该怎么找。你都在干些什么？"

"趁现在填填应聘申请表，比比公司，差不多就这些吧。"

足球社的学弟吃着薯条说："大山学长应该能当职业球员的吧？为什么要选我们这种足球社很烂的大学啊？"

一边的同学用胳膊肘捅捅他，提醒他："喂！"说话的学弟愣了一下："我说什么不该说的了吗？"

正纪心口一阵刺痛。

职业世界已经与他无关了。

说真心话，他是想上那家球队由他尊敬的教练坐镇的名牌大学的。那位教练的能力素有好评，也答应过给他体育推荐。

但教练最后选中的是对手学校的王牌球员。

他明明踢得更好，为什么……

正纪无法理解。他怨天怨地，诅咒教练。

他没中选的原因，教练在最后关头换人的原因。

想象只能是想象，但……

"大山正纪"因杀人被捕已过了三年，他什么时候才能摆脱这个令人作呕的名字的影响？

这三年里，索契冬奥会、连环随机杀人案、消费税上调、广岛暴雨、御狱山火山喷发、新干线火灾、棒球球员赌球、SMAP[①]解散风

---

① SMAP：日本偶像男子组合。2016年12月31日，组合正式解散。

波、艺人性犯罪、南美在里约首次举办奥运会、美国特朗普总统上台等新闻层出不穷，一天天地覆盖掉这个名字，如今大众也不会再讨论"大山正纪"了。但在他看来，被诅咒过的名字是永远也洗不干净的。

有人恍然大悟似的说："对了，今天是天皇杯吧？"

社员们回答说："对，对。"

"是决出八强的一战啊。"

"我们业余球员的希望之星。"

他们平时谈论的大多是海外足球，对国内——尤其是杯赛不大关注。但这一届不一样。职业队与业余队同场竞技的天皇杯上，以弱胜强向来是一大看点，今年有家东京的大学就连续上演这一好戏。他们在第二场比赛中用三比二放倒乙级联赛的队伍，第三场又以一比零打败甲级联赛的下游球队。第四场的对手是去年甲级联赛的霸主，要是在这关键一战上再来一次以弱胜强，就会成为甲级联赛有史以来第一支打进八强的大学球队。

周围激情澎湃，正纪却感到心中陡然冷了下来。

毕竟这所势如破竹的大学就是他当时计划要上的那一家。他看到了新闻，对手学校的王牌球员在挤掉自己，靠体育推荐入学后大放异彩，备受瞩目。此后他的心就乱了，冷静不下来。

本已忘却——不，是假装忘却的不舍之情又抬头了，他对荒诞现实的怒火再次烧了起来。

正纪压抑情绪，随口附和。和队友们告别后，正纪回了家。他现在住在离大学两站路的公寓里，是租的，租金和生活费都靠父母打钱过来。

他躺到床上，看漫画打发时间。他想一头钻进故事的世界里，却总忍不住去瞟台钟上的时间。离天皇杯开球还有八分钟，七分钟，六分钟，五分钟……

他不准备看，却又定不下心，只觉得仰卧的全身都轻飘飘的。

那小子今天也是首发吗？

正纪扔开漫画，狠抓头发，视线不住地往电视上溜。

——打死我也不看。

正纪出了公寓，走到步行四分钟处的便利店里。他随便翻看漫画杂志，往购物篮里扔了一本。他在店里闲逛，拿起奶酪味薯片和杯装香草冰激凌。

上高中时，他习惯吃有营养师证的母亲做的饭。那时他注重营养均衡，一心强身健体。但现在已经没有这个必要了。

正纪把猪排饭和明太子饭团放进购物篮里，又回头拿了一袋薯片。

虽说职业梦碎，但刚进现在这所大学时，他对垃圾食品还是有些抵触和罪恶感的。只是随着时间的流逝，他也开始放下梦想，接受零食了。

不是。

他不是因为放下了梦想，才接受垃圾食品，而是想靠大吃垃圾食品的生活来放下梦想。

他慢悠悠地磨了一阵，才去收银台结账，再回到自己的公寓。一看时间，开球后已经过了三十五分钟了。

他缓缓吐出一口气，视线一寸寸地从漆黑的电视屏幕上挪开。他打开薯片的包装袋，边吃边看漫画杂志，但心思涣散，完全看不进去。

正纪不快地咂咂舌，打开电视。换台后，屏幕上映出比赛的影像。头一个冲进他眼里的，就是画面左上方的分数。

"2∶1"。

领先的是甲级联赛的霸主。

正纪松了一口气，关掉电视。他不想在电视上看到竞争对手。

希望比赛就这么结束，不要爆冷门。

之后，他一心一意地靠看漫画来打发时间。到了比赛结束的时间点，他看了看推特，热搜关键词里有和甲级霸主对战的大学名字。一种不祥的预感油然而生。

正纪想无视，但做不到。他点击大学的名字，一下子刷出许多推文。

"奇迹般的平局！"

"进入加时赛！"

"2：2！"

单是看上几条推文，他心里就有数了。比赛还没有结束。

大学球队将了甲级霸主一军吗？

他一颗心突突直跳，捏紧拳头。

再看其他推文，到处都是竞争对手的名字。博主们激动不已，"两分""帽子戏法有望"。

在天皇杯上面对甲级联赛的霸主，还能力夺两分。

收进箱子、埋进土里的梦想骚动了。

站在那里的本该是他。后悔与留恋让他憋闷不已。

他做错了什么？

"大山正纪"犯了事，就为这个，他的人生脱轨了。他从未想过，自己会遇到这样的事。

正纪退出推特，不住祈祷那所大学的——那个竞争对手会输。

——拿出你们的威严来，甲级霸主！

他自己都觉得，这样想太扭曲了。换作高中时的他，会将竞争对手的存在视为最大的动力，秉持体育精神来你追我赶。

但现在不一样了。为了件错不在他的事，梦碎了，前途也赔上了，叫他怎能不偏激？

正纪恨恨地骂出声，往床上一倒，瞪着天花板，幻想起他本可走向的未来。

眼皮越来越沉，不知不觉间意识断了片儿。醒来后，他揉着眼睛，迷糊的大脑试图想起先前做了什么梦。

什么梦都没有。

他很久没有做梦了。睡觉时，永远只有一片虚无的黑暗。即使做了梦，也不会记住。

以前他可是倒下就会做梦的。

现在是深夜两点半。

天皇杯怎么样了？正纪拿起手机，打开搜索引擎。

新闻显示出"惜败"二字，他的心脏猛地被攥紧了。

正纪战战兢兢地点开新闻，惜败的原来是大学队。加时赛结束时依然是平局，拖到了点球大战。这次霸主到底发了威，赢得了胜利。

心底涌起一阵阴暗的快感，这叫他厌恶自己。

他是在三天后，看到那条让他心神大乱的报道的。报道说竞争对手面对甲级霸主，仍能力夺两分，有多家联赛球队欣赏他，在和他联络。

　　职业身份或已唾手可得。

看到报道的最后一句，他的心脏开始狂跳。

竞争对手正稳步走在他想走的路——他本该走的路上。

正纪诅咒了自己的名字。

10

大山正纪在文员岗位上工作到深夜才回家。他在超市买了半价的幕之内便当①，打开公寓房门。这是间一室户，没有人等他回来。

两边摆上床和小桌子，一角再放上衣橱，大半空间就没了。

这间老房子房龄有二十年了，居住面积是十三平方米，起居室只有八平方米。他舍不得空调的电费，房间里又闷又热，哪怕只穿一件衬衫，汗也止不住地往外冒。

——你上了几年班了？

——废物！

耳中回响着上司发火的声音。他越是奋发，不想挨上司批评，就越容易犯错。犯了错，就会被上司骂得狗血喷头。如此循环往复，没有尽头。

自己怎么就这么没用？

他要被悲惨的生活击垮了。

正纪把口罩扔进垃圾箱，洗过手后回了房间。他打开一直匿名使用的推特，为了不暴露身份，他用含糊的、不带细节的语言发着抱怨

---

① 幕之内便当：由捏成圆柱形的米饭和多种配菜组成的日式便当。

公司的话。这流露出的怒火逐渐引起关注，转眼间转发多了起来，回复也超过了十条。共鸣的、同情的、鼓励他的，还有比他这个当事人还要愤怒的。

他是个一无所有的无名小卒，但诉诉苦、发发火，也能得到关注，哪怕这关注只是一时的。这是他唯一的慰藉。从前他只发些一团和气的内容，但现在不一样了。

人生怎么会变成这样？

他忘不了"大山正纪"沦为众矢之的那一天的情形，一切都宛如昨日。

六年半前，他白天在便利店打工，晚上上定时制高中。就是在那时，他看到了"大山正纪"被捕的新闻。他倾心的女性对他的名字深恶痛绝。讲道理也无济于事，这是情感的问题。道理扭转不了生理上的抗拒。

偏偏是在公厕捅死六岁小女孩的猎奇杀人，还有性犯罪的迹象。

这是引发大众生理性厌恶，最下作恶劣的犯罪。好歹——好歹换成两个大男人争吵，不慎伤人也行，这样即便被捕，被曝光姓名，想必也不会有人记住。

如今"大山正纪"和几桩震撼全日本的重案罪犯一样，成了邪恶的象征。

要兼顾上学和工作，身心都难以为继。以前他会翘课，但从便利店辞职后，他认真上课，毕了业，之后又卖力求职。

谁料——

他没有多大奢求，却连续遭拒。十几家公司里，简历过了、走到面试这一关的只有一家。

他知道自己的履历不大亮眼，不能怪公司靠简历衡量他的价值。但如果公司还考虑了履历之外的因素呢？

名字——大山正纪。

据说最近的公司都会在网上搜索求职者的姓名。即使面试时应对滴水不漏，在这个大部分国民都会在某个社交平台上发言的时代，只要看看网络，就能看到对方的真面目——本性。这有利于了解求职者的为人。

如果公司搜索大山正纪的名字时，出来的尽是猎奇杀人案的报道……

凶手已经被捕，公司知道不是他，但恐怕仍会印象不佳，也不方便把要公开姓名的工作交给他。

"你没杀过小女孩吧？"在接连遭拒后终于争取到的面试上，中年面试官没头没尾地抛出这个问题。

一边的女面试官皱起眉。往好处想，面试官可能是想来个黑色幽默，让求职的学生不要那么紧张。但要拿这个问题当"段子"看，也太过沉重。案件本身的残酷性自不必说，最重要的是他已被大山正纪的名字折磨多年。

面试官谈起案件的那一刻，他只觉得自己就是杀人犯"大山正纪"，一直遮遮掩掩的罪行突然间败露了。

有前科的人试图回归社会，接受面试时，或许就是这种心情。

他脸颊一阵抽搐，说不出话来。

面试真是受罪。他慌成那样，看起来只怕真像是杀人犯了。

此后他每次简历落选，都会疑心是不是因为名字。

即使简历过关，接到面试，他也担心面试官会谈起"大山正纪的罪行"，时刻戒备，说话前言不搭后语。

不予录用，不予录用，不予录用……

每次被公司拒绝，他都会被自卑感折磨，好像他的人格也被彻底否定了。

讽刺的是，如今想来，他能支撑下来也是名字的功劳。把问题都推到晦气的名字上，就可以忘记自己能力不足的事了。

某种意义上来说，这很好用。如果自己不是"大山正纪"，应该已经拿到好几家公司的录用通知了。他坚持这么想，来安慰自己。

事实如何呢？名字真是他遭到排斥的原因吗？

如果不是，那他……

正纪发出自谑的笑声。

他终归不是别人所需要的人。他会被迫认识到这一现实。

最后，录用他的是家员工才二十五个人的小公司。在他看来，这个机会无异于一根垂到地狱中的蛛丝，他拼命抓紧了它。他觉得自己好像犍陀多①。不，他只是一介无名小卒，或许该比作其他聚到蛛丝上的芸芸亡魂。

肯给他"录用"二字的公司就是佛祖现世，叫他满心感激。他将上司的痛骂当作带新人时爱的鞭笞，忍了下来。

到了这个时候，保住他的安稳日子是为数不多的指望了。即便只是这个世界的配角，他也不愿再为名字所左右。

正纪吃了便当，洗完澡，上网打发时间。夜深了，他躺到床上。

孤独。

上小学时，他的父亲出轨，抛家弃子。母亲又沉迷于老虎机，生活费基本都贴了进去，钱用光了就拿他撒气。她连小学的伙食费都给不起，自然付不了高中的学费。

——想上高中，学费自己交去。

听母亲这样说，他一番苦恼，最后选了定时制高中。只有初中学

---

① 犍陀多：芥川龙之介的短篇小说《蜘蛛之丝》的主角。他在地狱中挣扎时看到释迦牟尼投下的蛛丝，便抓住它往上爬。后来，他发现地狱中其他罪人也在抓着蛛丝往上爬。他赶其他人下去时蛛丝断了，再次降入地狱。

历，前途的选项会大大受限，这是严峻的现实。为了学费，他只能工作。他远离老家，自觉找回了自己的人生。但这与孤独只有毫厘之差。

和家人没有联系，周围的人对他也……

自从意中人因为名字厌恶他后，他就不愿主动与别人来往了，连介绍自己都怕。

聊可告慰的或许是"大山正纪"被判有罪，名字的罪孽在时光的流逝中也淡化了。如果是恶性案件，遭到通缉的罪犯又在逃，那电视和报纸会反复提及他的名字，绝不给罪孽淡化的机会。

正纪蜷起侧躺的身体，闭上眼，尽力什么也不去想。如果不刻意放空大脑，他会忍不住思考自己的人生，烦闷到天亮。

没多久，意识陷入黑暗。

被闹钟的闹铃吵醒后，正纪换好衣服出了门。大夏天的太阳火辣辣的，令人眩晕的热气直冲身体。

为了预防蔓延全球的新冠，他戴着口罩，时间久了总觉得喘不过气，脑子也发晕。

他在电车上颠了三十多分钟。

眼看公司越来越近，头疼得更厉害了。他提前吃过止痛药，但没有用，还一阵阵地反胃。

要是能到善待员工的公司工作，人生会有所不同吧。

正纪到了公司，立刻开始处理文件。加班也干不完的活儿堆积成山。他得赶紧干完，免得上司发火。

不一会儿，戴着口罩的员工接连来上班了。他们扫了正纪一眼，却没有打招呼。这里本来就没有员工相互问候、亲密谈笑的习惯。

他正处理着文件，头上突然吃痛，震动直传到脑子里。

他按着脑袋抬眼看去，只见上司捏紧了卷起的杂志，杵在他面前。

"请问……"

上司不快地咂舌:"我说过了,今天在我上班之前交掉。你是有多废啊,蠢货!"

"……不好意思。"他低下头,后脑勺又吃了卷起的杂志一击,脑子一阵发麻。

"你该说万分抱歉才对。"

"……万分抱歉。"

"你昨晚几点回去的?"

"……十一点半。"

"你不够努力。人没本事,就多花点时间。你要花上别人两倍的精力,才能顶上别人一个人的用。"

正纪只能低着头,不住道歉。

挨了好一通臭骂后,他解放了。

正纪按住肚子,胃拧着疼,作呕的感觉越来越强,嘴里也在发苦。

一想到以后还要在这家公司干上好几十年,他的眼前就一片漆黑。在人生的节骨眼儿上选错了路——或者说,也没有其他选择——已经无可挽回了。即使他想从头来过,也为时已晚。想想找工作时的辛苦,他不认为到了这个时候,还能面试上其他公司。

他羡慕能成为一号人物的人,羡慕有一技之长、有能力、会社交,还有——名字干干净净的人。

名字。

现在"大山正纪"这个名字渐渐沉寂,会不会有什么不同?如果找工作时遭到冷遇是因为名字,那现在他或许可以跳到像样一点的公司了。

正纪开始认真考虑跳槽的事。

11

　　暖气开得很足的房间里堆满了网购的大量零食包装袋，每走一步，脚下都免不了嘎吱一响。

　　窗帘终日拉紧，天花板上的人工照明冷冷地照着室内。一个月里不知道有几天能让全身晒到太阳……

　　这样的家里蹲生活已经持续了很多年。

　　大山正纪仰面躺在床上，心不在焉地用手机看动画。

　　现在只有动画里还有充满善意的世界。现实太过残酷，毫无魅力。

　　看完动画，他打开推特。他关注的都是自己喜欢的画师，所以关注页面上尽是精彩的插画。这是他为数不多的慰藉。

　　但第一个冲进他眼帘的——

　　是推特的热搜关键词。他的名字——大山正纪——排在第一。

　　巨大的漩涡裹挟着他，带他重返过往——不，是过往的亡灵追上他般的恐惧攫住了他。心突突急跳，胃一阵绞痛。

　　网上为什么又讨论起大山正纪这个名字了？是又有一个大山正纪干了什么吗？

　　恐怕不是什么值得夸赞的好事。他有种说不清的确信。

　　正纪战战兢兢地点开"大山正纪"的链接，屏幕上顿时刷出带有这一名字的推文。

"那个大山正纪好像回归社会了。"
"虐杀了小学女生,竟然七年就出狱了!#大山正纪"
"现在还来得及,快判大山正纪死刑!"
"就因为他犯事时才十六岁,判刑就这么宽松,太离谱了吧?他现在有二十多岁了,该重罚了!"
"真恶心人,竟然由着变态到处跑!#大山正纪"
"不要忘记津田爱美的案件!猎奇杀人犯大山正纪该死!"

身体坠入深渊,握着手机的手猛地加重力度。

那小子要出狱了。

报道上说,少年院的目的是帮助少年改过自新,回归社会,而"大山正纪"进的少年监狱是用来对犯罪情节严重、十六岁以上二十六岁以下的青少年处以刑罚的地方。

"大山正纪"由于真名传遍社会,受到了严重的社会性制裁,又有优秀的人权派律师组成律师团,为他辩护,所以减了刑。他自己在审判时表示反省,在少年监狱里也是模范犯人,最后六年半就被释放了。准确来说,刑期要算上他被捕至被判有罪间被拘留的那段时间——未决羁押的一百五十天,所以总共是服刑七年。报道里的法官说,虽说是少年犯罪里常见的不定期刑——事先不定刑期,只定刑期的上限和下限——七年就释放在近年来看也算快的了。

正纪难以置信。大山正纪的名字又要变成焦点,成为全日本的众矢之的了。

他捏紧拳头,力道越来越大,越来越大,指甲几乎要掐进掌心。

别再破坏我的人生了,不管是"大山正纪",还是其他人,我求你们了……

正纪在网上搜索"大山正纪"相关的话题,到处看别人的发言。三个小时后,一篇报道的标题跳进他眼中。

《津田启一郎先生因袭击原少年犯被捕》

正纪不敢相信自己的眼睛。

原少年犯……

在眼下这个时间点上,用这个说法,再加上被捕者的姓氏,他再不愿意也没法不往坏处想了。

正纪用发颤的食指点击屏幕,打开报道。

从少年监狱出狱的原少年犯(二十三岁)遭受小刀袭击而受伤。被捕的是津田启一郎先生(四十五岁)。津田先生之女爱美于七年前在公共厕所被虐杀。腹部中刀的原少年犯没有生命危险。

他猜得果然没错。

是津田爱美的家属向凶手复仇。

被害人是七年前的加害者,这次被捕的加害者是七年前的被害人家属。报道有些复杂,但记者似乎决定不作隐瞒,要写清他们每个人的关系。或许是因为被害人家属很有名,文中称其为"先生"。

这么一来,又给网络加了一把火。

正纪关掉刚刚发布的报道,在推特搜它有没有引起热议。

冲击性影像！被害人家属抱恨，复仇失败。别拦着他！

恶心！制止他的人也和大山正纪同罪！好歹用用脑啊！

怒火熊熊的攻击性推文附了个两分钟左右的视频，被转发了足有一万两千次。

正纪带着满心的不安打开视频。

那应该是用手机拍的。在几个人吵闹的声音中，画面晃动得极富临场感。

镜头对着路上的一名中年男子，他被反扭着手抓住，活像被钉住的昆虫。三个年轻人按住他的手脚。中年男子抬起唯一能动的头，大喊："放开我！别拦着我！为什么要阻止我！坏人是那个浑蛋才对吧！别帮他！"

这是灵魂泣血般的嘶吼。

第二天，正纪飞快打开电视，转到《新闻秀》的台。

节目重新介绍了七年前的爱美被害案的详情。里面提及爱美被连捅多处的事实，但到底跳过了杂志上所写的"头只剩一层皮还勉强连在脖子上"的惨状。

考虑到案情之惨烈，不难理解世人为何激愤。正纪理解，却又不愿认同这是正义。

"被害人家属动手，只能说司法对少年太过宽容，有问题。"中年男主持人愤愤地说，厌恶之情全写在脸上。

中年女社会学家表示赞同："说得太对了。要化解悲伤和痛苦，七年远远不够。放任少年恶魔逍遥自在地活下去的社会，是扭曲的，叫人害怕。"

年轻的男主播着了慌："少年恶魔这个形容有些……"

"他可不就是恶魔吗？想一想六岁小女孩的冤屈，叫他恶魔都够客气的了。你们节目要是怕被投诉,连事实都不敢说的话,我以后都不上了!"中年女社会学家咧着嘴,毅然放话说,像是在以圣女贞德自居,"十六岁就该接受成人一样的制裁!"

心宽体胖的男律师插话:"请您冷静。这次的案件是逆送,他已经和成人一样受了刑事审判,审判结果就是这样。"

"你说他和成人一样受了刑事审判,可实际上并不一样吧。这次适用了心理上的《少年法》!"

"心理上的?"

"对。如果这次案件的凶手是个四十岁的中年男性,能七年就回归社会吗?回不了,对吧?至少也会判个无期徒刑。可是凶手没判无期,就说明适用了心理上的《少年法》!刑事审判对成人和少年也是区别对待的!"

"……就算罪行一样,判决结果也不会一模一样。审判要考虑到每起案件的犯罪动机、犯案者有没有反省、能不能改过等多方面的情况,分别做出判决。当然了,也要考虑到被告的年龄。这是理所当然的。"

"这么凶残的杀人案,怎么能轻易放过?"

"我理解您的心情,但《少年法》的用意本来就在于帮助少年重新做人,回归社会。"

"你要替加害者说话吗?"

"请不要过度引申。我自己对这次的案件也很愤慨,但律师不能因为个人的情绪改变法律的适用对象。讲法律时掺杂私人感情的人不配当律师。"

中年女社会学家吊起眼,泄愤似的怒斥他:"你这些话叫爱美的家属听到了,该有多伤心!你就想象不到吗?被杀的是个才六岁的小女孩啊!你叫他们忍受这些,也太暴力,太歧视女性了!"

"怎么就说到这份儿上了?我完全没有这个意思。"

"就因为你这种人在媒体上胡说八道,才让被害人这么痛苦。你要是能想一想被害人和家属的冤屈,就不会说这种话了!"

中年女社会学家大肆抨击这个律师,直到主播劝解才停下。正纪看看推特上的反应,发觉声讨"替加害者说话的律师"的推文已经泛滥。网上群起而攻之,视他为搞歧视的恶徒。有平时就对社会问题发表意见的名人鼓动网民投诉节目。这一招点了火,网友纷纷要求辞退这个律师。

由于网上又是捏造律师没有说过的言论,又是断章取义、夸大其词,弄成一副"搞歧视的律师袒护杀害女童的凶手"的样子,大众怒不可遏,很有几分私设法庭的意思。

"我跟我老公说,想兜头盖脸给他一巴掌。"

"保护被害人人权!"

"我希望这人的女儿受同样的罪!怎么不是她替爱美去死啊?"

"来个人付诸实行吧。"

这里已全无冷静,律师沦为第二个牺牲品。

第二周的节目上,这位律师没有出场。"天敌"消失,现场由中年女社会学家独领风骚。

"不能让大众以为,就算虐杀了六岁女童,只要年纪还小,坐上七年牢就行。被害人家属持刀伤人的这起风波,大山正纪不是被害人,而是加害者!"

摄影棚顿时冻结,但又立刻骚动起来。女主播急忙圆场:"非常抱歉,刚刚的发言有欠妥当。"

"哪里有欠妥当?"中年女社会学家的暴躁溢于言表,"有人被捅伤,不都会公布被害人姓名的吗?"

"呃,这次的情况有些特殊……"

"我只是说出了被害人的名字而已。"

既然她坚称大山正纪并非被害人，而是加害者，那么这理由总有些说不过去。这任谁都清楚，恐怕她自己也不例外。但她一股劲上来，反而得意得很。

和摄影棚内尴尬的气氛不同，网上却是叫好声连连。

大山正纪。

原少年犯的名字第一次在电视上曝光。

推特有人发出"这才是媒体的良心！电视上终于报了大山正纪的名字了！给她的勇气鼓掌"的言论，并附上说出大山正纪名字一幕的剪辑视频，被转发了一万五千多次。

这是用直播来制裁凶手。电视的影响力非网络可比。现在"大山正纪"的名字被全国直播传遍千万家，正纪难以想象自己以后会遇到多么荒唐的厄运。

中年女社会学家有推特账号，自己也转发了剪辑的视频。有回复站在人权的角度，批评她不该透露名字。但她认定回复者是拥护杀害女童凶手的加害者，对他大肆攻击。

最后，这位中年女社会学家也离开了节目，原因大约是严重违规。节目不敢在直播时起用因为私人情绪就不守规矩的人。

她在推特上控诉"我只是替被害的女童和女童家属叫了叫屈而已，就被节目单方面撤下了，那压力根本不容我说什么，好可怕"，这番言论博得了大众的同情与鼓励。

"大山正纪"。

它要扰乱自己的人生多少次才肯罢休？因为"大山正纪"，自己不去上学了，回不了社会，梦想也放弃了。

正纪紧咬下唇，几乎要咬出血来。

他无法原谅"大山正纪"。

积蓄了七年多的杀意奔涌而出。

12

——录用。

大山正纪连面了半年的社招面试,终于在第二十五家拿到了"录用"二字。

他一个人握拳庆贺。那是家他现在待的黑心公司没法比的大企业,薪水也高。

他为了辞职去了公司。他正干着活儿,上司的骂声和平时一样爆发了:"你没交文件!蠢货!"

要在往日,正纪会觉得自尊心受到践踏,十分屈辱,但今天可就不同了。

他情不自禁地泛起轻蔑的微笑。

"你笑什么笑?"上司皱起眉头。如果有仪器能测量不高兴的程度,这会儿指针一定超出刻度了。

正纪猛地站起,几乎将椅子带倒。上司惊得肩头一跳:"你、你干什么?"

正纪瞪了他一眼,从包里抽出信封,一手拿着摔到桌上。

上司的视线随之落下。

正纪松开手,露出"辞职信"几个字。

"那是什么？"

"我要辞职。"

"哈？你怎么忽然说这个？"

"我忍不下去了，不干了。明天起我要把年假都休掉，我不会再来了。"

说到这里，他想起自己上定时制高中时，也是这么突然地辞掉了便利店的工作。

"你以为你这种吃不了苦的辞了这里，还有哪家公司肯要吗？先给我玩了命地干！"

正纪险些冷笑起来："我已经找好下家了，薪水比现在要高。"

上司瞪起眼，乱骂一通，污言秽语一波接一波地袭来。

正纪忍无可忍，从口袋中掏出录音笔："你不放我走，我就控告你职权骚扰。逼得我上网曝光的话，公司就等着被喷关门吧。"

上司的脸唰地白了。

正纪大觉快意。

他办完最低限度的交接，顶着上司气急败坏的视线离开公司。

现在想来，他以前何苦要想不开。只要放话说不干了，这人和他就再没有一丝关系，那些污言秽语也不会再伤他的心。

摆脱了无良公司，之后只要等着去新公司上班就好了。

不料三个星期后，新公司的人事负责人发来邮件。正纪刚一打开，"万分抱歉"这句道歉的话首先冲入眼帘。

心口泛起一阵说不清的不安。

他深呼吸两下，往下看。

邮件说，公司受新冠肺炎疫情影响，无法录用他了。

正纪愕然，仿佛脚下发出巨响，开始坍塌。心脏发起痛来，呼吸也不稳了。

新冠？什么新冠？

正纪不顾一切地给人事打了电话，逼问他。人事却坚称爱莫能助，只是不住道歉。

"我已经把之前的工作给辞了！"他动之以情，人事依然没有改口。

要是放弃，他就失业了。这件事对方理亏，所以正纪不依不饶，拒不接受。他心想，怎么能拿句新冠就把他给打发了？

然而谈了超过三十分钟，两人也没有谈出结果。正纪坚持过了，但最后还是泄了气，挂了电话。

他头晕眼花，怒不可遏，想和平时一样上推特大发牢骚。他要控诉这种做法，请大众来评评理。

打开推特后，他看到跳出来的推文，打了个哆嗦。

那个"大山正纪"，那个用恶名覆盖了大山正纪之名，把其他大山正纪推入地狱最底层的猎奇杀人犯回归社会了……

此前他的潜意识总以为，"大山正纪"被判有罪，事件就此结束，恶名会在时光的流逝中渐渐沉寂，他终能拿回自己的名字。但事与愿违。

"大山正纪"没有被执行死刑，那么不用说，这人迟早会回到社会上来。而这个迟早，就是现在了。

正纪看了总结新闻的网站，对现状有了更详细的了解。虐杀六岁爱美的"大山正纪"一出少年监狱，就被爱美的家属袭击，被送进了医院。有人举行了请愿释放被捕家属的签名活动。社会学家在直播的《新闻秀》中报出"大山正纪"的名字后，舆论风潮便一发不可收拾了。收视率超过百分之十的节目向全国散播了曾被称为少年A的凶手的真名——

原来这就是他的录用一下子变成不予录用的原因。

"大山正纪"又来践踏我的人生了,他究竟要折磨我到什么时候才肯罢休?

　　推特上充斥着对"大山正纪"的愤怒与憎恶、对试图复仇却不幸被捕的家属的同情与共鸣。

　　"竟然逮捕女儿被杀的父亲,日本不该这样!这世道疯了!"

　　"就让他报仇吧。女儿一条命,才换来不到七年的徒刑。这叫父母怎么接受?"

　　"这都是因为法律不判他死刑吧。问题在于法律的不完备,结果竟然惩罚被害人家属。"

　　"来签名请愿释放爱美家属吧!该受刑罚的是大山正纪才对,救救被害人家属!"

　　对于大众而言,加害者受到刑罚还不足以赎罪。个人的情绪超越了法律,舆论超越了法律。

　　换作从前的他,或许会迎合大众的情绪,义愤填膺地发声抗议。或许会在心底盘算着这样更容易讨别人喜欢,更容易竖立好人的形象。他也可以在别人面前以正义之士自居。

　　但现在,他害怕大众情绪的爆发。他无意唱些对罪犯也要讲温情、罪犯也有人权、要原谅罪犯的高调,也无意袒护罪犯。

　　他只是觉得岩浆爆发般席卷全社会的愤怒与憎恶十分可怕。它们像怨念一样,见人就附身。人被蔓延的负面情绪掌控了。

　　愤怒吧!

　　厌恶吧!

　　恨吧!

谴责吧！

论调必须一致，不一致者仿佛是与加害者狼狈为奸的罪犯预备军，不配为人。这就是社交网络的现实。

在新出一起大案之前，"大山正纪"都是"理性、道德、优秀之人"可以肆意砸石头的活祭品。这与学校和公司的霸凌不同，骂得再厉害都不会有人指责。不只如此，还会获得正义使者的美誉，得到支持。

正纪自己也觉得，对世界的看法变了。

尽管他厌恶"大山正纪"的罪行，但同名这个原因就足够他自我代入了。

他心里明白，错的是杀了人的"大山正纪"，却还是对大众攻击"大山正纪"时不自知的加害性心生畏惧。

推特上也有些人在劝告大家"法治国家不允许报仇""这就是法律""认可私刑的话，秩序会紊乱""野蛮的国家才会那么做"，但支持者寥寥无几，回复和点赞数也只有一位数，最多两位数。

在舆论的汹涌巨浪面前，那些呼吁大家冷静的反对意见也成了高谈阔论、妨碍他们的敌人。正论未必就能获得大众的支持。大众坚信，自己此时的愤怒与厌恶比法律更重要。这难道不是自以为是、自高自大吗？

正纪将手机扔到床上。

就算他大声喊出同名同姓的痛苦，想必也没有几个人能理解。能有几个和重案罪犯同名同姓的人呢？放到日本全国来看，无异于湖水里的一滴墨汁。

人对自己不敏感、不关注的事物是难有触动、难以共鸣的。

"大山正纪"已经赎过罪了，该罢休了吧？他们不愿原谅，就要群起围攻回归社会的人吗？

没错，凶手七年前犯下了残忍的杀人案，被捕了，活该被唾骂。但现在不一样。凶手依法在少年监狱服过刑，回归社会了。之后该是被害人家属用民事审判来要求损害赔偿一类的流程了吧？这和在网上到处宣泄负面情绪的围观群众有什么关系？

——放过"大山正纪"吧。

——"大山正纪"就是我。

犯了罪，又被曝光真名的凶手更容易激怒大众吧。"大山正纪"和匿名者不同，是清晰可辨的"个人"，所以要恨、要泄愤都方便得多。自己也一样，看到残忍的罪犯会气愤，想对他百般责难。但有人想象得到，这背后被践踏的人的心情吗？

——一点小事而已。

有个知道他烦恼的熟人常说："你看看大案凶手的父母或者被害人的家属，比你苦多了，难挨多了。你不就重个名吗？一点小事而已，又不会改变你的人生。"

没有人理解他。

是怨人呢，还是怨自己？

听别人说上几句话，看到别人一点细微的态度和表情，他都能察觉到名字带来的心理鸿沟。

受不了这种尴尬的气氛，他养成一个习惯：随便赔赔笑，早早结束对话。

要问说出"一点小事而已"的人有没有因为同名同姓之人而痛苦过，答案是没有。要问他有没有查过和自己同名同姓的人品行如何，答案也是没有。就算叫他立刻就查，也查不出什么了不得的人物来。

同名同姓的普通人。

公司员工、家庭教师、工厂厂长、律师、美术家、工程师、老师、游戏公司的员工、副教授，还有在马拉松、将棋、棒球等上有那么点成就的学生……每个人在本人看来都是唯一的"个人"，但在旁人眼里也不过是芸芸众生里的一员。

既不是广告商争抢的当红艺人、世界知名的体育运动员，也不是猎奇杀人犯。

他们没有一个被名字铺天盖地的情况压垮过，自然不会理解这种痛苦。人的想象力是有限的。不站到那个位子上，就理解不了真正意义上的痛苦。这一点他已经领教够了。

起初，一有人表示出对"大山正纪"这个名字的关注，他就拼了命地倾诉自己如何受到伤害，想让对方理解自己的烦恼。他虽然不太会表达，还是说了。然而对方的回答总是同一句："这样确实不好过。"

这是真把他的痛苦当成了小事。他不想被当成小事给打发了。

敷衍，太过敷衍了。他们装作理解。装作理解，好赶紧结束麻烦的话题。一句空洞的、毫无感情的台词。

——为什么只有我？

这太荒唐了。就在快被这种情绪压垮时，正纪想起在便利店打工时——那时爱美被害案的凶手真名尚未曝光——他搜过其他大山正纪。这世上有很多大山正纪，现在网上应该也找不到他们的名字了。

"大山正纪"一定在折磨我们。

我们。对，受折磨的是我们大山正纪。其他大山正纪一定也一样……

正纪陡然兴起一个念头，上提问网站发言："各位为同名同姓痛苦或烦恼过吗？如果有这种经历，请讲给我听听。"

两天后，有了各种各样的回答。

"我和某位漂亮的偶像同名同姓。每次换班级要自

我介绍的时候,我都觉得生不如死。同学会直直地盯着我看,还苦笑,真让我难受。"

"我和一个超级有名的艺人同名。医院里叫到我名字的时候,周围总会骚动。"

"以前有人对我表白,让我以结婚为前提和他交往,但我想到结婚改姓的话,我会跟那位著名的丑女搞笑艺人同名,就觉得没法接受了(笑)。现在我嫁了个姓氏很普通的老公。"

"我的工作是写小说。有个网红找碴儿,投诉说'你是用我的名字黑我吧',真会给我找事。他把自己看得可太重了,简直丢人,以为自己多有名啊。"

"我和一个动画角色同名同姓,每次自我介绍,别人都会笑,还逗我说,说说你的经典台词啊。"

"我有个学弟,他爸爸喜欢棒球,因为姓氏和一个有名的前棒球选手一样,就给他起了这个选手的名字。他不想辜负他爸的期望,进了棒球部,结果打得可烂了。名字的落差搞得他惨兮兮的。"

"我给女儿起了个我觉得挺可爱的名字,后来发现和AV女演员同名同姓,绝望了。我起名前怎么就没搜搜。"

"我有个朋友,是个和某位歌手同名同姓、长得还挺漂亮的女生。她以前拿名字调侃自己,挺受欢迎的。可是那个歌手抽大麻被抓了之后,她就立马开始隐瞒这件事了。真可怜(笑)。"

回答中充斥着同名同姓者的烦恼,但都算不上什么切肤之痛,叫他很难产生共鸣。即便是抽大麻被捕的歌手那一条也一样。抽大麻这种犯罪没有直接的被害人，拿来自黑总能当个笑话讲讲，引人同情吧。

但虐杀六岁女童的猎奇杀人就不一样了。

没有见到让他满意的回答，他在正文后又加了个问题："其实，我因为和有名的罪犯同名同姓很烦恼，有人和我一样吗？"

他每过几十分钟，就要刷刷网页，看有没有新回答。半天才多了几条。

"我和你一样。我告诉了一个刚认识的女人自己的名字，结果她不回复我了。我估计她搜出罪犯的名字了。"

"我出于好奇，搜了搜，然后搜出了逮捕的新闻。说实话，心里可不舒服了。那案子不怎么有名，我不搜都不会发现的……真不该没事找事。"

"有天我实名的社交平台上收到好几条谩骂的消息，我还以为怎么了，原来他们把我的号当成那天新闻里被捕的罪犯的了。"

"我未婚夫的名字和罪犯一样，很烦。我搜出性犯罪者的名字之后，就怀疑上了。年纪也一样。我很想相信他，可又不放心……要问他自己也不好问。有没有什么办法能查查？"

"我搜了高中时喜欢的人的名字，结果说是诈骗被捕了，还不知道是不是他本人。"

"我和臭名昭著的杀人犯同名同姓，想着赶紧结婚改姓，十九岁就结婚了。现在只要不说旧姓，就没有人会用奇怪的眼神看我。"

世上果然有人和自己同病相怜。想到这些伙伴，正纪感到一丝宽慰。

　　伙伴。

　　在这里回答他的人八成不是"大山正纪"。问都问了，他很想和同为"大山正纪"所苦的伙伴分享烦恼。

　　正纪打开笔记本电脑，建了家网站。设计都是最基础的，只是在网页下放了条免费的邮箱地址而已，没花费多少时间。

　　网站的名字叫"'大山正纪'同名同姓受害者协会"。

13

　　大山正纪缩肩弓背地走进一年三班的教室。这时大部分同学都在说笑，但有群男男女女瞥了他一眼。他们交头接耳地说了些什么，发出讥讽的大笑声。

　　正纪的视线从他们身上挪开，坐到自己的座位上。他将书包里的教科书都放进课桌后，抽出笔记本，翻到最新的一页。上面画着张动画风的插画，是少女的脸庞。少女笑盈盈地注视着他。

　　他奋笔画起少女的身体。先是突出曲线感的底稿，从胸部的隆起到腰部的凹陷。

　　他的梦想是成为参与动画制作的画师。他想亲手制作出小学时吸引他的那种优秀动画，那种关爱不幸之人、充满魅力的动画……

　　笔记本忽然唰地离开了视野。

　　正纪惊疑地抬起头，课桌前站着熟悉的三个女生和两个男生，中间的女生正拿着他的笔记本。她棕色的鬈发修饰着脸型，露出违背校规的耳坠，一副看到害虫般的表情。

　　"这是什么？好恶心的画！"

　　另外四个人凑过来看笔记本："哇，还是裸体。"

　　"什么？他画裸女？"

"低级！"

他们都直白地嘲笑和侮辱他。

"不、不是的，那个——"正纪结结巴巴地小声反驳，"是底稿，画衣服之前要先画好人体的轮廓——"

"什么？"中间的女生一脸厌恶地把手附在耳边，"你这叽叽咕咕的，谁听得见？"

高个子的男生咂舌说："他是在埋怨我们吧？"

"这是变态啊。"另一个女生起哄，"在教室里画这种东西，不就是性骚扰？性骚扰，性骚扰！"

"这就是所谓的萌？太恶心了，赶紧滚吧。"

正纪的视线落回桌上。被众人严加指责，他只能扼杀感情，强忍过去。

中间的女生一页页地翻他的笔记本，不住地说"恶心，好恶心"。

听到自己满怀爱意画出来的插画被谩骂，他觉得自己像用旧了的抹布一样凄惨。他胸口发堵，心脏绞痛。

"喂，你装没看见呢！"男生笑着狠拍他的桌子。一声巨响，班上有几个同学有了反应。但到底事不关己，他们很快又继续和朋友聊起天来。

正纪偷偷瞟了那个男生一眼。

他们为什么要单方面来找碴儿，还逼他做出反应呢？受到这种单方面价值观下的辱骂，好痛苦，好难受，好想死……除此之外，他还该说些什么？

中间的女生一脸不耐烦，恶狠狠地说："这种东西真让人作呕。唉，恶心！"

她上个月的作文得到夸奖，拿了最优秀奖，标题是"在网上伤害别人的人"。写的是网上处处都是坦然攻击他人的人，中伤会扼杀人的内心,她批评了这种行为的危害。

"……这也是霸凌吧?"正纪用微不可闻的声音说。与其说是问她,不如说是忍不住说出心声。

"哈?"中间的女生不悦地皱起眉头,"你说什么了吗?"

"霸凌……"

她鼻孔张大:"你说霸凌?你该不会觉得自己被欺负了吧?我们只是直白地说出看画的感想而已。你不懂什么叫言论自由吗?"

"呃,可是——"

中间的女生亮出另外一页。这一页画的是个穿校服的少女,像啦啦队队长一样跳起,裙子飘在空中。

"哇,快看这个!大腿全露出来了!"

"内裤都看见了。"

"好大的胸!太黄了!"

"现实里没人搭理你,你就画这种画?"

"真的太猥琐了!别用这种眼神看女生!"

正纪战战兢兢地反驳:"裙子……是更好地表现角色动作的一种常用技巧……所以……"

"别找借口。恶心!你肯定就是想画大腿吧,当谁看不出来啊。"

"就是就是,要不你一开始就不会选这个构图了。"

每一样表现都被吹毛求疵,他觉得自己在承受性羞辱。

"……我就不能自由地画画吗?"正纪嘟囔完,抬眼看看她们,视线又落回桌上。

"你拿这种别人不想看的画出来,受害者可是我们。"

"……明明是你们自己拿去看的。"

"你在公众场合画,我们当然会看到了。要么你窝在自己房间里,一个人画去。"

113

"可你们也不能说恶心啊,这是霸凌……"

"恶心只是我们的个人感想。"另一个女生说,"希望你接受。"

"要是把这种图发到推特上,你能被这种感想给淹了。我们可比网友要温柔。"

正纪在大腿上捏紧拳头,他知道网上有很多人讨厌动画风的图。

去年有位画轻小说封面的女画师的画不幸被盯上,成了"画法软色情"的众矢之的。她在推特上遭到大批网民的肆意羞辱,心理出了问题,注销了账号,叫正纪很受打击。他感到那些不堪入耳的污言秽语是在攻击自己,心口堵得慌。

一个男生哈哈大笑:"画本来就恶心,说它恶心有什么问题?"

话语——这些兜头盖脸的话语叫他痛苦。

他心脏狂跳,胃像被砍伤似的疼,额头上渗出急汗。

正纪咬住下唇,和他们对视。

"……你那是什么表情?"中间的女生高高举起笔记本,向同学展示,"大家快看!你们也觉得这种画很恶心吧?"

有几个人面面相觑。

"是吧?恶心吧?"她又问了一次,那几个人表示同意。不知是因为觉得不赞同,就要换他们遭殃,或是认为谴责别人能显得自己品行端正,先前一直袖手旁观的同学都开始唾骂他。

"嗯,说实话是挺讨厌。"

"这东西看得我也不大舒服。"

"恶心死了。"

每当众人一哄而上、劈头盖脸地辱骂自己,正纪的心就被生生剜下一块。

"听到了吧?"那个女生嘲笑道,"大家都觉得恶心,你明白了没?"

那明明是满怀爱意，承载了他所有的"爱好"，全力画出的画。

听到别人骂它恶心，无异于听到别人辱骂自己的人格。同学不屑的话语让这颗心变得百孔千疮、鲜血淋淋。

他们为什么能毫不羞愧地说出这么伤人的话？喜欢有可爱少女的温情故事，想沉浸在温情的世界里就那么罪恶吗？为什么要大摇大摆地闯进他的世界，用鞋底践踏他的人格？

正纪无法理解，也不想理解。

他只是梦想成为参与动画制作的画师，为此练习画画而已，为什么就要被辱骂？

对他而言——恐怕对每个创作者都一样——创造出的作品就是他的灵魂，寄托了他所有的情感。这和一个人花尽心思选择的时尚又个性的衣服被人嘲笑了一样，他觉得自己的一切都被否定了。

这个女生的母亲本就是家长会的干部，很反对学校图书室里放轻小说，声称轻小说"不上台面""不健康"，不该放进来。据说她曾大谈"所谓的好书，指的就是封面不是这种恶心的动漫图的书"。

或许是因为平时看着母亲这副作派，她自然会厌恶动画风的图。也有可能是受了母亲的教育，总之她继承了母亲的价值观。

所以正纪被欺负了，只因为画了少女。

被她们盯上的由头是"大山正纪"的案子。

——犯罪后备军。

他和罪犯"大山正纪"年纪不一样，只是名字相同。她们却就此认定，他以后会犯下同样的罪行。依据是，他喜欢有可爱少女的动画。

"看到就不爽，真希望世上没你这个人。"

"啊，恶心！赶紧消失吧。"女生像是想起什么，又加上一句，"我说的是画，这是我看到画的个人感想。"

115

他做了这么招人讨厌的事吗？只是在画自己喜欢的画而已。

"宅男又干什么了？"忽然有道声音插嘴问小团体。

正纪转头一看，是隔壁班——一年四班的男生，皮肤晒成小麦色，理着清爽的平头。他常来这里找朋友玩。

一个女生指了指笔记本："他画了好恶心的画。"

那男生满脸好奇地凑近一看，发出嫌弃的声音："哇……这叫萌图？我生理上就接受不来。这世上有大把健康的作品吧，人还是该多接触接触那种好画。"

一个女生讨好地吹捧他："不愧是大山，跟这位就是不一样。"

不错，隔壁班的男生也叫大山正纪。他跟帅字不沾边，但个子高，又会交际，和女生聊得来，学习也好，而且——不是宅男。

高配版大山正纪。

同一个年级里有两个大山正纪。

即使"大山正纪"犯了罪，旁人也绝不会把这位道德高尚的大山正纪和罪犯混为一谈，怀疑他以后会犯下同样的罪行。

明明都叫一个名字，待遇为什么会天差地别？

"你可不要因为二次元满足不了你，就跑去性犯罪啊。大山正纪再犯罪的话，我的名字都要不干净了。"

两个女生大表赞同："就是，就是。"

"真的烦人。"

"对了，"中间的女生忽然换了个话题，"大山，我听说你当义工了。"

"其实就跟主动美化环境差不多啦。校园整洁点，大家也开心点，对吧？"

女生们向他投去尊敬的眼神："了不起！"

"跟画萌图的宅男大山就是不一样。"

中间的女生以轻蔑的表情瞪着正纪："你也给学校和社会做点贡献呗。"

正纪看看大山正纪："我、我……"

"你好歹也运动运动吧。"大山正纪说，"你就是因为不锻炼，才这么萎靡的。"

女生说："是啊，大山你体育就很好。你在球赛上打篮球的样子好帅。"

"跟画萌图的某位大不一样。"

每次遭到大山正纪的鄙夷，他都不得不被人比来比去，承受对"那个不讨人喜欢的大山正纪"的谩骂。

大山正纪从女生手中接过笔记本，飞快地翻动。他嗤笑一声，把本子拍到桌上："最好别养成这种惹女孩子讨厌的兴趣。这事得怪你自己。你好好反省改过吧。她们被你的画伤害了，有权批评你。"

女生们大声赞同："没错！"

"大山说得太对了。"

"大山好懂女孩子的感受！"

"我们受到伤害了，我们好可怜。"

"和认识不到自己错误的人就是不一样。"

——正确的大山正纪和错误的大山正纪。

构图一目了然。两人的角色都已分配好，发生什么都难以翻转了。

"我有个妹妹在读小学，我很担心她！"中间的女生故意用怯生生的语气说，"她很可爱，照片能上杂志，要是被人盯上了可怎么办。"

大山正纪表示出兴趣："这么可爱？"

"你要看吗？"她没等大山正纪回答，就掏出手机，手指点击了几下。

"喏。"她给大山正纪看手机屏幕。

"……嗯，是得防好了。"大山正纪说，"这位大山正纪说不准能犯下同样的事。"

"是呀，这位是做得出。"

他们自说自话地拿他当犯罪后备军看，叫他心痛。

"……我不会这么做，你们这是偏见。"

中间的女生嗤笑："你有证据吗？"

"这怎么给证据？我只能说，我不会。"

"你这意思是，不该让我妹妹远离危险？还是说，我让妹妹离你远点，就这么让你不情愿？"

"我不是这个意——"

"那不就没问题了！"

他只是在抗议这些人说自己是会袭击小女孩的罪犯，话题却已经被带偏了。

但面对一众人的压力，他只能一声不吭地垂下头。但凡回上一句，他都会收到翻倍的辱骂。

正纪继续忍受这种屈辱。

14

偶然发现它的时候,大山正纪有些不解。

"大山正纪"同名同姓受害者协会。

这到底是什么意思?案件的牺牲者只有一个,何来"受害者协会"?还有,这同名同姓是指……?

他打开网站,看完其宗旨后理解了。看来这个会面向的是因为与"大山正纪"同名同姓而吃过某些苦头的人,方便他们倾诉彼此的经历。

而且他们策划本周六在东京都内举办第一次"线下聚会"。和"大山正纪"同名同姓的人将在现实里会聚一堂,分享他们的痛苦与烦恼。

同为大山正纪的人们。

正纪回想起从前的烦恼。受犯罪的"大山正纪"拖累,他不知受了多少罪。为了告诉身边人他和那个大山正纪不是一路人,他学会了伪装真正的自己。在旁人看来,他大概是个幸运儿,但他的心已经死了。

为了展现自己和"大山正纪"的差别,他使尽了浑身解数。

我和那种畜生不一样。

完全不一样。

——对，别人不再因为名字把两人混为一谈了。此后人生就脱了轨。

而现在有很多大山正纪和当时的他一样，为此苦恼。

他对和自己名字一样的人有了兴趣。

他们说不定能理解自己。

正纪在网站上报名参加，等到周六，就去了写明的地点。那里离涩谷站步行十分钟，主办人好像租了个能容纳二十个人的活动场地。

到了那里，他走进场地，看起引导牌来。

"跨行业交流会"。

网站上解释说，会名不便张扬，租场地时就用了"跨行业交流会"的名义。租的是最里面的一间。

正纪打开门，房间里摆了几张圆桌和椅子，整面墙贴满白砖，反射着窗外照进的阳光。

里面站着几个男人。

正纪进了房间，走到他们身边，打招呼说："你们好。"

"你好……"

气氛沉重，人与人之间横亘着紧张感。这也正常，他们不是什么能谈笑风生的关系。

正纪环视一圈参加者，除了他，还有八个人。其中五个看起来和他是一辈的：眯缝眼的青年、蒜头鼻很吸引眼球的青年、中等身材的青年、又高又瘦的青年、棕发青年。明显跟他差了辈的个头矮小、初中年纪的少年，戴眼镜的中年男子和一个戴棒球帽的中年男子。

他们不交一言，令人如坐针毡的氛围持续了一阵子。五分钟后，一个像是运动员的青年来了，总计十人。

又高又瘦的青年看看表，扫了一眼众人。

"嗯,到时间了,我们开始吧。这样吧,大家先自我介绍——"他笑了笑,"哦,我们都是大山正纪。"

这应该是用来破冰的笑话,但众人都只发出干涩的苦笑声。

又高又瘦的大山正纪哈哈一笑,又尴尬地收起笑容:"……一想到大家都是大山正纪,真有种奇怪的感觉,好像遇到了自己的分身。那我们来介绍一下除了名字之外的信息吧,比方说职业、兴趣之类的。不了解一下彼此,也分不清人……"

有几个人默默点了点头。

"仔细想想,名字是用来区分人的重要工具。可是遇到同名同姓的人,它就成了累赘,一点儿用也没有。我是这样了之后才明白名字有多暧昧的。"

正纪脑筋一转,提议道:"自我介绍就从你开始,再往右一个个来吧。"

又高又瘦的大山正纪沉思片刻后,答道:"好。"他穿着豆沙色针织衫和深蓝色牛仔裤,脚蹬运动鞋,是打扮最随意的一个。

"那就从我这个同名同姓受害者协会的创建者开始吧。我嘛,说来丢人,现在无业。我受不了公司的压榨,准备跳槽,没想到定好的下家以新冠为由把我给踢了。我觉得是因为名字。所以我想和大家分享烦恼,就建了这个网站。"

又高又瘦的主办人大山正纪讲完后,棕发的大山正纪鼓起掌来。鼓掌的只有他一个,一片寂静中响起了空洞的声响。

他左右望望,低头道:"不好意思……"

"……接下来到我了。"蒜头鼻的大山正纪说。他脸上点着些雀斑,红黑格的衬衫外披着黑色羽绒服,外表土里土气的,很不起眼。

"我在家小公司里做销售。因为工作关系,我常给第一次见的人递名片。可每次一给过去,对方就一脸惊奇,真叫我心烦。"

"是的,是让人心烦。"主办聚会的大山正纪充满同情地表示认同。

"'大山正纪'回归社会的事被大肆报道,害得我被怀疑是不是他。可怀疑我的人又不好直接问。我心里明白这是联想到爱美被害案了,但人家嘴上没说什么,我也只能表现得成熟点,回句'请多关照'。怪烦人的。"

"为什么?"

"我希望他们别客气,干脆来个露骨点的反应,要么直接问我也行。这样我就可以否认了,'那人只是跟我重名而已'。"

"疑心病上来,是不问青红皂白的。我们对这方面很敏感。"

阴郁的气氛蔓延开来。

紧接着,棕发的大山正纪开了口。他穿的是齐腰西装领大衣和窄脚牛仔裤,身形瘦削。

"我是个学生。说实话,名字叫我尴尬。我一做自我介绍,气氛立刻绷紧。所以我都主动调侃,笑着说'我没有杀小女孩,大家放心'。可是有次,一个刚认识的女人发火了……"

"发火?"主办聚会的大山正纪问。

"她说我没心没肺。'拿小女孩被杀的事开玩笑太过分了,根本就笑不出来好吧''你就不明白亲属听了得有多伤心吗?无意识地伤人是最残忍的'。"

"受到伤害的明明是你吧?"

"对。"棕发的大山正纪用手指揉搓卷过的发尾,"我看起来是油滑了点,但人还是正经的……我只是受不了如果不主动调侃,就会因为名字被认成罪犯。别看我脸上笑,心里却是伤痕累累,痛苦得很。我本来没必要说这种自黑的话,对吧?可我刚用自黑来保护内心,就立马遭到指责。对方还当面否定我的人品,好像我是个杀了人的罪犯似的……我一瞬间就成了过街老鼠,身边人都走开了。"

他脸上挂着哀愁,大倒苦水。

眯缝眼的大山正纪咂舌道:"抱怨也没用,我没什么可说的。"

他梳着大背头,粗花呢夹克外还穿了大衣,裤子和皮鞋清一色的黑。从头到脚都是一个色系,有种拒人于千里之外的感觉。

其他人都向他投去困惑的眼神,大约是觉得他一上来就打乱了节奏。

"可是,"中等身材的大山正纪说,"我还是有话想说。所以我才过来的。"

"那你说呗。"

"……好,我来说。"

这人的体格像橄榄球运动员。可能是为了显瘦,他穿着小西装,但尺码好像不大准,上臂鼓鼓囊囊的。

"我来自埼玉。我进了本地的一家中小企业一年,年会上有人调侃我的名字,后来大家都拿罪犯的事来取笑我。给客户介绍的时候,他们也要开玩笑,说'您猜这小子叫什么''一个小提示,他和名人同名同姓'。说出大山正纪的名字之后,客户的反应各不相同,有嫌弃的,有同情的,也有好奇地追着我问的——没一个叫我舒心的。"

接下来自我介绍的是戴眼镜的大山正纪。他花白的头发梳至脑后,脸色苍白,看起来有些神经质。

"我的职业是个学者,做的是医学上的研究。不知道算不算不幸中的万幸,我年纪已经五十八了,和杀人的那个大山正纪没多大重合,所以很少遇到各位这样的烦心事。但和杀人犯同名同姓,还是叫我心里不舒服。我今天来这里,是因为对其他重名人士的故事感兴趣。如果伤害了各位的感情,还请见谅。"

"不,"主办聚会的大山正纪说,"只要叫大山正纪,谁都有权参加。有大山正纪过得一帆风顺，反而会给我们希望。"

"下一个是我了吧？"运动员模样的大山正纪举起手。他五官端正，犹如刀劈斧凿，但微微一笑，就会温柔地眯起双眼，让人安下心来。"我是自己做家庭教师的。我显小，但真实年龄是三十五岁。因为年纪的关系，很少有人把我和那个杀人的大山正纪搞混，免了我的担忧。但家长好像还是心存戒备，不愿意在文件上填我的名字。"

被其他人催着作自我介绍的是少年大山正纪。他面容稚气，看起来也像是小学生。

"那个……我在上初一。班上的同学说我像罪犯，霸凌我。网络才是我的世界，我经常玩网游。我上网看到这个'受害者协会'，而且线下聚会的地点坐山手线一站就到，所以我就来了。"

原来这个大山正纪在上初中。他是"大山正纪"同名同姓受害者协会年纪最小的成员了。

"我是做音乐相关工作的。"跟着，戴棒球帽的大山正纪向大家打了招呼。他年纪应该在四十岁左右，胡子没刮，一双薄唇与厚下巴不大相称，一说话就露出被烟熏黄的牙齿。

主办聚会的大山正纪说："这次线下聚会就是他提议的。他跟我说，网上聊天看不到人，还是现实里见面谈好，更方便讲真心话，也更容易团结。"

"线下聚会能成真，我很高兴。我的经历和大家一样。如果是面对面，别人看我和罪犯'大山正纪'年纪相差太大，当然不会怀疑我。但有些地方只能看到名字，麻烦就多了。所以我想听听'伙伴'的故事，就来了。请各位多指教。"

有几个人答他："请多指教。"

"最后——"主办聚会的大山正纪的视线落到正纪身上。

"该我了吧？我……上高中时在足球社混得挺好的。我本来梦想着进军职业,可是'大山正纪'犯了事,搞得同学们看我的眼神都怪怪的,队友也生分了……怎么说呢,没人盯我,他们也不传球给我,我就踢不下去了。"

"太过分了。"

"我说了很多次我不是那个'大山正纪',可还是没用。我对这个世界失望了,到现在也是如此。"

要是"大山正纪"没有犯案……

他从高中时就这样想,这也确实是他的心里话。为了这么点小事,人生一步步偏航。

蒜头鼻的大山正纪强忍苦恼,说:"就算名字一样,也不是同一个人啊……这事都不用解释,但别人讲的不是逻辑。他们都听情感的,把我们和罪犯混为一谈。我们为什么要受这种罪?这是谁的错?我们该怪谁?"

所有人都垂头咬唇,陷入沉默。他们应该都想起了自己受到的不公对待。

今天听了同为大山正纪之人的故事,正纪明白了一件事。

——同名同姓者的罪孽会由同名同姓者继承。

"……好了,"主办聚会的大山正纪环视他们,"自我介绍也介绍完了,接下来大家就畅所欲言吧。喝的请大家随意。"

桌上摆了几瓶两升装的茶和十几只纸杯。

正纪往纸杯里倒上茶,喝着茶加入同名人士们的对话。

"真的烦人。"棕发的大山正纪叹气,"说到底,我拿名字调侃,也是因为受不了别人的偏见和怀疑,想保护自己而已。能体察这种微妙心理的人不会怪我没心没肺,只会同情我。所以我也能不当回事,对不幸一笑了之。"

蒜头鼻的大山正纪点点头:"我理解你的心情。"

"可是，我用同样的方法自黑之后，那个刚认识的女人指责我没心没肺，我一转眼就被打成了反派。之前还同情我自黑、对我笑笑的朋友也迎合她，忽然批评起我来了。当时那种氛围，要是帮我说话，就会被人看成我的同类，一个毫无伦理观的败类。"

"最近是有这种'道德上的同辈压力'。只要别人说我三观不正，我就只能闭嘴，当个单方面被围殴的反派……"

"我正相反。"中等身材的大山正纪插嘴，"别人拿我开玩笑，叫我痛苦得不得了。"

棕发的大山正纪答他："我嘛，毕竟是自己主动的。我要是你，也会觉得不爽的。"

做研究的大山正纪语气冷静地说："因为心灵受伤别人是看不到的。有时候除了明确的恶意，关心也会伤人，善意也会伤人，正义也会造成不自觉的伤害。这些大家是不会去想的。"

他含蓄的话语似乎博得了其他大山正纪的共鸣，好几个人纷纷点头。

主办聚会的大山正纪把话题转到正纪身上："我以前看过你的报道。"

"什么？"正纪被他忽然一说，有些糊涂。

"是你在高中足球赛上上演帽子戏法，接受采访的报道。"

"啊！哦……"正纪翻找记忆，"我记得……那次我讲了对出战全国大赛的期望。"

"可这种报道也都被'大山正纪'给冲下去了。现在就算搜，一定也搜不出来了。我们所有人的人生都被'大山正纪'破坏了。"

所有人都是牺牲者。

不错，一切都源于"大山正纪"。同名同姓的人像被绑在一条绳子上，即使没有接触点，也不可能毫无关系。

之后，他们分别道出自己的故事，互相安慰，分享愤怒。看来这个"会"没有什么目标，只是个交流会，方便遇到同样烦心事的人互倒苦水罢了。

改变风向的，是戴棒球帽的大山正纪的一句话："你们以后有什么打算？"

所有人都带着疑问，转头看他。

"我觉得大家这样互舔伤口，现实也不会有一丝改变。好不容易聚到一起，我们是不是该谈谈以后的出路或者解决方案？"

眯缝眼的大山正纪冷笑："什么解决方案，我们又没错，还能怎么办？大众就是恨'大山正纪'。"

"可我还是认为，想一想是有意义的。"

"想也没用。我们就是惹人厌，只要不改名，我们的形象就变不了。"

主办聚会的大山正纪抱臂低声说："改名啊……"

棕发的大山正纪摇摇头："改不了的。我也认真考虑过，但没那么简单。改名要跟家事法庭打申请，没有'正当理由'是通不过的。"

照他的说法，更名许可申请书上有以下理由："名字奇怪""用字生僻，不易读对""有重名者，生活不便""性别易被认错""易被认成外国人""当上（不当）神官或僧侣""有使用多年的通称""其他"。

"有重名者，生活不便——这一项，我们这些受害者有希望不？"

"和罪犯同名同姓算是改名的理由，可社会生活上的影响不是特别大的话，就很难通过。光是身边人对自己有偏见，希望实在不大……"

"那——"蒜头鼻的大山正纪举起手，"我这种情况应该可以

127

吧？可能是因为有些邻居把我当成那个'大山正纪',最近我邮箱里被人扔了传单,拿红油性笔写了'罪犯滚出去'的传单。"

"哦,这种情况说不定能通过。"

"我要不认真考虑一下好了……"

"考虑一下吧,这样就能解脱啦。"

"唉……"

"你好像不大乐意啊。"

"在出这事之前,我已经用惯这个名字了……"蒜头鼻的大山正纪微微垂下眼,"一想到真要改名,我总觉得像在抹杀自我,好像自己不再是自己了……我说不好,反正心里很不安……"

"我明白。"棕发的大山正纪说,"我们都学乖了,重名的人多得很,名字这东西特别靠不住,也代表不了个人,可大山正纪的的确确就是自己。"

"没错。"

"要是不叫大山正纪了,感觉都不是自己了……"

沉默降临。

打破沉默的是戴棒球帽的大山正纪:"我想问问各位……对'大山正纪'怎么看?他出了少年监狱,就被被害人家属给袭击了。"

主办聚会的大山正纪露出苦涩的表情:"……说心里话,我现在有些迁怒于家属。就是……如果他不报仇,'大山正纪'早就沉寂了。"

"这……"

"我明白。我都明白!错的当然是'大山正纪'。可是理智不管用啊,就是有这种感觉,我能有什么办法?'大山正纪'已经赎过罪了!"

沸腾的情绪爆发了。

戴棒球帽的大山正纪隔了一会儿，问道："……'大山正纪'真的赎过罪了吗？才七年，他就回归社会了。"

"'大山正纪'有没有反省，跟我们的人生都没半点儿关系吧？"

"……抱歉，我不该这么说的。"

主办聚会的大山正纪移开视线："不……该道歉的是我，我冲动了。"

"大山正纪"同名同姓受害者协会也是各种情绪混杂、对立、碰撞的地方。

15

　　大山正纪隔着铁网，直瞪着穿深蓝色制服的那个人。两人的敌意交织在一起。
　　"卑鄙的杀人犯！"对方唾弃地大吼，"你那么残忍地虐杀小女孩，就该判死刑！"
　　正纪发出冷漠至极的笑声。
　　"你笑什么？"那人唾沫四溅。
　　正纪不打算特意告诉他自己被什么逗乐了。
　　他更在意另一件事。
　　"……想想自己的身份吧。敢跟看守叫板，没你的好果子吃。"
　　生杀大权一直掌握在自己的手中。
　　"你就趁现在多说几句吧。等我出去了，你知不知道我第一件要干的事是什么？"
　　"什么？"
　　"就是报复你。"
　　"……还要威风哪？有种你试试看。我很快就让你学会反省跟道歉。"
　　"不想挨我报复，你就杀了我。不然我不会放过你的。"

对方情绪上来，猛踢铁网，像恐吓他似的，砰砰砰不停。

"别这么冲动。"正纪卷起上衣，看看自己的腹部，上面有几道青斑，"你又要动用暴力了？"

"……像你这种杀人狂，揍几拳都不够！"

"你该不会以为，暴力能让人改邪归正吧？"

"你给我闭嘴！败类就该被揍出记性来！"

"你是打算替被害人家属报仇？你有什么权力这么做？认清自己的身份吧。"

对方咬牙。一个动不了自己的人，发火也不值得害怕。

——不过是空气而已。

正纪想起高中时，那帮把他当空气的人。他等同于教室里的地缚灵，有有形之躯，但并不存在。倒不是有谁对他抱有恶意，或是霸凌他。没有人藏他的课本，弄破他的体操服，说他坏话。

他只是空气而已。

没有人眼里有他，他连被人憎恨、被人仇视的价值都没有。

即使他被车撞死、病死，同学听到班主任例行公事的报告恐怕也只会点点头，听完后依然该做什么就做什么去。正纪知道，他的价值不过如此。

他有什么班上的风云人物一样的特长吗？没有，一项也没有。

他体育不好，学习不入流，长相也是，身高也不高，不会和别人聊天，没有前途，一无所有。他甚至忍不住去想象自己的人生终点。

所以我要——

正纪狠狠咬住下唇。

一阵铁网摇动的声响传来，他转头看去。那人正紧握着铁网，毫不掩饰对他的仇视："我一定会让你赎罪的……"

正纪几乎嗤笑出声。

——这人恨错人了。

"你笑什么?"对方的火气溢于言表。

这次,正纪大声嗤笑。

——我没犯过爱美被害案,赎个屁的罪。

但他绝不会道出这样的"真相"。

16

第一次"大山正纪"同名同姓受害者协会在得出如下结论后散会：大家各自想一想，有没有办法能减少网上和爱美被害案相关的新闻和网站。

大山正纪走出大楼，仰望空中低垂的铅灰色阴云，冷笑一声。

参加聚会的大山正纪们倾诉了同名同姓的痛苦，表情就和现在的天气一样。

——因为同名同姓，我不知在社会上受了多少苦。

过来的人都坚信，他们每个人都是患难与共的伙伴。这种想法有点意思。

——就结果来说，我很感谢自己的名字是大山正纪。

感谢它不是山田，不是铃木，而是大山正纪。

面对同为大山正纪的人们时，他隐瞒了内心的想法。其实，他很庆幸"大山正纪"犯下了爱美被害案。

他在"大山正纪"同名同姓受害者协会上讲的同名同姓之累是事实，但只要用对方向，背的黑锅也不全是坏处。

大山正纪穿过人行道，走向车站。

他是混进"大山正纪"同名同姓受害者协会里的叛徒，他的盘算绝不能被人发现。

绝不能让大山正纪的恶名从社会上消失。

——谢谢了,"大山正纪"。我会用好你的爱美被害案,过回我的人生的。

17

"大山正纪"犯了罪,但另一位同名同姓的大山正纪却没被别人当成犯罪后备军。

大山正纪狠狠瞪着桌子。

一个年级里有两个大山正纪,这就是他的不幸。

班主任来后,早上的班会开始了。他点完名,谈起下下周开始的美化校园活动。

"活动要做海报,复印了贴在学校里,尽力培养出学生美化校园的意识。我们班分到的任务是制作海报。"

同学们兴致不佳。班主任点了美术部的学生:"我想要吸引人眼球的插画,你能画吗?"

美术部的男生不情不愿地嘟起嘴:"我要参加大赛的,快到交作品的截止期限了,没法画啊,老师。"

"能不能想点办法?"

"唉,期限是真没几天了。"

"这样啊,这可怎么是好?"班主任的眉头皱成八字,环视一圈教室,视线落在正纪身上,"说起来,大山画画也挺好的吧。"

"啊?"正纪没想到班主任忽然点了他的名。

"我看你课间常画,应该画得不错吧?这任务挺适合你的,你愿意接吗?"

"我、我……"正纪垂下眼。

他有些困惑,但还是很高兴老师愿意关注自己。他觉得,这是第一次有人认可他。

"我、我可以的话——"

他正要答应的一瞬间,右边传来女生的声音:"我反对!"

正纪看向出声的人,他熟悉的小团体中心的女生正举着手,一副看到了脏东西似的表情。

班主任疑惑地问:"为什么?"

"我不想被宅图腐蚀。我坚决反对在学校里贴那种海报!"

当着全班同学的面,人格遭到全盘否定,正纪感到自尊心受到践踏。他的心伤痕累累,宛如一张白纸被血色的颜料乱涂乱画。被锋利的言辞刺穿的伤口已无法愈合。

就算他抗议了,这个女生也会像上次一样咬定"我不是否定你,是否定画",争不出结果吧?

伤害别人的人不知道自己在伤人。这是谈到霸凌问题时常说的话,现在正纪有了切身体会。

"好了,别这么说大山。"班主任苦笑,"现在不就流行那种画吗?"

"我觉得很恶心。有人恶心,老师还要让他画吗?"

"应该也有学生喜欢的,你能宽容一些吗?"

"我回家会告诉我妈妈,来个正式抗议的。老师您做好准备了吗?"

她背后有个在家长会当干部的母亲,班主任也不好怎么劝她。

正纪忍气吞声地说:"海报我就不画了,会被批判的。"

班主任说着"哦、哦，那行吧……"，点了点头。那表情是看他主动退出，松了一口气："那海报的事我再想想。"

好不容易有人认可了承载自己"爱意"的画……

班主任离开教室后，小团体中心的女生带着四个男女跟班走来："你刚才说那话什么意思？"

被五个人怒目而视，正纪顿觉畏缩："什么话？"

"你说会被批判的，是吧？说得跟我们有问题似的。"

"我……"正纪无话可说，闭上了嘴。他这么闷声低头一阵后，响起一个声音："怎么了，怎么了？宅男大山又干什么了吗？"

正纪抬起头，只见另一个大山正纪站在眼前。他从一年四班过来了。

"原来他今天没画恶心的画啊。"

一阵剜心之痛，正纪再次移开视线。

"既然不画了，那就说明他承认过错，知道自己哪里不对了吧。"

过错。

画可爱的女孩子就那么罪恶吗？画了就活该被人辱骂吗？

正纪不认为自己有错。他在教室里画不下去，是因为这些人否定他人格的言辞太折磨他，太伤害他了。

她们为什么会觉得自己是正义的呢？

另一个大山正纪受到周围的交口称赞："不愧是大山。"

"我跟这小子不是一路人嘛。"

听到本人强调他们之间的差别，正纪不得不做出比较。周围的人也会比较，然后分出好坏。

要是没有其他大山正纪该多好。

正纪衷心祈愿。

18

　　第二次"大山正纪"同名同姓受害者协会在第一次的一周后举行。

　　大山正纪再次以主办人的身份租下上次的场地,在网站上发了通知。当天来的人和第一次一样。

　　"回去后,各位过得怎么样?"正纪问其他大山正纪。

　　其他大山正纪都露出苦涩的神情。室内充满阴郁的沉默,与玻璃窗外照进的明亮阳光全不相称。

　　"……网上的辱骂太毒了。"蒜头鼻的大山正纪开了头,"到处都是'去死''恶心'之类怒气冲天的难听话。我知道骂的是罪犯'大山正纪',可还是觉得在说自己……"

　　"我明白,我明白。"正纪点头。

　　"不瞒你们说,我上初中和高中的时候,被班上的女生霸凌过……她们以生理上接受不了我的长相跟气质为由,总说我'恶心'。所以我现在还对自己的外貌很自卑。每次看到辱骂'大山正纪'的推文,心理阴影就会复发……那些话跟以前骂我的一模一样。"

　　他血流不止的心伤如在眼前。这副样子太过凄惨,正纪不由得移开视线。

"不管是说罪犯还是说谁,难听的话都少发为好。"中等身材的大山正纪说,他是埼玉来的中小企业新员工,"上次我想发条推文,批评一个惹是生非的人。但我想起推特上有个互关的人和他同姓,就作罢了。我心想他们姓氏一样,跟我互关的人会觉得我在批评他,心里不舒服。"

正纪明白,他们不会得到理解。就算诉苦,别人也不会当回事,"说的又不是你"。这是一种无意识的伤害,想必连重视人权、站在弱者一边的人也未曾想象过。

"我——"棕发的大山正纪畏畏缩缩地开口,"觉得被害人家属闹得……"

他欲言又止。

"心烦。"眯缝眼的大山正纪径自接话,"是吧?"

"啊,呃……"棕发的大山正纪眼神游移。

"都到这时候了,就别装模作样了。我们来这儿,不都是因为被'大山正纪'的名字诅咒,受了它的祸害吗?谁能不怨被害人家属多事?"

或许是受舆论的影响,一个半月前袭击"大山正纪"的被害人父亲得到了不起诉的处理。应该也考虑到了他没有造成严重伤害。杂志的报道说,"大山正纪"伤势很轻,十天左右就痊愈了。

被释放的被害人家属不断在记者会上申诉他的冤屈。他每次申诉,"大山正纪"的名字都会挤进推特的热搜关键词,网民对"大山正纪"的厌恶与愤怒也会爆发。

公众不会忘记"大山正纪"。

"我理解这种心情……"做研究的大山正纪插嘴,"但恨被害人家属就——"

139

他应该是想说"恨错人了",但又咽回了这句过于严厉的话。

"少讲大道理了。"眯缝眼的大山正纪发难,"你多轻松啊,有年龄差在,不会被人当成那个罪犯。旁观者只会说着漂亮话,真招人烦。"

"我没有这个意思。"

"就因为被害人家属又把这事翻出来,我们才一直解脱不了。"

"可是说到底,犯罪的'大山正纪'才是罪魁祸首,被害人家属是牺牲者啊。"

"'大山正纪'都坐过牢赎过罪了,可那个爹还拥护私刑,袭击人家,已经是加害者了吧?你能想出日本有什么案件是被害人家属报复罪犯的吗?"

"不……"

"大家都在忍呢,都在遵守法律。我可没闲情去同情一个不守规矩的被害人家属。"

"但你好歹可以换个说法……"

"我都说了,别讲大道理了。我们这是自己人说话。要是面对被害人家属,我也不会那么说的。我们到这儿来,不就为了说些不方便公开讲的真心话吗?"

做研究的大山正纪无言以对。

"好了好了……"正纪插嘴,"大家都是受害者,就不要内斗了。"

身为主办人,他必须压住场子。眯缝眼的大山正纪很少谈自己的事,但说不定也吃了不少苦头。

戴棒球帽的大山正纪摸着下巴上的胡子说:"我们能不能谈些更有建设性的话题,比方说,怎么解决搜索引擎被'大山正纪'污染的问题。"

搜索名字，会跳出成千上万条"爱美被害案"和"大山正纪"的报道。

眯缝眼的大山正纪不屑地道："这能有什么办法？"

中等身材的大山正纪说："不如我们去要求搜索引擎删除那些报道吧，好像有个'被遗忘权'的。"

"是有的。"棕发的大山正纪点头，"'被遗忘权'也叫忘却权、消除权、删除权，可以要求网站删除犯罪记录、个人信息和诽谤中伤。"

"你懂的真多。"正纪说，"上次说到改名，你也很懂，是不是查了很多资料？"

"我是法学生……"

有几个人发出了赞叹声："嗬！"

外形像运动员的家庭教师大山正纪皱眉低叹，原本开朗的脸庞上现出愁色："……说实话，我觉得这很难。我教社会科学的时候，有时要教网络的用法和危险性，所以对这方面还算了解。'被遗忘权'和'知情权''言论自由'是彻底对立的。"

戴棒球帽的大山正纪点点头："'言论自由'是宪法规定的国民权利。实名报道受'言论自由'保障，法律约束不到它。"

"很遗憾，确实是这样。"

"还有法律上没写明的'知情权'。国民有权利不受任何人妨碍，自由地收集信息。"

这人虽是做音乐工作的，倒很懂行。他的年纪不会被认成凶手"大山正纪"，但或许他也渴望改变现状，所以做过调查。

"可是啊！"棕发的大山正纪厉声说，"'言论自由'和'知情权'都不是无限的吧？应该有为了保护隐私删除报道的先例的。"

"确实有，"戴棒球帽的大山正纪回答，"是个因为猥亵未成年人被捕的男人吧。"

"对，对。据说他申请让搜索引擎删除自己的报道，地方法院就责令删除了。理由是'阻碍国民改过自新的利益'。法律希望赎过罪的犯人能够重回社会，做回普通公民。妨碍这一进程，对社会无益。"

当家庭教师的大山正纪遗憾地摇摇头："删除被捕记录的申请很难通过。因为报道的是事实，和诽谤中伤不一样。'被遗忘权'好像也要看事件发生后的年数。如果是轻微犯罪，两三年左右就可以通过，但是罪行严重的话，几年是没戏的。这次是猎奇杀人，就更难办了。"

棕发的大山正纪不甘地呻吟一声。

"要是申请删除能通过，我们就省事了。"当家庭教师的大山正纪说，"网上的报道那么多，数不胜数。况且这次的案件，被害人家属的怨气没消，又出了复仇未遂的风波，公众还记恨着凶手。爱美被害案还是现在进行时呢。"

"不好意思……"待过足球社的大山正纪像是想起什么，"我忽然想到，'大山正纪'这个名字本来是不该公开的吧。现在全世界都知道它，弄得天经地义似的，所以我老忘记这一点。"

这么一说，确实。《少年法》第六十一条是禁止对二十岁以下的人做实名报道的。但杂志出于义愤，公布了"大山正纪"的名字，致使它广为人知，之后各种信息以网络为中心泛滥开来。

"而且那个社会学家太出格，在电视上曝光了真名，对吧？她害得'大山正纪'人尽皆知。这违反了很多规定吧？那现在这种情况本来就有问题。凶手犯罪时才十六岁，真名就不该传遍全网，法院应该会责令删除吧？"待过足球社的大山正纪激动地说道。

"有道理！"蒜头鼻的大山正纪探出身，"既然有希望，就试试吧！这也是为了我们自己！"

"可是……"正纪说，"我们并不是当事人。虽然都叫大山正纪，但不是凶手'大山正纪'。同名同姓的外人申请删除，也能通过吗？"

众人陷入沉默。

"死马当活马医了！"棕发的大山正纪大声说，"我们不是本人，可因为重名，我们受了不少连累，这是事实。我们不能接受写了'大山正纪'名字的报道和网站继续存在下去。"

戴棒球帽的大山正纪说："嗯，这事可能是没有先例，但试试也无妨，总不会比现在更糟。还有人想到什么别的办法不？"

无人应答。

这个组织虽然叫"大山正纪"同名同姓受害者协会，但定位不清，没有"会"该有的目的，只是想找到和自己同病相怜的伙伴。

到最后，也只能互倒苦水，互舔伤口。

"上次真是糟心透了。"中等身材的大山正纪说，"我去拜访一家新客户，我前辈跟平时一样，又拿我的名字说事，'这小子跟名人重名，叫大山正纪'。"

"然后呢？"正纪追问后续。

"客户那边的女的就说了一句'那不行'。"

"不行……"

"好像同个名就成了她拒绝的理由……"中等身材的大山正纪窝火地说，"我到底该恨谁去？恨拿我名字说事的前辈？恨拒绝我们的女客户？恨犯事的'大山正纪'？还是恨我自己叫了大山正纪这个名字？"

没有人能回答这个问题。

想必每个大山正纪都这样问过自己。

该怪谁？

问题出在哪里？

"……毕竟偏见可不讲道理。"待过足球社的大山正纪露出苦闷的神色，"年纪跟凶手'大山正纪'差不多的话，就没法证明自己不是他了。"

犯罪时的"大山正纪"是十六岁。媒体报道了他的年龄，却没有公布具体的出生年月日。有没有过完生日会影响到年龄的计算，他现在可能是二十二岁，也有可能是二十三岁。

"这是恶性循环。"待过足球社的大山正纪继续道，"新认识的人，对方问起自己的名字时，我总要犹豫上一阵子。可犹豫完再回答，会更招对方怀疑……"

"我懂。"正纪点点头，"站在我们的角度来看，为名字受了这么多罪，遇到这么多烦心事，光说出口就够紧张的了。可别人想象不到当事人的这种烦恼，反而会武断地认为连名字都说不利索，一定有古怪之处。"

"我为这事不知道受了多少罪。都怪杂志和那个社会学家！"

"你踢足球也受影响了？"

他咬紧下唇，皱起眉头，脸上写满"你该明白的"。

"看来是不用问了。"正纪苦笑，"我们来这儿，不都是因为人生受了影响嘛。"

现在只怕在网上搜名字，也搜不出他在球场上大显身手时的报道了。

"我讨厌学校，讨厌得要死。"上初中的大山正纪垂着头，神情活像伤痕累累的小狗，"只是重名而已，同学就觉得我也会走上那条犯罪道路，说我坏话。昨天也是，上学路上碰巧有群小学生玩闹，我就看了会儿，结果到了学校，他们就说我盯上小学生了……"

有几个人安慰他："太过分了……"

"我只是和朋友聊了聊动漫而已，他们就认定我会对小孩子下手。电视上有个女社会学家是这么说的，还很有影响力。他们说权威都这么讲了，肯定没错，张口就骂我'恶心'。我真不明白，他们怎么能说出这种伤人心的难听话。"

"……真希望名人能想想自己的影响力。"蒜头鼻的大山正纪不快地说，"他们都要谈什么虚拟作品的负面影响和危害了，不该先对自己在现实里的言论造成的霸凌负责吗？"

正纪同情地说："小学初中的年纪，有些孩子是想象不到一句话能有多伤人的。"

"成年人也一样。"蒜头鼻的大山正纪恨恨地说，"上网看看就知道了，很多人控制不住自己的情绪，一点小事就发推文说'去死''败类''恶心'……还坚信自己特别道德，特别正义，真叫我吃惊。"

他说过他因为外形上的特征被霸凌过，看来对上初中的大山正纪的痛苦感同身受。

"那班人跟搞霸凌的小学生、初中生一样，脑子一点儿都没成长。"

上初中的大山正纪抬起头，仍然咬着下唇，眼中摇曳着仇恨之火："我好想杀了他们……"

"打住，打住，"眯缝眼的大山正纪说，"这就太危险了。"

"可是我好难受……"

"可饶了我吧。要是再有'大山正纪'杀人，我们也得受牵连。"

上初中的大山正纪望着地板，嘟囔道："对不起……"

他虽然道了歉，却隐隐透出行将爆炸的样子。与大学生和社会人相比，初高中生无处遁逃。如果沦为别人眼中可以肆意攻击的"活祭品"，日子怕是很难过。他为了名字，不知道受了多少欺凌。

倒完苦水后，众人随意分成几组，边喝饮料边聊天。

"我最近常看搞笑短剧。"蒜头鼻的大山正纪说，"整天看网上的诽谤中伤、恶语伤人，感觉灵魂都被污染了，我想看看搞笑的东西，治愈自己。"

"我正相反。"中等身材的大山正纪说，"我的名字总被取笑，被欺负得够了，弄得我讨厌搞笑了。不是有拿刻薄当笑点的段子吗？比方说嘲笑人外表特征的……"

"嗐，搞笑片也不都是那种段子。我也不喜欢靠黑别人取乐的段子。"

棕发的大山正纪开口："说到电视，上次女排的重播看得我好兴奋。双方势均力敌，最后日本翻盘赢了意大利。"

总说些丧气话会破坏人的心情。他应该是故意找了个无关痛痒的话题。

正纪想起重播："好像挺精彩的，我看了最后的高光时刻。"

"意大利球员的扣球太帅了，美女也多，虽然是我们的对手，还是把我给迷住了。"棕发的大山正纪不好意思地嘿嘿一笑。

正纪也随之笑笑。

"你们聊得这么投机啊。"他们谈女排正谈得起劲，待过足球社的大山正纪走来，"在聊什么呢？"

棕发的大山正纪回头，含糊地答他："我们在说，意大利国家队的扣球很帅。"

他应该是觉得，在运动员面前，聊外表比聊球技聊得更开心不太合适。

"哦，是啊，有好几发扣球直接就得分了。"待过足球社的大山正纪立刻加入话题。

"对，对。我本来都放弃了，以为日本输定了，没想到换人很有效，扭转了局势——"

他们兴致勃勃地聊了一会儿女排，每个人都贴心地不提足球。

就在这时——

"快，快进去！"

一声门响后，房间外又传来怒吼声。

正纪顿觉奇怪，惊讶地扭头看向出入口。眯缝眼的大山正纪正拽着戴棒球帽的大山正纪穿夹克的肩头，把他往房间里拖。

戴棒球帽的大山正纪被踉踉跄跄地拉到房间中央。

所有人的视线都汇集到他们俩身上。

"这、这是怎么了？"正纪困惑地问。

眯缝眼的大山正纪怒形于色，咂嘴瞪了一眼戴棒球帽的大山正纪。

"这小子——"眯缝眼的大山正纪拿食指指向对方，"形迹可疑。"

"可疑？"

"对。我准备进厕所的时候，听到里面传来嘀嘀咕咕的声音，语气不对。怎么说呢，反正听得出来。所以我就偷看了一眼，发现他在拿着手机打电话。"

戴棒球帽的大山正纪一声不吭，咬住嘴唇。

"我竖起耳朵听，结果你们猜他在说什么？"

众人面面相觑。

"'我已经成功混进去了，不用担心。'"

正纪看了看戴棒球帽的大山正纪，他正讪讪地用食指挠眉头。

"他挂了电话,刚准备出厕所,就被我给堵住了。你们是没看到,他那慌得!一副大事不妙的样子,眼神都在躲闪。我问他'你刚刚打电话说什么',他先是答不上来,跟着又说什么'是家里人打来的',想蒙混过关,摆明了在撒谎。所以我把他给拖过来了。"

——我已经成功混进去了,不用担心。

这句台词只有一个含义。

"他不是大山正纪。"正纪喃喃道。

其他大山正纪骇然地注视着那人的脸庞,无人反驳。

棕发的大山正纪用颤抖的声音追问:"你、你到底是什么人?"

"说话啊!"蒜头鼻的大山正纪厉声跟上,"你不是大山正纪?只有大山正纪才能参加这个会!"

另外几个人催问:"快说清楚!"

戴棒球帽的大山正纪带着无计可施的表情呻吟一声,缓缓吁出一口气。

众人顿时沉默下来,死死盯着他。

"……对不起。"他像是放弃挣扎了,低下头,"我确实骗了各位,我不是大山正纪。"

虽然事先已经猜到,但真的听到他亲口承认,正纪还是大受打击。他原本是无条件地坚信大家都是大山正纪的,从未想过里面会混进一个骗子。

"那你是谁?"正纪质问。

是想进"大山正纪"同名同姓受害者协会捣乱、借机取乐的网民,还是——

那人深呼吸两下后,语调温和地回答:"我是自由记者。"

19

记者。

听到这出人意料的自白,大山正纪心里掀起波澜。他很后悔,他是"大山正纪"同名同姓受害者协会的主办人,却没有查证每个人的身份。

其他大山正纪也都露出不解的神情。

现在想来,这个人更像个旁观者,而不是同病相怜的伙伴。正纪本以为这是因为他的年纪和凶手"大山正纪"差别很大,不会被认成凶手,但他想错了。

——你们以后有什么打算?

——我想问问各位……对"大山正纪"怎么看?

他一直在打探同名同姓者的想法,问的问题都是在采访。他提议办线下聚会,让"大山正纪"同名同姓受害者协会的成员面谈,估计也是因为这样写出来的稿件更有真实感。

正纪咽下紧张的口水,瞪了记者一眼:"你要拿我们当噱头写稿?所以才混进来采访——"

"不是,不是!"记者摊开掌心,摆出息事宁人的架势,"你们误会了,我是很认真的。"

待过足球社的大山正纪高声道："我们不想看到不是大山正纪的人来搞破坏！"

"我参加了这个会，听了各位的倾诉，自以为还是理解各位的。这方面我会注意——"

"我们因为大山正纪这个名字，一直低调做人，就怕引起社会的注意，怎么能让什么记者曝出去。我们不想再引人关注了！请你不要写！"

这是真诚的哀求。

"要是没被我们发现，你是打算隐瞒到底，偷偷写出来吧？"

"不是，我——"

"我们不能接受你为了吸引读者眼球，就无视当事人的感受乱写！"

"没错！"眯缝眼的大山正纪表示赞同，"别为了猎奇就乱写！"

"我们已经被社会歧视得够惨了，别让我们雪上加霜了！"

记者成了众矢之的，他环视一圈大山正纪们："……请听我解释。"

"解释个屁！"眯缝眼的大山正纪怒吼，"不是说了吗？叫你别写了！"

有几个大山正纪连连点头。

"不要急，"棕发的大山正纪语气较为冷静，"就听他说几句吧。"

"有什么必要听他找借口？"

"让他解释，我们才能了解情况。我想知道他是不是仇视我们。难道你们宁愿赶他出去，随他怎么写？"

眯缝眼的大山正纪登时语塞。他哑哑嘴，恨恨地说："……那随你便吧。"

棕发的大山正纪看向记者:"你为什么混进我们会?"

"……谢谢您给我机会解释。"记者摘下棒球帽,开口道,"我看到各位的网站,才关注起了同名同姓这个问题。"

"关注?"

"是的。以前从未有人认真思考过,与重案罪犯重名的人是何等痛苦。即使重名人士倾诉了,我们也会觉得没什么大不了。我举个例子,被害人和被害人家属的痛苦,人人都想象得到。最近加害者家属的痛苦也受到了关注,报道和杂志的专刊都会聚焦他们。可是和罪犯重名的人呢?这对当事人来说,是切肤之痛,大众却完全没有认知。"

他语气真挚,稍一放下戒心就会被打动。

"在这个问题上,我也一样。"记者说,"不瞒各位说,我也和罪犯同名同姓。"

"什么?"

"我刚当上记者时,日本发生了一起大案。我的名字和那个罪犯一样。"他报出自己的名字,"汉字不一样,但是读音相同,所以口头上听不出差别。就跟那有名的三浦和义事件[①]一样。我记得,当时我都不会写署名稿件了。"

正纪扫了一眼他的伙伴,每个人脸上都露出复杂的表情。

"我很抱歉,我不该隐瞒身份,混进这里来。可我担心说自己是记者的话,各位会防备我,我就听不到真心话了……真是对不起。"记者低头道歉。片刻后,他又抬起头,眼神中放出坚决:"但是我说

[①] 三浦和义事件:1981年,美国洛杉矶发生的一起伤害致死事件,嫌疑人为三浦和义。后文提到的著名足球运动员指三浦知良,两人名字发音均为 Miura Kazuyoshi。

认识到了这方面的问题,绝不是假话。"

正纪没有全盘接受。不过即使信不过他,理解还是做得到的。

记者摸着没剃的胡子,环视周围的人群。

"和罪犯同名同姓,为此痛苦的人总是被忽略。现代已经是网络时代了,我认为这个问题应该受到更大的重视。"

有几个大山正纪点点头。

"有人因为和罪犯同姓,就被当成罪犯的亲属挂到网上,受到众多信谣者的诽谤和中伤。这一类的事件屡见不鲜,已经成为社会问题了。"

正纪记忆犹新。

重大交通事故的加害者所在的公司里,有个与其毫无血缘关系的男性员工因为同姓,被当成加害者的儿子,遭到大肆中伤。

有起致人死伤的路怒追尾事故里,一家和嫌疑人同行的公司名和嫌疑人的姓氏相同,导致网上传出谣言,说同行公司同姓的老板是嫌疑人的父亲。老板的住址和电话号码也被曝光,一天要收到上百个骚扰电话。

爱美被害案发生时也一样,同姓"大山"的男性被当成罪犯的父亲,受到诽谤中伤,直到公司出了声明否认才平息。

"没有哪个时代像现在一样需要'信息素养'。我认为社交网络的所有用户都必须认识到这个问题。"

"我赞同。"正纪回答,"人很容易被谣言操控。"

"相信谣言、把无辜人士当成罪犯严加指责的人在看到辟谣之后,也会反省。尽管只有一部分。但这些人遇到其他事件,又会冲动地参与批判。这一问题关系到'信息素养',我认为我们该控诉这种因为重名而受误解、受连累的现实。"

棕发的大山正纪用抓住救命稻草的语气说:"你是说你会帮我们

写新闻稿，解救我们，对吧？我们真能信你吗？"

"……我不知道我的稿件有没有那么大的能量，去影响这个社会，但我想试试，也认为应该试试。"他眼神坚毅，这番话掷地有声。

正纪这一群人都不愿引起关注，但冷静想来，他们全都是大山正纪。这就有别于很多其他问题，不必担心大众人肉到"个人"。

既然有可能改变社会的风向，就该赌上一把。

"说到这里，"记者突然板起面孔，沉声道，"我想和各位商量一件事。其实我想到了一个主意，能扭转舆论。"

"扭转舆论？"

"是的。我们可以找出犯下爱美被害案的'大山正纪'，公布他的照片。"

有几个人发出质疑的声音："哈？"

"不要开玩笑了。"正纪慌了，"公布凶手的照片到底有什么意义？只会让大山正纪风波愈演愈烈，挤压我们的生存空间吧。"

"这样确实会闹大。只看网上，'大山正纪'这个名字或许会更为泛滥，但对你们个人而言，人生应该反而会好转。"

"这我很难相信……"

记者轮流看了看做研究的大山正纪、当家庭教师的大山正纪和上初中的大山正纪，说："你们三位为什么不会被当成凶手呢？"

"……因为我们的年纪和凶手差别太大。"

"就是这个道理。其他人被人怀疑，是因为公众不知道凶手'大山正纪'的长相。"

长相……

"这世上有不少重案罪犯。他们臭名远扬，媒体也会连日报道真名，以至于光说姓氏大家都知道在说谁。但他们被判死刑，进了监狱之后，其他人就算同名同姓，也不会被认成罪犯。即使他们出了狱，只要公众知道他们的长相，重名者也可以自证清白。可是爱美被害案不一样，凶手当时才十六岁，所以照片没有被曝光。"

"杂志为什么没有公布照片？"正纪问，"是因为最多就只能曝光真名吗？"

"应该是因为照片很难弄到手。我估计'大山正纪'不怎么拍照片。要是有，杂志应该会和以前的案例一样，给眼睛打上马赛克就登出来。结果对各位来说，反倒不如公布了。"

"是啊，确实不彻底。既然要曝光真名，就把照片一起登了多好。"

最近有要修改《少年法》的风向。正纪看到新闻说出了修正案，要允许媒体在起诉后报道十八、十九岁少年的真名和照片。

"所以我们要自己动手，把凶手'大山正纪'给拖到聚光灯下，让别人知道凶手是他，不是我们。我们要给公众指出准确的靶子——要惩罚的话，找准他。"

这是为同名同姓所苦者的心声。

正纪一开始认为这个提议太过荒唐，但听记者解释一番，又觉得合乎情理了。

把"大山正纪"拖到聚光灯下。

"容我插一句……"说话的是蒜头鼻大山正纪，"要是曝光已经赎过罪的人的长相，会不会激起众怒，给我们自己惹一身臊……"

"找对方法就不会。"中等身材的大山正纪说，"就算要曝光罪犯'大山正纪'的长相，我们也没必要自曝身份，装成流行的'键盘侠'就行。凶手才七年就回归社会，有人看不过，想给他点社会的制裁。打着这样的幌子就没事，火就烧不到我们身上。"

"哦，有道理……"

"不。"记者竖起食指,"我认为应该公开'大山正纪'同名同姓受害者协会的存在,再公布凶手的长相。"

"为什么?"正纪提高音量,"这不是自找麻烦吗?"

"要改变这个社会,有时候得用点粗暴手段。请各位想象一下,在网上发篇报道,在杂志的专栏或者随笔里倾诉一下同名同姓的苦难,能打动谁?最多也就是和罪犯同名同姓深受其害的人能有共鸣,大多人还是会事不关己,高高挂起。"

"这……"

"这世上少说有几十万篇报道在揭露社会问题,可是能被大家记住的有几篇?"

社会上存在着各种问题:教育、医疗、少子化、老龄化、歧视、政治……网上充斥着揭露这些问题的报道。正纪没有多大兴趣,却也看到过。但他再一回想,一时间又想不出一篇来。

"我说得现实些,如果照平常那样写,只有原来就对这个问题感兴趣的人会关注。当然了,如果内容会激起大众的义愤,会有网红探讨,社交网络上也会热议,但过了不几天,这些就会消退下去。没有人会坚持认真思考的。"记者的表情中透出一丝无力感,他沉默片刻后,加重语气说,"可我有办法引起关注!我有办法大力曝光问题,把政治家也拖下场。"

"你是说?"

"用毁誉参半的过激言行来引起社会关注,揭露问题。比方说,做个应用,在地图上显示有逮捕史的性犯罪者的住址。从人权的观点看,这样做会招致口诛笔伐,但应该也能赢得一定的支持者。这么一来,就算道歉删除应用,也不算白费工夫。让公众直接看到这世上有多少性犯罪者,他们就会产生危机感,试图找出其他解决方案来。这就是我说的办法。"

"也就是所谓的炒作？"

"一句话，就是炒作。故意引战，操纵舆论，很常用的手法。我这么说，各位应该也能想到些案例吧？"

倒也是。

正纪翻找记忆。揭露问题时如果用了道德上两难的方法，又或是说是歧视也不为过的言论，就会点燃舆论，得到报纸和电视的报道，艺人和政治家也会做出反应，有时国会上都会讨论。

"就是这么回事。"记者毫不犹豫地说，"曝光凶手'大山正纪'的长相，这个受害者协会也会成为众矢之的。但这样人人都会知道，同名同姓的人的处境是何等窘迫。也就是说，你们会成为彻底的'受害者'。要让大众了解受害者的痛苦，唯有用这种过激手段了。只要你们的表现能博得大众的支持，就万事大吉。他们支持了，就是'手段的免罪符'。"

中等身材的大山正纪说："舍不得孩子套不住狼……是这么个意思吧？如果批评这种做法的人占多数，我们该怎么办？"

"那就去反驳他们：'受害人在拼了命地发声，你们却要封住他们的嘴吗？'让他们觉得批评了会于心不安，就成了。只要让大众觉得批评的人是坏人就行。形势不妙了，批评的论调应该会立马偃旗息鼓。是人都希望别人觉得自己道德高尚。"记者看了看上初中的大山正纪，"让他接受采访也会很有效果。"

"啊？"上初中的大山正纪眼神游移，"让、让我上？"

"借孩子的嘴发声是老招了，比大人控诉更招人同情，还能堵死反对意见。谁反对，看起来就像在欺负小孩子。"

无名的成年人在社交网络上发表意见，很难引起共鸣，让人转发。但换作外国人或者小孩子，哪怕是同样的意见，大众也会感叹他一针见血，纷纷转发。这点正纪清楚，但真的该让上初中的大山正纪去吸引火力吗?

正纪说出自己的担忧。

"不必担心。"记者回答,"最后要放的不是视频,而是稿件,内容尽可以推敲修改,不会给人留攻击的漏洞的。"

中等身材的大山正纪语调中满是兴奋与赞许:"不愧是记者!我感觉看到胜算了!"

"胜算大得很。我们先把活动目标定成找出凶手'大山正纪'吧。就我们自己来找!"

有几个人大喊"我赞成",声音里饱含着决心——他们要找回自己的人生。

"别急!"提出异议的是做研究的大山正纪,"先冷静一下。被怒火冲昏头脑时做事,会犯错的。"

"你大道理真多。"眯缝眼的大山正纪不屑地说,"一个旁观者,就别对当事人指手画脚了。"

"我自认为也是当事人。"

"我们这是正义的怒火!对吧?"眯缝眼的大山正纪问赞同者。

那几个人毫不犹豫地点了头。

做研究的大山正纪面露困惑之色:"怒火正义与否,由谁照什么标准来决定?我们沦落成今天这样,不就是被公众所谓的'正义的怒火'逼的吗?"

"这是两码事。"

"所有人都觉得自己的怒火是正义之怒,合乎道义。这种想法很危险。"

"你这意思是,我们错了?"蒜头鼻的大山正纪用刚学会的理论反驳,"别打压我们,说得好像因为无辜受牵连而发怒是什么愚昧的丑事似的。"

"你这是曲解我的话。我没有打压你们。"

"你不就在打压吗？"

"你这样把我的话往坏处想，就说明你已经被负面情绪冲昏头脑，不够冷静了。"

"什么负面情绪？这是他刚才说的正义的怒火吧。"

"……本来，愤怒和仇恨是伴随罪恶感的。正因如此，人们泄愤时都想将其正当化。发完火，我们会忍不住找些理论或道德依据来正当化自己的行为，所以容易看不清本质。"

"我们只是想改变现状而已！"

眼看火药味越来越浓，眯缝眼的大山正纪视线转到正纪身上："说吧，我们该怎么办？"

"什么怎么办？"

"你不是主办人吗？拿个主意啊。"

"这让我怎么拿……"正纪为难地环视所有人。每个人的视线都聚集在他身上，仿佛在说"看你的了"。

主办人的责任压到了他肩上。

"呃……"正纪挠挠脸，"要不举手表决吧！"

选了这么个四平八稳的方案，他也做好了受大家责备的准备。不料，有几个大山正纪表示同意："好啊。"

"……那谁反对公布凶手'大山正纪'的长相？"正纪问。

做研究的大山正纪第一个举起手，待过足球社的大山正纪和当家庭教师的大山正纪也犹犹豫豫地跟上了。

"曝光长相未免太过了……"待过足球社的大山正纪说，"论起来，我们受牵连就是因为媒体动用私刑，公布了凶手的真名。我觉得，我们犯不着跟他们一样堕落。"

当家庭教师的大山正纪接口："我赞同。我毕竟是做教育的，不能认可私刑行为。"

"……反对者一共三个人?"正纪问。

其他大山正纪没有反应。看来除了待过足球社的大山正纪,反对的就是外形上不会被认成凶手的两个人了。

"那赞成的呢?"

剩下的六人举起手。无须主办人加入,赞成占多数,"大山正纪"同名同姓受害者协会的目标就这么确定了。

眯缝眼的大山正纪看向三个反对派:"结果出来了,你们怎么办?"

做研究的大山正纪无奈地摇摇头:"我退出。这会是我最后一次参加这个会。正义感要是不加控制,以后后悔也来不及。"

"行吧。"眯缝眼大山正纪随便敷衍一句,又看向另外两个人,"你们也退出?"

待过足球社的大山正纪沉思一番后,答道:"……我听多数派的。"

"我——"当家庭教师的大山正纪不情不愿地说,"想当各位的'刹车'。"

眯缝眼的大山正纪瞪他:"你别碍事就行。"

当家庭教师的大山正纪没有点头。

"话说回来,"中等身材的大山正纪说,"我们还是先确认一下每个人的身份吧?"

正纪惊异地看他:"确认身份?"

"对。这次不就有记者混进来了吗?他没有恶意只能说是侥幸。我们听了每个人介绍自己,就相信大家都是大山正纪了,可如果不是呢……"

"这不可能吧。"众人面面相觑。他们眯起眼,像是在想象其他人不是大山正纪的可能性。

"啊,不好意思!"中等身材的大山正纪慌忙补充,"我不是在怀疑大家,只是忽然想到,以防万一,确认一下也好……"

"我赞成。"当家庭教师的大山正纪说,"不过,应该也有人比较在意隐私问题,我觉得证明一下名字是真的就行,你们说呢?"

待过足球社的大山正纪点点头:"嗯,反正证实了名字就没问题了。这样大家也能接受吧?"

有几个人不大情愿地点点头,跟着看向唯一一个没有回应的眯缝眼大山正纪。他嘴上不痛快地说"麻烦死了",却还是掏出驾照给其他人看了:"看到了吧?我也没什么好隐瞒的个人隐私。"

驾照上有他的照片、出生年月日和姓名,住址部分被他用拇指盖住。这个人是货真价实的大山正纪,今年二十六岁。

"其他人也赶紧自证吧。"

做研究的大山正纪叹息一声:"这是我最后一次参加,但我不想带着嫌疑离开。"

他取出驾照,示意众人看。中等身材的大山正纪也有样学样。他们俩都是大山正纪。

蒜头鼻的大山正纪带着困惑的表情说:"不好意思……我今天没带驾照,下次给你们看行吗?"

"没关系。"正纪说,"下次带来就行。"

"等等,"眯缝眼的大山正纪呲嘴,"要自证,就不能延期。你现在就回家去拿。"

正纪觉得他太不讲道理,便反驳道:"没必要这么着急吧?下次集会带来也一样。"

"要是这里有人可能不是大山正纪,我们还怎么说心里话?这个问题必须严查。谁不接受,就退出吧。"

此后无人反对。

最后，自证身份的事确定要在当天内完成。没带驾照的大山正纪回家拿来了证明身份的证件。

两个小时后，所有人都证明了自己是大山正纪。

20

血色的夕阳将街道染得一片殷红。

第二次"大山正纪"同名同姓受害者协会结束后,大山正纪离开会场。其后,他开始跟踪走在他前面的大山正纪。

涩谷的街上人山人海。正纪盯梢时躲在一群年轻人身后,对方就算回头,也不会发现。

他盯上的大山正纪走向人来人往的涩谷站。

正纪捏紧拳头,继续跟踪他。被盯上的大山正纪穿过人潮,往站台去了。

他是要直接回家吗?

正纪拉开距离,躲到墙后。他装作玩手游的样子,时不时偷窥一眼自己盯上的大山正纪。目标在排队,已经排到了第三位。

广播响起,电车驶进站台。伴着一阵排气声,车门开启,他跟踪的大山正纪上了第五节车厢。

正纪快步从墙后走出,赶进隔壁的第六节车厢。这时还不算高峰期,车里没有到人挤人的状态。他走到车厢的尽头,偷偷透过连接门的窗子窥探第五节车厢。

被盯上的大山正纪正站在连接门附近,眼睛盯着手机,不知道是在刷社交网络，还是在看电子版漫画。不管是哪样，他都对周围毫无戒备。

电车停了好几站，但他仍没有下车的意思。看来，他来"大山正纪"同名同姓受害者协会的这一趟有些远。

过了二十多分钟后，被盯上的大山正纪动身了。他把手机收进挎包，下了车。

正纪从窗口确认站台的情况，以免和目标撞上。站台上冷冷清清，只看得到几个人的身影，他跟踪的大山正纪正往第六节车厢的反方向走。

人越少，跟踪就越难，但是……

正纪在站台下车，死死盯着目标上楼梯的背影。为防对方忽然回头，正纪到他走出视野才迈开脚步。

上了楼梯后，正纪发现目标走出了南边的检票口。他等了几秒，继续跟踪。

走出车站后，寒风凛冽。

正纪环顾左右，一片暮色中，他跟踪的大山正纪正走在人行道上。周围只有零星几个人。

被盯上的大山正纪在人行横道前停步，手指伸向电线杆。那应该是按键式的红绿灯。

正纪猫在车站出入口的一角，估算时间。红绿灯变绿，他跟踪的大山正纪穿过人行道，前方是暮色笼罩下的住宅区。

正纪看清没有车流，便冲过车道。要是走人行横道，弄不好会暴露。

他继续跟踪，小心不在柏油路上踩出声音。或许是因为没有称手的东西，他一直边走边找。中途，他发现住宅附近的地上有块石头。

正纪捡起石块，检查它的手感。有分量，也够硬。

——能用。

正纪目不转睛地看着目标走在十几米外的背影，加快步伐，想拉近距离。但远处还有人影，他咂咂嘴，放慢速度。

他继续尾随，相信机会总会来的。

没过多久，他跟踪的大山正纪进了无人走动的住宅区。那里没有街灯的亮光，已被黑暗侵蚀。

正纪咽下口水，加快步伐，他感到右手握住的石块的分量。

被盯上的大山正纪走得毫无防备，全然没有注意到背后追来的人。正纪祈祷他不要回头，逼近他的背后。这个距离，伸手就能够到。

正纪扫视一圈周围，举起石头。

只要没有你……

他冲着后脑勺猛力挥下，是石头砸进头盖骨似的触感。

被盯上的大山正纪呻吟一声，来不及回头，就倒在了柏油路上，手臂止不住地抽搐。

正纪喘着气，背着黑暗俯视大山正纪。

复仇成功了。

21

　　大山正纪将手伸进校服裤的口袋里，摸到美工刀。
　　——受不了了。
　　每次来学校，他都会被小团体辱骂与践踏。他为什么要受这种侮辱？
　　下课后，该打扫了。小团体中心的女生在和跟班谈笑，但班主任提醒她"不要忘记倒垃圾"，她不耐烦地答了声"知道了"。
　　她抬起垃圾箱："没办法，我去去就回。"于是抱着垃圾箱，走出一年三班的教室。
　　正纪确认过口袋里的触感后，站起身来。
　　他不想再被伤害，为此……
　　正纪走出教室，用余光留意着正打扫走廊的几个学生，追上那个女生。
　　憎恶之情叫他烦躁不已。
　　女生穿过走廊，走向出口。她从鞋柜里取出鞋子后，换下室内鞋。
　　正纪继续在鞋柜后偷窥。
　　"唉，烦死了。"她自言自语一句，出了教学楼。
　　垃圾场在教学楼后面。

正纪穿着室内鞋就跟了过去。鞋子发出沙沙声,但女生没有发觉。

沿着教学楼走了一段路后,她忽然止步右转,视线前方是另一个大山正纪,正拄着扫帚站在那里。

两人开始交谈。

正纪躲在教学楼的一角,背靠着墙。

出现了碍事的家伙。

正纪口袋中握着美工刀的手汗津津的。他抽出手,在裤子上擦掉汗水,喘着粗气偷窥。

他们在聊什么?这两个都是能毫不脸红地骂人恶心、伤害别人的人,说不定是在兴致勃勃地讲谁的坏话。

聊完天,女生往教学楼后面去了,另一个大山正纪则走向树木葱郁的西边。

正纪唯恐被发现,蹑手蹑脚地跟上女生。转过教学楼的角落后,他看到女生正背对自己,站在大垃圾箱前。

正纪长出一口气,迈出一步。他从口袋中抽出手,眼睛死死盯着美工刀,用拇指推出刀刃。

咔咔咔。

深灰色的刀刃探出。

正纪继续向前,一步、两步、三步……

咔咔咔。

刀刃伸出足够的长度。

正纪卷起校服的左袖,露出几道伤痕。

——这就是所谓的萌?太恶心了,快滚吧。

——恶心,好恶心。

——看到就不爽,真希望世上没你这个人。

被她们肆意辱骂、痛苦得难以自拔之时,他决心自杀,用美工刀割伤了自己的手臂。很痛，但心伤还要痛上很多倍。

那么，让她体会一下自己痛苦的几分之一，又有什么错？

走到还差一米的地方，室内鞋底的沙石发出声响。女生惊讶地回过头，两人的视线撞到一起。

正纪瞪大眼睛，呆立当场。女生的视线落到美工刀上。

"你……"声音中带上了怒气，"那是什么？"

"这、这是……"正纪像被毒蛇盯上，缩成一团。被霸凌的记忆闪回，两腿仿佛扎了根，不住哆嗦，就是挪不开步子。

"你该不会是想袭击我吧？"

正纪咬紧牙关，试图用发颤的手中的刀对准她。这与其说是为了攻击，不如说是为了自保。如果不这么做，他只怕会立刻道歉，撒腿就跑。

"竟然袭击女孩子，宅男就是贱。你就是因为画那种画，才会犯罪的吧？"

"不、不是——"他的反驳声细如蚊蚋，没有传进对方耳中。

"快道歉！贱人！恶心！"

心灵再次受伤，比肉体上更痛的伤。

女生带着扭曲的表情逼近，对利器毫无惧色。

正纪肩头一颤，后退几步。

"你跑什么？"

他违背不了铭刻于身体——不，是心中的恐惧。

"说话啊！"

握着美工刀的手抖个不停。

"我、我——"

"出什么事了？"

背后传来人声，正纪急忙回头。另一个大山正纪正单手拿着扫帚，站在那里。他听见了女生的怒吼声。

女生指向正纪："这个动画宅搞事……"

这人、动画宅、那个宅男——她们从未喊过他的名字，叫他时总是充满不屑，像在朝他发泄侮辱性的情绪，简直视他如垃圾箱。

"不是吧。"另一个大山正纪视线落在美工刀上，目瞪口呆了一会儿，"竟然袭击女生，败类啊。"

"不、不是的，我——-"

"干这种事，在男人里也是最下三滥的了。有本事就去挑战比自己更强的对手啊，别总欺负弱者。"

"就是，就是。"女生连声赞同，像是被搔到痒处。她为博得共鸣而眉飞色舞："大山说得对。只敢对女生下手，就是败类中的败类。"

被两人连番攻击，正纪再也说不出一句话，视线四处游移。

"你就是因为这样，才会被女生讨厌的。"另一个大山正纪的眼神是发自内心的轻蔑，"一股处男味儿。"

女生大笑："画那种画，得当一辈子处男了吧？"

遭到性侮辱，正纪的脸羞耻得发烫，像被脱光衣服示众一样。

"我会在班会上揭发你用小刀袭击女生的事的。"

正纪微微垂下头，狠狠瞪了她一眼。

他甚至没能让她感受一下自己受过的伤。

22

"听说大山被袭击了。"大山正纪在他主办的第三次"大山正纪"同名同姓受害者协会上报告道。

其他大山正纪的脸上露出紧张的神色，表情中写着担忧。

"谁被袭击了？"棕发的大山正纪环顾伙伴。没有来的除了上次表示退出的做研究的大山正纪、没有回复的上初中的大山正纪，还有……

"……被袭击的是当家庭教师的大山正纪。"正纪回答，"昨天我收到联系了。"

他是"大山正纪"同名同姓受害者协会的主办人，所以和每个人都交换了邮箱地址。

"第二次会结束之后，他在回家路上忽然遇袭。有人在他背后用石头一类的东西砸了他的后脑勺……"

"他还活着吧？"棕发的大山正纪担心地问。

"发现他倒在路上的人叫了救护车，他很快就被送到医院去了。他头盖骨开裂，不过幸好没有生命危险。"

"那就好。可这到底是为什么？"

是当家庭教师的大山正纪倒霉，碰巧撞上随机杀人狂了吗？但考虑到他们的处境,很难用一句偶然来解释。

"该不会是'猎捕大山正纪'活动吧……"待过足球社的大山正纪颤声嘀咕。有几个人愕然地看向他。

"不不不,"蒜头鼻的大山正纪摇头,"我不明白你的意思,哪来什么'猎捕大山正纪'……"

"我不是开玩笑,也不是夸大其词。其实我犹豫了很久要不要说出来……"待过足球社的大山正纪翻翻包,抽出一张纸,"我的背上被人贴了这个。"

纸上用刺眼的红色文字写着"天诛罪犯大山正纪!"。

"这是怎么回事?"

"上次我为私事出门搭电车,在要去的车站下车之后,不知道怎么搞的,很多人都盯着我看……从我旁边走过去的人回头看我,眼神还很古怪。我正费解呢,有位好心的大妈告诉我'你背上贴了张奇怪的纸'。我一看,就是这一张。我搭电车时挤满了人,应该就是那时候贴的。"

"天诛罪犯大山正纪!"

这是知道他是大山正纪的人干的。

"是谁贴的,你有没有看到什么可疑人物?"正纪问。

"……不好意思。"待过足球社的大山正纪苦着脸,垂下头,"电车上人挤人,我没注意到。那种情况下,有人碰到我也挺正常的……"

"真瘆人……"中等身材的大山正纪打了个哆嗦,"一个被不明人物袭击,一个被贴了纸……"

下手的是同一个人,还是不同的人?

待过足球社的大山正纪说:"网上对'大山正纪'的仇恨情绪日益高涨。还有极端人士主张要'找出大山正纪',所谓的'人肉小分队'也出动了。这已经是'猎捕大山正纪'了。如果他们认错人，盯上我们……"

紧张的气氛蔓延开来。

网络暴力。网民见罪犯得到不起诉的处理，或是认为罪犯受的惩罚还不够的话，总想自己动用私刑，施加社会制裁。时代的风向如此。大山正纪们很有可能被当成罪犯，遭到袭击。

"得想点办法才行。"众人不约而同地嘟囔，这是想保护自己人身安全的殷切心愿。

"各位请听我说，不妨换个角度想一想。"记者微微一笑，"这次出事是好事，可以利用。"

正纪看向他："怎么说？"

"你们因为同名同姓，受到了实质上的伤害。这样能吸引大众的眼球，这很重要。坦白说，光控诉受同名同姓牵连，是打动不了别人的。但现在有无辜人士被贴纸威胁，在现实中遇袭受了重伤，效果就不一样了。"

"那位家庭教师是不是遇到了'猎捕大山正纪'，还不好说……"

"大众会自己联系起来的。"

"什么？"

"一个背后被贴纸威胁，一个遇袭。这个事实摆在这里，就够了。在控诉遭受伤害的同时说出'猎捕大山正纪'这个词，之后大众会自己联想的。我认为'猎捕大山正纪'的说法很有冲击力，挺好的。"

或许他说得对。是谁袭击了当家庭教师的大山正纪？可能只是路过的杀人狂。但把两件事摆在一起告发，任谁都会觉得它们之间有联系。

"发酵的事就请交给我吧。"记者掏出手机，"首先，选一个个人博客来控诉同名同姓的伤害。因为这种事还是由普通市民来控诉更容易引起共鸣。之后我会用我的记者实名账号来转发扩散。"

"……好。那就有劳你了。"

记者毅然点点头,在手机上操作起来。

眯缝眼的大山正纪瞟了他一眼,大声道:"我们赶紧去找出正主吧。曝光了他的长相,我们这些无辜人士就安全了。"

"为了找到他——"正纪提议,"我们先交流一下各自手上的情报,做个汇总吧。"

第二次"大山正纪"同名同姓受害者协会结束时,要求各自尽力去查明"大山正纪"的身份。但真要查时,正纪全不知该做些什么,最后只是勉强在网上搜集了些信息。

"你们查出什么了吗?"

中等身材的大山正纪举手:"外行没处查,我考虑过要请私人侦探。可我去咨询了一下,收费非常高……真要请他们出手,人工还有各方面的费用加在一起,一天好像得砸上几万日元……我就放弃了。"

"要请专业人士,花费确实少不了。"棕发的大山遗憾地说。

"要我一个人掏腰包,我实在吃力。所以我想,要请侦探的话,费用还是平摊好。大家摊一摊,每个人也花不了多少钱。"

眯缝眼的大山正纪冷冷地说:"我不会出钱的。侦探都靠不住,只会敲我们一笔就了事的。"

"说得是。"待过足球社的大山正纪赞同,"就算查不出结果,他们只要说自己在调查,我们也没得反驳。再说了,我们也没那个本事去分辨哪家侦探是真干事的。"

"确实。"正纪说,"请侦探就当作兜底的办法吧。还有其他线索吗?"

棕发的大山正纪缓缓摇头："说是要找凶手'大山正纪'，我也不知道从何找起……不好意思，我什么忙也帮不上。"

"你不要放在心上，我也一样。"

"那个……"蒜头鼻的大山正纪开口了，"我原本在网上搜集信息，然后注意到了一条新闻……"

众人的视线都聚焦到他身上，他掏出手机，用手指操作几下后递出。

正纪和其他大山正纪一起凑近了看屏幕，那是条新闻简报。

本月20日上午八点半左右，有人报警称"奥多摩的山崖下有男性尸体"。据警视厅消息，发现尸体时，该男子挂在山路斜坡约五米下的树上。男子名为大山正纪（二十三岁）。其母称"他两天前说去远足，此后就失去联系"。警方认为该男子是在远足时不小心坠坡而死的。

大山正纪死亡。

尽管只是文字，但看得正纪很不舒服。不知为何，这起三周前的死亡事故仿佛在预言他的未来，叫他觉得晦气。

"这事，"蒜头鼻的大山正纪说，"看年纪，如果是凶手'大山正纪'也很正常吧。要是死的就是正主，我们就解脱了。"

"唉，天下哪有那么美的事？"棕发的大山正纪低叹。

如果坠坡身亡的大山正纪就是爱美被害案的罪犯……

正纪忍不住这么期望。

凶手"大山正纪"死了，就等于同名同姓的暴徒被执行了死刑，案件就此结束。

既然凶手已经不在人世，那同名同姓的人也不会再被误认为是杀

173

人犯。

"有没有办法查查这个死了的大山正纪的身份?"正纪问,"毕竟有这个可能性。"

棕发的大山正纪看向记者:"这种时候,就得看专业人士的了。你是记者,这属于你的专业范畴吧?"

正在操作手机的大山正纪抬起头:"是啊。记者调查事故和案件死者的身份是家常便饭了,我去查一查。"

"查也是白查。"眯缝眼的大山正纪插嘴,"那人不是那个罪犯'大山正纪'。"

所有人都看向他。

"为什么这么说?"蒜头鼻的大山正纪逼近他,"你又没查,你怎么知道?"

"我就是知道。"眯缝眼的大山正纪满脸自信,他吊胃口似的,隔了好一会儿才掏出手机,"我看了很多网上的发言和推文,昨天找到了这个,就截图留作证据了。"

画面上是两条一周前的推文,推主的账号叫"无名底层"。

"我昨天遇到大山正纪了!我在便利店门口跟一个人撞上,立马说了对不起,可他发火说'给我跪下道歉'。吓死人了!"

"我拒绝跪下之后,他拿驾照对着我:'你知道我是谁吗?我是大山正纪!'真是他。他还说:'你知道拿刀捅人是个什么感觉吗?很刺激。你有妹妹不?'这可不是开玩笑的,疯了!"

曝光的推特被转发了四百五十八次。次数不算太多,大概是因为可信度不高。匿名推特账号说的话毫无凭证。如果有证据,转发次数或许已经上千了。

"凶手'大山正纪'一周前还活着。"眯缝眼的大山正纪用指尖点点画面上的发言,"他要是在三周前就在奥多摩摔死了,怎么还会被人看到。"

"可是,"蒜头鼻的大山正纪说,"也没有证据证明这人说的是真的。"

"撒这种谎也没意义吧?"

"说不定这人是想骗转发、博关注。"

"啊?"

"这也不稀奇。故意编点故事,造造谣,发些能引起共鸣的言论——"

眯缝眼的大山正纪咂嘴:"这可是很宝贵的情报。我们又没有其他线索。"

正纪环视众人:"你们怎么看?"

"也许值得一查。"记者回答,"我去跟那个账号接触看看。"

正纪点点头,在自己的手机上搜索"无名底层",一下子就搜出来了。他翻看这个账号的推文,两条问题发言还在,转发数比截屏时多了一些,有七百六十二次了。

回复的人超过了四十个。

"他竟然还没反省!"

"再去蹲一回大牢吧!"

"炫耀自己杀过人,这是疯了!他一定还会再杀人的。"

"哪里的便利店?是在东京都内吧。要是就住在我们这儿,我都不敢出门了。"

"无名底层"回复了他们:"他很得意地拿驾照给我看,跟拿的是警察证似的,特别吓人。我看他还以杀过人为荣,觉得非曝光不可,就发了推特。希望大家帮忙转发,让更多人了解大山正纪的凶残!"

"便利店的名字关系到我的现实身份,不方便公开讲……私信问的话，我可以告诉你们。"

记者似乎也在自己的手机上看着同一个页面。

"我也用私信问问。"他神情严肃地操作手机，随后叹息一声，"我问他要了凶手'大山正纪'的信息。我说了我是记者，之后就要看他的反应了。"

他会不会回复？

如果他是胡编的，那撞上记者，想必要急了。要么装死到底，要么道歉。

如果是事实，那他应该会有所回应。

究竟是真是假？

记者继续做起揭露同名同姓伤害的工作。他眉头紧锁，直盯着手机屏幕，不住地用手指操作。

差不多十五分钟后。

"啊，"记者忽然扬声，"对方已经回复了。"

"真的？"

"他说什么？"

大山正纪们齐齐注视着记者。

"……他以匿名为条件，告诉了我便利店的地址，还请我'制裁恶徒'。"

记者说出便利店的地址，在东京郊外。他肯告诉记者地点，就证明此事很有可能是真的。

"要怎么办？"记者问。

正纪看了看伙伴们。看来无须多问，众人已经有答案了。

"去把'大山正纪'给找出来！"

23

第三次"大山正纪"同名同姓受害者协会的两天后，记者发来消息，要他们到现场会合。记者说，他说动看到"大山正纪"真人的"无名底层"帮忙了。

大山正纪一路换乘电车，去了东京郊外的一个地方。离约好的时间还有十分钟，记者和六个大山正纪已经先到了。

如刀般刺骨的寒风呼啸着，正纪竖起衣领。毛衣外加了长外套，还是抵不住一月的寒冷。

"希望能找到他。"棕发的大山正纪带着期盼说，他的两只手来回地搓着。

"是啊。"中等身材的大山正纪点头，"看他坐了牢，也没有一点反省之意，倒免了我们的后顾之忧。就算曝光他的长相，也用不着良心不安。"

他主动炫耀虐杀六岁小女孩的经历，来威胁别人。看来服役七年还是太短了。这种穷凶极恶之徒就该接受社会的制裁。

等待"无名底层"时，正纪又上网看起风向。

随着记者转发并报道"猎捕大山正纪"和同名同姓的"大山正纪"遭受伤害的事情后，网络上开始关注同名同姓的问题。对

"大山正纪"的厌恶与杀意虽不见少，但有人主张"人肉"的事要慎重了。

超出约好的时间五分钟后，一个红色针织帽下漏出些许金发的青年走了过来。他发尾烫过，发丝间露出耳坠，身穿黑色羽绒服。

"你是那个记者？"

记者应声道"是"，随后问他："您就是'无名底层'？"

"……嗯，我在推特上是叫这个。"

"今天麻烦您跑这一趟了。"

"没事，反正挺近的。"金发青年扫了大山正纪们一眼，"这些人是？"

"简单来说，就是被罪犯'大山正纪'侵害的人。"

"……哦。"金发青年眯起眼，狐疑地看着他们。他眼神中满是审视，但也没有再深究。

"你说吧，我该干些什么？"金发青年问。

"我在私信里也说过，想请您帮我们找出'大山正纪'。因为您是唯一见过他真容的人。"

"哦，我明白了。"

"您愿意帮这个忙吗？"

"当然了，总不能任那种人为所欲为。"

"可以请您详细说一说，您和'大山正纪'之间发生了什么吗？"

"行。"金发青年轻描淡写地答应后，指了指十字路口的便利店，"我去那边的店里买晚饭，出来的时候跟一个要进去的人撞上了。我条件反射地低头说'对不起'，可他大吼大叫……之后就是我推特上写的那样了。"

正纪问："他拿驾照给你看了，是吧？"

"像秀水户黄门的印盒①一样,吓人得很。"

"后来你见过他吗?"

"看到过一次。他在马路对面走,有点距离,不过我还是变焦拍到了。"

"什么?您拍了照片?"记者露出惊讶的神情,"这我第一次听说。照片您现在带在身上吗?"

"在我手机里。"

"可以给我们看看吗?"

"好啊。"金发青年掏出手机。所有人都探头朝屏幕看。

屏幕上是个年轻人,面相像仇恨社会的样子。他眉头皱出深深的川字纹,眼神充满攻击性,给人的感觉活像只炮仗,稍受刺激就会爆炸。

"这就是'大山正纪'。"躲在《少年法》背后的猎奇杀人犯长相第一次浮出水面。

"要有照片,可以早点告诉我们的。"棕发的大山正纪苦笑,"早知道,我们就没必要特地跑到这儿来了。"

"是啊。"蒜头鼻的大山正纪赞同,"早拿到照片,发到网上去,我们已经大功告成了。"

"不,"记者插话道,"这事还没有证实。我们必须查证一下,照片上的人是不是真是那个凶手'大山正纪'。"

"这倒也是……"

"我们都带上照片,分头去找吧。"

"就这么没头苍蝇似的找?"

"我想想……要不,我们围绕着商场和餐饮店找吧?"

---

① 水户黄门是日本江户时代功绩深厚的藩主,在日本家喻户晓。在以水户黄门为原型改编的电视剧中,拿出一个印有葵纹的印盒出场是他的经典形象。

179

"要是凶手'大山正纪'一直窝在家里,不就找不到他了?"

"他既然来便利店买东西了,就说明平时还是会出门的。就算今天一天不行,只要我们坚持下去,多找几个地方,总能找着。"

记者把照片发给所有人后,众人便分头去找"大山正纪"。

但他们找到傍晚,这一天还是没有遇上"大山正纪"。

"不用等人到齐,每天看谁有空,就谁去找吧。"正纪向伙伴们提议后,众人一起走向最近的车站。车站附近有个板着脸的中年女性在发传单,怀里还抱着几十捆。

正纪准备无视她,直接走过去。但她跑了过来,其后几句话叫人不敢相信自己的耳朵:"杀人犯就住在这个町上!小心提防'大山正纪'!"

"哈?"正纪连看她两眼,跟着和其他大山正纪面面相觑。

"小心提防!"中年女性硬是将传单塞给他。

收下的传单上印着大山正纪的长相,和他们收到的照片一样。

这到底是怎么回事?

中年女性又向其他大山正纪发起传单来。

她走开后,正纪转头看向金发青年:"这人怎么会有这张照片?"

金发青年若无其事地回答:"在记者之前,还有几个人给我发过私信,问我是在哪里的便利店遇到大山正纪的,我就告诉他们了。"

这么一说,他是在回复里说过,想知道便利店的地址,就私信问他。估计引来了不少好事者。他们太好奇销声匿迹的"大山正纪"的下落了。

"他们追着我问大山正纪有什么特征,我把我记得的都告诉了他们,又想到拍过照片,就把照片也发过去了。结果冒出来个奇奇怪怪的传单大妈,几乎天天在这儿发传单。"

收到传单的人都知道大山正纪的长相了吗?

正纪望着给行人塞传单的中年女性。她怒气冲天，全身都散发出拒人于千里之外的气息。她叫住的很多人都无视她，走开了，唯恐和她扯上关系。

"您全家人的生命都受到威胁了！"她一脸义愤，死不罢休，引起他们的注意后再塞上传单。

"她不是什么被害人家属吧？"

"八竿子也打不着。"青年说，"她叫住我的时候，我问了她，说是'出于正义感，提醒大家小心'。"

原来是正义感。

霎时间，正纪心中生出一丝烦闷。他自己也不知道是为什么。

"我想问一下……"棕发的大山正纪神情苦恼，"我们真要曝光那个凶手'大山正纪'的长相吗？"

眯缝眼的大山正纪当即反问："都这时候了，你还问这个？"

"可是这样——"棕发的大山正纪瞄了一眼中年女性，"我们做的事就和她一样了。"

"那又怎么了？"

"……我总觉得不太好。你看，那位大妈好像跟踪狂。"

"哪里像？"

"在住处附近发传单，这是跟踪狂的典型手法。亲眼看到这种行径，让我觉得很恶心……我们是要在网上给全世界发这东西吧？"

"那个'大山正纪'可是猎奇杀人犯！而且一点反省的样子都没有。"

"可这是私刑。"

"目的不一样。"蒜头鼻的大山正纪反驳他，"我们这么做是为了自卫，算不上私刑。"

"你的意思是，只要目的正当，手段不重要？"

"是啊。发声是受害者的特权，况且杀了人的'大山正纪'是十足的恶徒，我们没必要良心不安。"

"可是——"

"爱美被害案发生时，我们也因为同名同姓，受了不少罪。凶手出狱之后，名字又被大书特书……这叫我们忍到什么时候才行？忍一辈子？发声是我们的正当权利，我们不用再忍气吞声了。"

棕发的大山正纪像是被两人的意见镇住，没有再说一句。

最后，这番对话的结论是继续去找"大山正纪"。

有工作的人不能天天都去找"大山正纪"，每天能聚到一起的多则三人，少则两人。但他们相信找到"大山正纪"，就能解救自己的人生，还是坚持了下来。

正纪身上有主办人的责任在，所以每天都在找"大山正纪"。他是无业游民，时间多得很。

待过足球社的大山正纪，在一个雨天的傍晚打来电话："我找到凶手'大山正纪'了！"

心脏猛地一跳，当即加快鼓动。

"真的吗？"反问的声音也带上了力度。

"真的，我肯定。就是照片上那个人！"

"在哪儿？"

"在便利店里。"

待过足球社的大山正纪告诉他便利店名和地址，又问他："怎么办？"

要怎么办？

今天只有他们两个人。正纪没有直接冲过去的底气，但机会难得，不容错过。

"请你看好他。我这就过去,应该十分钟就到。"

"好!"

挂了电话,正纪朝他听到的便利店跑去。雨衣弹开雨珠,每次踩进水坑,鞋底都有水迸裂分散。

拐过住宅区里的好几道弯,他在红灯下先停下脚步,一面调整紊乱的呼吸,一面左右张望。这时没有车要开过来。

他冲过马路。又跑上一阵子后,他到了丁字路口。便利店出现在雨幕之中。

大楼后,一个穿着雨衣的人探出上身,微微扬着手。

是待过足球社的大山正纪。

正纪飞奔到他身边。

他没有打伞,是因为打伞会引起不必要的注意。伞是混进人群里的必需品,但在幽静的住宅区里,反而会吸引别人的眼球。

"他人呢?"

"还在里面。"待过足球社的大山正纪用拇指指了指便利店,"好像在买东西。"

"直接找上门去,风险太高。要是知道了我们在找他,他搞不好会隐瞒身份,或者编个假的。"

"那我们怎么办?"

"跟踪他,查出他的住址。这样应该也能找出他是罪犯'大山正纪'的证据,比方说门牌或者邮件。"

"……确实,你说得有道理。"

正纪在便利店后继续等待,忍着不从窗户偷看店里。

过了十多分钟,店门口传来门铃声。正纪一直竖着耳朵,所以在雨声里也听得清清楚楚。

他从便利店的拐角处偷偷窥探,照片上那个大山正纪双手提着购物袋出来了。

"看来他买了不少东西。"待过足球社的大山正纪说,"说不定他以前就会囤货,所以才很少出门。"

"仔细想想,他平时也不可能逮到个人就拿自己的名字来威胁。都是社会公敌了,这么做风险很大……我估计他基本都是深居简出。"

"我们运气真好。"

"是啊,可千万不能跟丢了。"

照片上的大山正纪撑起伞,两个袋子转到一只手上后,迈开步伐。如果他一直打着伞,就难以看清背后的情况。脚步声也会被雨声盖过,很适合跟踪。

两人冒着雨,远远跟在他身后。照片上的大山正纪在住宅区中前行。

跟了超过十五分钟,他依然没有到家。看来他买东西的这家便利店相当远。或许由于在离他家近的便利店自曝身份后,他有了戒备。

照片上的大山正纪朝一栋独栋房子走去。房龄看起来得有三四十年了,外墙的漆已然剥落。他走近停在房前的灰色小轿车,从口袋中掏出钥匙,用它打开车门后,将购物袋扔到副驾驶座上。

正纪躲在丁字路口后,两人一起偷偷张望。

"那是他家吧?"

"应该是。"待过足球社的大山正纪用手背擦擦淋湿的脸,取出望远镜望过去,"……名牌上写着'大山'呢!"

"真的吗?我们找到他家了?"正纪更觉兴奋,捏紧拳头。

"可是——"待过足球社的大山正纪纳闷地嘟囔,"你不觉得有些奇怪吗?"

"奇怪?"

"你看，他都到家了，却把便利店里买的东西都塞进了车里。"

这么一说，确实有些奇怪。这种做法，倒像要出远门似的。

"而且他车里还有锯子。"正看着望远镜的他声音中透出紧张，"不能让他给跑了。"

"他要是开车走，我们就追不上了。"

待过足球社的大山正纪若有所思地沉默片刻，说："请你设法吸引他的注意。"

"吸引他的注意？"

"我去装上这个，然后我们再打车追踪他。"他从包中取出的是个黑色的正方形箱子，有手心大小，"这是GPS信号发射器。我觉得可能用得上，就提前在网上买好了。"

准备工作做得真足。

待过足球社的大山正纪留下一句"看你的了"，窝到隔壁的小推车后。

正纪左思右想，取出手机，打开附近的地图。

——用这招吧。

他深呼吸两下，对照片上的大山正纪说："不好意思……"

照片上的大山正纪上半身钻进车里，或许是没听见他的声音，仍在埋头忙自己的。

"那个！不好意思！"

正纪提高音量后，他从车里探出头，用满怀敌意的眼神注视着正纪："干吗？"

正纪被他的气势压倒，却还是挤出讨好的笑容："我想问个路……"

照片上的大山正纪咂咂嘴，不耐烦地走过来。正纪紧张地呈上手机屏幕："就是这里……"

185

他随便指了个地方。照片上的大山正纪看起屏幕来,待过足球社的大山正纪悄无声息地从他背后溜过。他猫着腰靠近轿车,往大开的车门边挪。

正纪担心照片上的大山正纪回头,心脏和胃一阵阵绞痛。

"我以为是在那边……"他看看对面,装出困惑的样子。这是为了引开对方的视线。

照片上的大山正纪指指北边:"你往那边走,走到头右转,再沿大路过去就到了。要是不明白,就在路上再找个人问问。"

他扔下这句话,转过身去。

"啊……"正纪失声叫出来,但待过足球社的大山正纪已不在车旁。

正纪松了一口气,转身离开。现在不走,会招致对方怀疑。

他在住宅区转角后等待。两三分钟后,待过足球社的大山正纪来了,竖起拇指说"成了"。

他递出手机,屏幕上的地图有红点在闪烁。红点开始移动。

"我们叫车追上去吧。"

他朝车站走去,正纪也紧随其后。两人在车站附近叫了出租车,坐到后座上。

"先往南开吧。"待过足球社的大山正纪说出要求后,白发的司机带着困惑照办了。他关注着手机上的红点,不断给出指示。

出租车驶离住宅区,进了山路,斜坡的一边竖着护栏。暮色中,路面发出湿漉漉的光,斜飞的雨丝在车前窗上画出斑杂的花纹。

"他到底要去哪儿?还带着锯子和购物袋。"待过足球社的大山正纪嘟囔道。

"想不出来,不过我有种不祥的预感。"正纪问司机,"前面是什么地方?"

司机扫了一眼后视镜中映出的后座，不带感情地答道："都是山路。上坡之后是下坡，然后就出县了。但是要开上好几个小时，没必要特地开车过去。"

正纪越发糊涂了。照片上的大山正纪究竟要去哪里？

没多久，他们到了两边长满树木的山路上。

"不动了。"

正纪探头看他的手机屏幕，红点停在了山路外的一个地方。

这人到底来山里干什么？

"不好意思，我们先下了。"正纪付了钱，和司机一番商量，最后司机答应开着计价器等他们回来。

两人下了出租车，重新披上雨衣。树冠覆盖了傍晚的天空，雨点从缝隙间打下来。淋湿的枝叶垂着头，发出亡灵呻吟般的沙沙低响。

"在那边。"待过足球社的大山正纪指向林子里。林中分不清东西南北，全凭GPS信号发射器的反应指路。他们不知前方会有些什么，走得小心翼翼。

山路绵延，两侧是紧逼的树木群。走到一半，他们离开大路，踏上满是杂草的小径。

倒下的树上生着青苔，跨过它后——

停下的轿车和照片上的大山正纪映入眼帘。再前面有座能装进熊的大笼子，里面关着一个少年。

24

"吃吧，饲料来了。"大山正纪从购物袋中取出便当，塞进笼子里。

少年无力地躺在地上，没了刚关进去时的威风，只是眼神呆滞地哀求"放了我吧"。

正纪伞也不打，任冷雨拍在身上。淋透了的衣服发沉，湿淋淋的身体一直冷到心底。

他用锯子轻轻敲了敲笼子。展示优越性和威慑力的工作一刻也不能放松。

就在这时，一阵响动传入耳中。

正纪惊愕地回头，只见树丛边站着两个穿雨衣的男人。

心脏几乎跳出胸腔。

——被发现了，瞒不住了。

三人都一动不动，注视着对方。雨打在枝叶上，弄出一片霰粒绽裂的声音。

先动的是对面。那两个人踩着泥泞，一步步逼近。

正纪做出防备。两人走到他面前，停步看向笼中的少年。少年用求救的表情和他们对视，喃喃道："救救我……"

两人的视线转回正纪身上，感慨似的低声说："大山正纪……"

正纪张目结舌。

他们知道他的名字，说不定已经跟踪他很久了。他大意了。最近传单横飞，激起了大家对"大山正纪"这个身份的警惕，他做事时本该更小心、更谨慎的。

"不要一错再错了。"一个人说，"你不知道你害得我们有多惨……"

这个说法叫正纪觉出一丝蹊跷。

——不是那些自命正义，喊着"我们要代替法律，用私刑惩罚你"的人？

不过不管这两人来头如何，既然知道他是"大山正纪"，还来找他，这个名字想必也起不到威胁的作用了。

"你们是什么人？"

正纪问后，一个人回答："我们是你。"

雨不见停，不知不觉间，幽暗已悄无声息地侵入树间。

"哈？你胡说什么？"

"我们也是大山正纪。"

正纪不解："我们也是？"

"我们和你同名同姓。你犯的罪害我们吃了多少苦。别人听到名字，就讨厌我们……所以我们看到有推文曝光，就来找你了。"

听他们发牢骚，正纪明白了，但他对此全无共鸣。

"原来你们跟他一样。"正纪瞥了少年一眼，"你们还真信推特上的曝光啊，蠢到家了。"

"那不是事实吗？"

"事实？你们该不会以为推特上装受害者的都是老实人吧？他们每个人说话都经过粉饰，不提自己的过错，光想着把别人打成恶人，就为了博得共鸣和同情。"

"你一个杀人犯,就别找借口了!"

"……我可没杀过人。"

"别想骗我们!"

他没有撒谎。

"……在推特上曝光的那小子,当时跟另外两个人在一起。他们凑在便利店门口,大声笑闹。我觉得太吵了,可还是假装没有看见,准备进店,结果他们反而找我的碴儿恐吓我,说我刚刚瞪了他们,还抢了我的钱包。他们中的一个图好玩,看了我的驾照,吓了一跳。那一刻我想到了个主意。"

当时他泛起冷笑,说"你知道拿刀捅人是个什么感觉吗?很刺激的"。这是为了自保而撒的谎。但他没有问过对方妹妹的事,更不知道对方有没有什么妹妹。三个人脸上抽搐几下,当即转变了态度,满脸堆笑地说"我们是开玩笑,你别当真",把钱包还给了他。

"他们自己找碴儿,就因为出了丑,反而装起受害者来了。"

眼前的大山正纪们哑然。

"就是他们弄得传单满天飞,给我惹了好大的麻烦。你们看,还有这种拎不清的'正义使者'来袭击我。"

刚把少年关起来时的记忆涌上心头。

"卑鄙的杀人犯!那么残忍地虐杀小女孩,你就该判死刑!"

身穿深蓝色制服的高中生在笼中大喊。正纪不禁冷笑。

"你笑什么!"高中生的声音更严厉了。

正纪对笼中的高中生说:"想想自己的身份吧。敢跟看守叫板,没你的好果子吃。"

看守位子上坐的是我,关在笼子里的是你。生杀大权一直掌握在我手中。

"你就趁现在多说几句吧。"高中生没有惧色,"等我出去了,你知不知道我第一件要干的事是什么?"

"什么?"

"就是报复你。"

"……还要威风哪?有种你试试看。我很快就让你学会反省跟道歉。"

他被关在笼子里,还敢大放厥词,叫正纪很是吃惊。不过估计用不了几天,他就会怕死,开口道歉了。

"不想挨我报复,你就杀了我啊。不然我不会放过你的。"

高中生说完,在笼中猛踢铁网,像恐吓他似的,砰砰砰不停。

"别这么冲动。"正纪卷起上衣,看看自己的腹部,上面有几道青斑,"你又要动用暴力了?"

那是正纪走出家门后的事。高中生认定他就是虐杀女童的"大山正纪",袭击了他。他被猛地打翻在地,刚爬起来,腹部又挨了好几脚。

正纪喷出偷偷带着防身的辣椒喷雾,跟着给了畏缩的高中生一发电击枪。俯视着昏厥的高中生,他萌发出报复的念头,他要给这人点颜色看看。

他是个无名小卒。他厌倦了这样虚无的人生,曾抱着自杀的念头进过森林。那时他在林中看到了一座笼子,像是用来关大型动物的。记起这件事,他心想如果笼子还在,自己可以拿来用。

他从家里的车库开出父母的车,把高中生扔进后备厢,运到这里,关进了笼中。

"……像你这种杀人狂,揍几拳都不够!"迷信正义的高中生大吵。人类这种正当化暴力的丑陋行径叫正纪作呕。

"你该不会以为,暴力能让人改邪归正吧?"他对高中生说。

"你给我闭嘴!"高中生口水四溅,"败类就该被揍出记性来!"

"你是打算替被害人家属报仇?你有什么权力这么做?认清自己的身份吧。"

即使甩出大道理,高中生也坚信自己做得对,扬言说"我一定会让你赎罪的"。

正纪瞪着眼前的两个大山正纪:"我没犯过罪,赎个屁。"

两个大山正纪带着半信半疑的神色摇摇头:"这话我们很难相信。"

"要看看驾照吗?"

"驾照……"高个子的那个大山正纪鹦鹉学舌地嘟囔道。

给他们看看驾照自然可以,但正纪不想这么配合。

他用余光一扫,只见暴露在雨中的高中生眼中透着畏惧与惊异。树林被闪电映得青白,随后是阵阵雷鸣。

正纪踢了一脚笼子的围栏:"你明白了没有?你信了网上的曝光,憋着股劲儿要亲手挥下正义的铁锤,可结果是袭击了无辜的人。"

"你骗人……"

"我没骗你。你被网络操纵,袭击无辜的普通市民,犯了罪。"

"犯罪……"

"你是忽然行使暴力,应该算伤害罪吧。"

高中生眼神游移地反驳:"那、那还不是因为你冒充凶手。把我关起来之后,你还一直装'正主'——"

因为"大山正纪"杀了人,原本默默无闻的正纪也成了一号人物。他原先在教室里只能当空气,但凶手的真名传遍网络,同学开始关注他了。只是"大山正纪"被判有罪，案件了结后，他的人生又归于虚无。到了外包的公司里，他照样是空气。所以见"大山正纪"出狱，名字又成为社会焦点，他很高兴。像他这样的无名小卒也能轻松沾光了。

此前他从未想过被当成"正主"的负面影响，但哪怕这样，也比被别人漠视、存不存在都没有区别强。

正纪看向两个大山正纪："你们也是来揍我的吧？跟那小子一样吧？"

"不、不……"高个子的大山正纪带着困惑答道，"我们跟他不一样、不一样的。"

或许是因为知道他不是"正主"了，这人说话都客气了。

"哪里不一样？"

"这——"

这两个人想必想好了，如果他是"正主"，要对他做些什么。他们和他不同，看起来很是抗拒大山正纪这个名字。他们恨凶手，找他不可能是为了闲聊。

"你们想狠狠揍我一顿吧？你们觉得'大山正纪'祸害了你们的人生，想报仇，对吧？"

高个子的大山正纪死死盯着地面。雷鸣后，又是隆隆的雷声，似要撕裂暴雨的声音。

"我说中了吧？"

高个子的大山正纪摇着头，扬起脸："我们没有想过要用暴力——"

"天知道。"

他们会为恶名烦恼，想必原来名字很干净。和他这个像透明人一样孤独、背上恶名后才得到关注的人不同。

"我们在找'正主'。我们想当面宣泄自己的痛苦……"

太假了。

找杀人的"大山正纪"泄愤有什么用？又不能改变他们的处境。不过，其他大山正纪要做什么，也不关他的事。

但有这么多个大山正纪在，正纪又觉得会摊薄他靠名字博得的存在感，不禁有些忧虑。

"你们想找到'正主'的话，还是查查更可信的消息吧。"

高个子的大山正纪的反驳带着些狡辩的味道："就是没有其他线索，所以我们才一看到推特上的曝光，就扑了过去……"

"我不是萝莉控。真萝莉控另有其人。"

"另有其人？"

"你们不是上网找了吗？看来是没注意到啊。"

高个子的大山正纪满脸兴奋地上前一步，淋湿的头发贴在额头上："你有发现？"

看到这股劲头，正纪确信他们真有什么盘算了："这我不能白白告诉你们。"

高个子的大山正纪皱起眉头："……你想要什么？"

正纪用手背擦擦湿淋淋的脸，朝高中生一瞪眼："我要——封口。"

他遇袭，出于复仇心，把高中生关进笼子里。到这里还说得过去，但说心里话，他找不准收手的时机了。高中生是哀求了他，可是该直接开锁，挥手再见吗？他举棋不定，结果关了对方好多天。

这两个人的出现，给了他一个放人的借口，但他也不想放了人就被捕。

"可是……"高个子的大山正纪看看笼子。

就算他们保持沉默，只要这人报了警……他是在担忧这个吧。

正纪在笼子前蹲下，用力握住铁网，一双眼狠狠盯着暴雨拍打下的高中生："你会找警察吗？"

高中生一副要哭出来的样子，连连摇头，脸上滑过的雨看起来犹如泪水。

正纪把脸贴到铁网边："我没什么好失去的了。你可别忘了谁才是罪魁祸首。"

高中生像抓住救命稻草似的不住点头。

正纪起身，扭头看向那两个人："接下来，就看你们怎么选了。"

两个大山正纪面面相觑，高个子那个回答："我们接受。只要你放了他，我们就当作什么也没有看见。"

"……你们不会过后就反悔吧？"

"坦白说……站在我们的角度，更不想闹大。"

他说得诚恳，或许可以一信。

正纪转过头："行，那我告诉你们。你们是想要'正主'的线索吧？"

"是的。"

"案发时有个迷恋小孩子的大山正纪，推特上小闹过一阵子。"

"闹？"

"凶手曝出真名之前，他就把账号给删了，不过还有存档在。"

"我都没听说过。"

"是因为你们不愿意正视自己的名字，才没找到吧？"

爱美被害案刚发生时，他经常乐滋滋地网上搜索"大山正纪"的名字。有人在提起自己的名字。学校里没有人叫他的名字，他一直很孤独，那是他第一次真切地感到自己活在社会上。

就在这时，他看见了先前"大山正纪"的实名账号所引发的骂战。

"他说了歧视女性的话，账号被挂，被人挖出萝莉控的发言，挨了点骂，闹得他不得不注销了账号。所以杂志曝光'大山正纪'的名字时，好像没人记得他了，也没人联想到一起。"

高个子的大山正纪神色紧张，或许是咽了口口水，喉结上下蠕动了一下："他就是'正主'？"

正纪扬起嘴角："这个你们就自己查吧。"

25

　　大山正纪办了第四次"大山正纪"同名同姓受害者协会，向众人汇报昨天发生的事。这次来的是除记者之外的六个人。

　　"监禁……"棕发的大山正纪神情愕然，不愿接受现实似的摇摇头，"真的吗？"

　　正纪没有联系记者，是不想捅到警察那里去。要是他以非法监禁报警，就不好办了。

　　"真的。"正纪回答，"那个高中生认定他是'正主'，袭击他。他反击，把人关到了森林的笼子里。"

　　"这可不是开玩笑的。那个高中生怎么样了？"

　　"照说好的，已经放了。之后跟我们一起坐出租车回了城里，然后自己回家了。"

　　"可是……"蒜头鼻的大山正纪担忧地说，"那个高中生报警的话，我们的处境会变差吧？大众会认为大山正纪又犯案了。"

　　"这个大山正纪不是杀人的那个。"棕发的大山正纪说，"不至于想到'又'上吧。"

　　他的声音像在抓着希望不放。

　　"我们没有杀过人，不还是因为同名同姓，就招人讨厌，被当成杀人犯吗？这种情况下，如果又有大山正纪闹出非法监禁……"

大山正纪会声名扫地。

正纪十分理解他的忧虑。

"我想不会的。"正纪说，"那个高中生袭击了无辜人士，也很内疚，应该不想闹大。"

"可他那么多天没回家，说不定父母已经急得报警了吧？"

"这一点也不用担心。他好像一个人住，平时就经常翘课到处玩。"

他在回去的出租车上向高中生了解了情况。不光是家庭背景，也包括内心的想法。

——我看推特上大家都很愤怒，心想痛揍"大山正纪"一顿，我就是英雄了。我想让不会反省的人领教领教"众怒"。

攻击恶徒是正义之举，那么在现实里动用私刑又有什么不对？高中生应当是这样想的。

新冠肺炎疫情开始蔓延全球，日本发布紧急事态宣言时，"自肃警察"一词上过热搜。这是指对违规营业的店家贴纸威胁、破口大骂或集体示威游行——施加私刑的团体。

私刑。

它的容许范围有多大？

对象是违规营业的店家的话，行不行？是言论不当、带有歧视的名人呢？是不起诉的罪犯呢？是出狱的杀人犯呢？

正纪问自己。他心口堵着一团烦闷之气，翻涌不已。

没有找到答案。

"弄到最后，白折腾一场。"眯缝眼的大山正纪粗鲁地往椅子上一坐，"害我们找得那么辛苦。"

正纪有种徒劳感。但正因为他们认定那个大山正纪是"正主"，跟踪了他，才在他铸成不可挽回的大错前阻止了他。还是积极一些吧。

眯缝眼的大山正纪咂嘴："唉，气死我了！我被新冠弄丢了工作，本来就够烦的了。"

正纪觉得这是个了解他的好机会，便问："你以前是做什么的？"

"……我以前在夜总会里做事。夜场不景气，我就被炒了。这时候'大山正纪'又出了狱，真是雪上加霜。我想再找个工作，可别人看到我之前的履历和名字，都会戴上有色眼镜。"

"原来有这么一段故事啊。"

"我还以为找到'正主'，我的人生终于能走回正轨了。谁想到是个被存在感需求冲昏头脑的冒牌货。"

存在感需求。

正纪从未想过有人会为恶名而高兴。他们的痛苦正源自这一恶名。

对了，据说每次发生轰动社会的大案时，警方都会收到有人打电话来声称是自己做的。这世上有些人连恶名也不舍得放过。

正纪回想起他的定时制高中时代。

在便利店打工时，偶然聊到同名同姓的话题，他搜了"大山正纪"。当时爱美被害案的凶手真名尚未曝光，搜索结果中出现了形形色色的"大山正纪"。他后来在"大山正纪"同名同姓受害者协会上见到了其中的几位。

足球上有些成绩的大山正纪、学术界受到关注的大山正纪……

与自己这个无名小卒不同、闯出名头的大山正纪。他们都叫一样的名字，为什么会天差地别？他感到心痛。

是的，他想成为一号人物。在当今社会里，如果成不了一号人物，就等于不存在。

他深知为人漠视的痛苦与孤独，但他没有为恶名而高兴。他不希望因为和猎奇杀人犯重名而受到关注。多年来寂寂无名的自己以这种形式成名，只让人痛苦不安。

大山正纪这个名字是个诅咒，一个只要凶手还活着，就一辈子甩不掉的诅咒。

原来有人甚至会为恶名而高兴。

他们就那么想要成名吗？

不——正纪想，他们的想法或许正相反。

人生的孤独与虚无令他们连恶名也不愿放过。

那个大山正纪或许就是存在价值没能得到认可的社会牺牲者之一。

现代社会里，人人都急于寻求共鸣。上传吸睛的照片，比拼点赞数。发布大众想听的论调，博转发。用过激言论吸引关注。只要自己发的东西和文字能有人共鸣，存在感需求就会得到满足，哪怕只是一时……

大肆炫耀恶名的大山正纪也和这些人一样。

想到这里，正纪如梦初醒。

现在的自己属于什么情况？被大山正纪的名字诅咒，每天都过得很痛苦。他是不是沉醉于这种"受害者"的身份了？有了这一层身份，他就可以博得周围人的同情，可以不伤害任何人，照样成为一号人物。

他会组建受害者协会，也是因为心底渴望着成为人群的中心，受人关注吗？

正纪摇摇头。

不，他是真的痛苦，真心期盼摆脱现在的处境。

正纪深呼吸两下，对其他人说："还有别的线索可以找出凶手

'大山正纪'。"

所有人的视线汇到一处。眯缝眼的大山正纪狐疑地问:"真的假的?"

正纪说完他在林中听到的事,操作了一番手机,放到桌上:"还真有存档,就是这个。"

手机上显示着总结网络骂战的站点的存档。

正纪用食指滑屏。

存档里挂了个叫"冬弥"的账号,个人资料栏上写着"美食萝莉/金发萝莉是我老婆/宅/动画/游戏/萝莉哭起来的样子最萌!"。

"说到这件事的原委,都是因为这个'冬弥'引发了骂战。"

一开始是一条推文。当时爱美被害案的凶手真名尚未曝光。

"我觉得大叔和美女比,当然是美女泡的茶更好喝,更让人高兴。可是跟女性朋友说了之后,她怀疑我的人品,发火说这是歧视,还在互关的三次元账号上说我坏话……太阴险了,女人真可怕(颤声)。"

看到"冬弥"推文的人批评并转发,一转眼就传开了。

"好封建的想法!脑子还在昭和呢。"

"看不起女性,真是个大号男垃圾。"

"喜欢动画就闭好你的嘴。"

"你这个人会给女性带来不幸,请你这辈子都不要和现实中的女性来往。"

"自己胡说八道,瞧不起女性,被人批评了还怪女人阴险,说女人可怕,傻缺。去死吧你!"

数不尽的污言秽语。

事件发酵后，"冬弥"从前的推文也被接连挖出。

他在社交游戏的"扭蛋"里抽到幼女角色时的推文："终于抽到了！尖叫的语音好萌 #美食萝莉。"

还有提到现实中女童的推文："今天在公园也遇到了三次元萝莉，真萌！"

随着这些透着犯罪气息的推文被抓包，批评也化作巨浪袭来。

"我看了这人的推特，好多'幼女''萝莉'。他在现实里也会搞事的吧？"

"你别出门了。"

"给我好好待在家里吧。"

"非喷到他注销不可！"

"你歧视别人。只要你还活着，我们就会坚持批判你。做好准备吧！"

"说客气点，我希望你去死。"

那条发牢骚的推文引发骂战、受到关注后，被提及的女性朋友看到了。"冬弥"的账号下有条留言，"你是正纪吧，干吗匿名说我坏话"。这使得网民人肉出了"大山正纪"的实名账号。

由于暴露了真名，"大山正纪"注销了账号。凶手的真名曝光是再后来的事了。

棕发的大山正纪看完这一风波的来龙去脉，断言道："这小子绝对有嫌疑。"

迷恋小女孩的大山正纪。

会有很多个这样的大山正纪吗？这很难用一句巧合来解释。

正纪继续说："这场骂战里，好像也有人去人肉过住址。"

他点点手机屏幕，换了个页面。

这个页面汇总了"大山正纪"以前的推文中对人肉住址有用的部

分，譬如拍到风景的照片。

"可是……"蒜头鼻的大山正纪说，"就算这个'冬弥'是'正主'，现在也搬家了吧？那一带的人应该都知道爱美被害案了。"

"即使搬家了，我们说不定也能找出搬去哪里了，值得查一查。"正纪指着屏幕上的文章，"你们看，范围已经缩小很多了。"

实名账号里，大山正纪发了推文："我来了很久没来的小学母校。有可爱的小女孩在跳绳玩耍。"还附带操场的照片。像是考虑到隐私问题，照片用粉红的色块盖住了小女孩的脸，但网上的"人肉小分队"盯上的是风景。他们从拍到的操场围栏后的景色里，查出了小学的名字。

跟着受到关注的是"冬弥"账号的推文。

"附近开了家女仆咖啡馆，有可爱的女孩子。我想去接受服务！"

"必须戴猫耳，这就太考验脸皮了。"

附带的菜单照片上都是些叫人不好意思念的菜名。

"人肉小分队"在那家小学附近查出了一家在推文发布前不久开业的女仆咖啡馆。菜单一致，说明他们没有找错。他们还根据其他提到地点的推文，缩小了排查范围。

但人肉工作到这里就打住了。这起骂战发生在"大山正纪"的名字出现前，估计是因为"人肉小分队"的兴趣很快就转到其他事上了。

眯缝眼的大山正纪指指手机屏幕："人肉工作就由我们接手吧。"

26

象征不祥的铅灰色阴云低垂，寒风吹得院中光秃秃的树枝不住震颤，红锈色的落叶在沙地上打转，发出虫子来回爬动般的声响。

大山正纪站在建了有几年的公寓前，看着伙伴们。每个人的脸上都隐隐透出亢奋之色。这次行动，他依然没有通知记者。

锁定住处的线索藏在一千多条前的推文里。一张拍摄陈列美少女手办架子的照片中带到了窗户。窗帘拉了大半，但看得到窗外的景致。

一锤定音的是个人酒铺的招牌。他们搜索店名，找到官网，官网上标了店址。之后就只需在地图应用里找出能在那个角度拍下酒铺招牌的公寓了。

"是大山。"棕发的大山正纪指着101室的名牌说。名牌上写着"大山"。

他们查出了推特上那个迷恋女童的大山正纪的公寓。报道说凶手"大山正纪"在案发时，和父母住在一起。不知道他的父母现在还住不住在这里。

"怎么办？"正纪环视众人。

蒜头鼻的大山正纪像缓解紧张似的，呼出一口白气后说："要不要和他父母接触？说不定能了解到凶手'大山正纪'的情况。"

眯缝眼的大山正纪嗤笑："你傻啊？他爸妈能告诉我们？要是他们还没搬走，应该已经被媒体围追堵截得烦死了。"

"不问怎么知道？如果他们已经断绝关系，就没有理由包庇凶手了。"

"要是真断绝关系了，就更不想扯上关系了吧？怎么会告诉我们这帮来路不明的人。"

这话很有道理。

眼下是到了公寓，可该怎么做，他们一时间下不了决断。

正纪指指公寓后面的一家咖啡馆："我们先去那里坐坐，开个作战会议吧。反正公寓也不会跑。"

眯缝眼的大山正纪不满地一撇嘴，但没有反对。

一行人一起去了咖啡馆。在一片咖啡香中，复古风的装修散发出木质的香气，天花板下垂着花型的玻璃吊灯。

暖气开得很足，蒜头鼻的大山正纪念叨着"真暖和"，脱下黑色羽绒服，挂到椅背上。

正纪想，早知道，他也该穿外套的，针织毛衣不好随便穿脱。

他们都在桌边坐定，朝着外面马路的墙一整面都是玻璃，可以监视公寓。

可能是受地点影响，这里生意不好，没有其他客人，嘴上留了胡子的店主时不时好奇地朝他们瞥上一眼。但店里播放着节奏舒缓的爵士乐，只要说话声音不是特别大，就不必担心店主听到他们的对话。

正纪边喝咖啡，边征求伙伴的意见。棕发的大山正纪搅拌着牛奶，先开口道："是不是先冒充个什么人比较好？"

中等身材的大山正纪问："比如呢？"

"我想想……比方说区政府的人，或者以前的同学。选个看起来没有敌意的就行。"

205

"他们不会轻易相信的。不找个可信的理由，我们只会被赶出来吧？"

"……真难办。"

他们一面喝咖啡休息，一面各抒己见，但商量了一个多小时，还是没有想出好主意来。

就在这时——

"喂！"眯缝眼的大山正纪用手肘捅了正纪两下。

正纪顺着他的视线望去，一个年轻人正背对着他们，站在公寓的101室前。看他手的动作，像是在锁门。他身高有一米七左右，穿了件格子外衣。

"那人该不会是——"蒜头鼻的大山正纪喉咙一响。

"本人……"正纪替他说了下去。

眯缝眼的大山正纪瞪大眼睛："真的假的……他竟然还住在这间公寓里。"

"仔细想想，他十几岁就进了少年监狱，如果父母给被害人家属赔钱了的话，家里应该没钱了，说不定也只能住在这儿了。"

"有道理。我们分两头调查吧。"

"两头？"

"一头跟踪他，一头调查公寓。如果他和父母住在一起，我们可以趁现在去打听打听情况。如果没住在一起，也可以查查公寓。"

待过足球社的大山正纪露出困惑的神情："怎么查？"

"去他屋里找证据。"

"不、不，这样不好吧？这算是入侵民宅了……我可不想被抓。"

"怕什么。我们没有退路了。你就不想找回自己的人生吗？"

待过足球社的大山正纪垂下视线，在膝盖上捏紧了拳头。

"快看，再拖下去，人都要跑了。"眯缝眼的大山正纪朝公寓努努嘴。"大山正纪"正往外走。

"我去跟踪。"待过足球社的大山正纪说。除了他,棕发的大山正纪和蒜头鼻的大山正纪也选了跟踪。

"要是发现什么不对,比如他忽然要回家,我们会打电话的。"待过足球社的大山正纪带头,三个人走出店门。

正纪轮流看了看剩下的两个人:"我们怎么办?"

"……只能去按门铃了吧。"

正纪替所有人结完账,走出咖啡馆。从暖气充盈的店里来到外面,温差带来一阵透心的寒意。他搓着手,穿过马路。

眯缝眼的大山正纪走近公寓,用力按下101室的门铃。门铃响了,但屋子里没有反应。他又按了两三次。

没有一丝动静,也不见有人的迹象。

"大山正纪"是独居?或许他的父母在儿子被捕后远走他乡了。

眯缝眼的大山正纪绕到公寓侧面。正纪随后跟上,只见他把脸贴到窗上。

"……看得到什么吗?"

窗帘拉上了。定睛一看,留了几厘米的缝隙,中间能看见屋子里的景象。但灯都关了,所以室内笼罩在一片黑暗中。

"看来外面是看不到了。"眯缝眼的大山正纪咂咂嘴,扫视一圈。他走进前院,从花坛上捡了块砖头回来。

"喂、喂……"中等身材的大山正纪发慌,"你拿它做什么?"

"我不是说了,要去屋子里查查。"

"你、你是认真的吗?"

"当然了。我撒谎干什么?"眯缝眼的大山正纪左手按在玻璃窗上,右手抡起砖头往下砸。

"啊,这样做——"正纪伸手去制止,但尚未碰到,对方的右手已经挥下。砖头砸到玻璃上,一角开裂了。他连续轻敲,好敲下玻璃碎片来。

——回不了头了。

正纪唯有愕然地注视他的行动。

眯缝眼的大山正纪勉强将手臂伸进洞里,打开窗内的锁。他推开窗户,回过头,满意地扬起嘴角。

"快,趁他还没回来,我们快查。"他脱下鞋,身体探进窗户里,"玻璃碎片太危险了,你们去玄关那儿等我。"

两人一起去了玄关后,他从室内开门:"进来吧。"

正纪不禁踌躇。要是进去,他就是入侵民宅了。他不想闹出被警方逮捕的事情来。但如果房主就是凶手"大山正纪",应该不愿声张,也不会报警。

"我们不是要找回自己的名字,找回人生吗?"眯缝眼的大山正纪说,声音很是急切。

正纪深呼吸后,横下心进了玄关。他脱下鞋,走到室内。起居室里放了两张相对的白沙发。靠墙的书架中塞满漫画和轻小说,墙上挂着等身大的挂画,画的是穿校服的粉发美少女。正面是一台平板电视机,一旁的桌上摆着台式电脑。

眯缝眼的大山正纪毫不犹豫地打开电脑,但它设了密码。

他狠狠地骂了声,又关掉电脑:"开不了。我本来以为查查电脑,会查出点儿童色情的东西来。"

眯缝眼的大山正纪拿起桌上的美少女手办,那是个小学生年纪的角色。他把手办倒转过来,检查裙底:"他进了监狱,还是没有改过自新。迷恋这种玩意儿,不就是萝莉控?都在推特上公开说自己喜欢萝莉了。"

中等身材的大山正纪在他身后畏畏缩缩地说:"还不确定他是不

是那个凶手吧？"

"你说什么傻话，这犯罪气息还不够浓？"

"……以现在的风气来看，这样还算正常吧？"

"怎么着？"眯缝眼的大山正纪眼神中透出轻蔑，嘲笑他，"你也是宅男？"

"不、不，我不是。"

眯缝眼的大山正纪哼了一声，扫视一圈室内，缓缓拉开壁橱的拉门。叠起的被褥边放着一只小纸箱。

"这就很可疑了。"他拿出小纸箱，打开它。里面装了许多本同人志①，画的是一个小学女生变身成魔法少女去战斗的动画角色。

封面上是一句"可怜就是可爱"和哭泣的少女。

大山正纪和其他两人一起跟踪"大山正纪"。

——如果他就是爱美被害案的凶手，我一定要揭穿他。

"大山正纪"进的地方是一家幼儿园。门口竖着一块"星街幼儿园"的招牌，庭院后是栋两层的混凝土小楼。

正纪躲在电线杆后偷窥，又与其他两人对视几眼。

"大山正纪"为什么会进幼儿园？他才刚出狱，不可能有孩子。

正纪难以置信。

看了三十分钟后，"大山正纪"和十个孩子一起从幼儿园的小楼里出来了。他双手牵着两个女童，把孩子们带到百米外的公园里。

他又是举起想玩游乐设施的女童，放到秋千上，又是抱抱女童——

孩童们嬉闹："老师，老师！"

---

① 同人志：在宅文化中，动漫游戏爱好者在已有动漫游戏作品基础上进行再创作并自行发行的刊物。

"大山正纪"在幼儿园里工作！

他隐瞒了自己臭名昭著的真名和前科吗？如果是做临时保育员，应该不需要考证。现在这个时代，保育员短缺的问题已引起关注，幼儿园或许是把他当成及时雨，雇用了他，却不知道他就是爱美被害案的凶手……

"大山正纪"在和女童们玩耍，但肢体接触明显很多。

正纪嗅出危险的气息。该告诉幼儿园"大山正纪"的真面目，提醒他们注意吧？

他掏出手机，对准"大山正纪"。先远远地拍一张，再推近拍一张。这会是宝贵的证据。

他把照片群发给留下的三个人。

找回自己的名字、自己的人生固然重要，但现在最要紧的是避免出现第二个爱美。"大山正纪"一定是因为阴暗的欲望之火仍在作祟，才选中了能和女童亲密接触的保育员工作。

正纪和其他两人回到公寓，和另外三人会合，相互报告成果。

"可以认定他就是'正主'了吗？"正纪问伙伴们。

"我看不会错了，天下哪有那么多个萝莉控的大山正纪。"

"可根本没什么铁证吧？"

"证据不是已经够了吗？"

"我不这么认为。"

"我觉得他就是'正主'，曝光他的照片吧。"

"我们上次也认错人了，还是谨慎些好。如果挂错人，就没得挽回了。"

他们讨论了许久，最后还是难以决定，该怎么处置"大山正纪"。

27

大山正纪坐在木椅上，凝神望着公园里嬉戏的孩童们。天很冷，但他们依然活力四射。

当保育员可以接触女童，也不会招人怀疑，对恋童癖来说是简直是天赐的工作。

正纪用手心抚过嘴唇，又将沾上的唾液擦到牛仔裤上。

他细细品味，这些儿童里最可爱的一个是谁。能刺激到下半身的是——

正纪盯上的是个穿着碎花连衣裙的女童。她蓬松的黑发夹着向日葵发夹，随着寒风飘拂，耳朵上戴着可爱的兔耳耳罩，给人以小动物般的感觉。整个人隐隐有几分爱美的影子。

女童露出天真的笑容，蹦蹦跳跳。

"玲奈，来这边玩！"

朋友叫她后，她摇摇头："我要玩沙子！"

女童继续用铲子堆她的小山。

现在看不到其他大人的人影，附近的居民也没有出来，机不可失。

正纪从长椅上站起，走向女童。他隐藏内心的想法，挤出和蔼可亲的笑容，对女童说："玲奈，你喜欢老师吗？"

听到问话，女童带着笑容，用力点点头："嗯！"

正纪感到唇角自然而然地上扬："你喜欢老师啊，那是特别喜欢吗？"

"特别喜欢！"

"真这么喜欢老师的话，该给老师个亲亲吧？你知道什么是亲亲吗？"

"知道。睡觉之前，要亲亲爸爸和妈妈。"

"真乖。那你也亲亲老师吧。"正纪掏出手机，打开相机，准备录视频。

不要克制欲望。

不用忍耐。

听本能的吧。

如果克制有用，就不会进监狱了。性上的爱好不是那么好改的。

"既然你这么喜欢老师，会亲亲的吧？"

28

举办"大山正纪"同名同姓受害者协会后,大山正纪逐个打量众人。

记者的眼神中有责备的意思:"你们为什么要自作主张?"

大山正纪们面面相觑。

"……你是说照片的事吧?"待过足球社的大山正纪神色凝重地回答,"已经闹翻天了。"

中等身材的大山正纪摇头:"我可什么也没干!"

其他人都赞同地点点头。

"可这个会的名字都见光了吧?"

那是去"大山正纪"公寓里调查两天后的事。网上有人挂出他在公园和女童玩耍的照片,标明是"杀人犯大山正纪现在的样子"。

不用说,一石激起千层浪。

网上找"大山正纪"的风潮本就过热。大多数人都相信那个冒牌的大山正纪就是杀人犯本人,看到他炫耀案底,纷纷要求对他施加社会性制裁。就在这时,照片从天而降——

怎么可能不掀起轩然大波。

"是你们有人发到网上了吗?"正纪问其他人。

大山正纪们齐齐摇头，没有一个承认。

正纪审视众人的表情。

是谁隐瞒不报？照片是两天前拍好，在"大山正纪"同名同姓受害者协会上分享的，现在会在网上传开，发布的只可能是除了他之外的另外五个与会者之一。

到底是谁？待过足球社的大山正纪、棕发的大山正纪、蒜头鼻的大山正纪、中等身材的大山正纪、眯缝眼的大山正纪——

这里面有人擅自将照片发到了网上。他们原本商定先按兵不动，不料有人自己出了手。

网上人肉幼儿园名字的动向加速了，找出答案只是时间的问题。

"保护好小女孩，别被大山正纪给害了！"

"得警告幼儿园才行，不然又要有小女孩被杀了！"

"把大山正纪隔离出社会！"

"应该先叫停所有男保育员的工作！"

"要尽快找出幼儿园。"

"让大山正纪用命来还。"

推特上许多人在高谈阔论，众怒如岩浆般爆发。

"这是迟早的事。"蒜头鼻的大山正纪说，"接下来就交给那些网民吧。他们会查出幼儿园，帮我们制裁他的。"

眯缝眼的大山正纪怒目瞪他："是你发的吗？"

"……不是我。"

"天知道是不是。"

"真的不是我。"

"我们还没有可靠的证据吧？"

"可是——"蒜头鼻的大山正纪视线游移，"你不也确信他就是'正主'了吗？"

"这是两码事。现在还在观望的阶段吧。你为什么要自作主张地发到网上？惊动了他，他会跑的。"

"我都说了不是我。"

"那是谁啊！"眯缝眼的大山正纪扫视众人，无人开口。

如果在幼儿园工作的大山正纪就是"正主"，那他们曝光"正主"长相的目的已经达成。他就是逃走也不要紧。

正纪转头看向记者："我们怎么办？"

记者摸摸胡子："……我想亲眼看看他本人。可不可以带我去他的公寓？"

"可以是可以——"

"我反对！"眯缝眼的大山正纪极力阻拦，"应该随他去。我们没必要动手。"

"不，"记者说，"这不是动手，是了解情况。"

"我们不该轻举妄动。"

"事情闹成这样，再小心也没用了。我倒认为直接找上'正主'，更能让公众了解到同名同姓的问题。"

众人一起搭电车，去往在幼儿园工作的大山正纪的公寓。冰寒而紧张的空气中，血色的夕阳将楼宇和树木的影子拉得老长。

"就是这里。"正纪指指公寓。

"你们入侵的是——"见记者迈了步，正纪领他往公寓的侧面走。前几天砸碎的玻璃窗已经换上新的了。这是没有报警吧？杀人犯"大山正纪"自然是十分不愿与警察扯上关系的。没有东西失窃的话，想必他不会报警。

既然没有惊动警察，那事情就好办了。

"他不在家吗？"记者把脸贴到玻璃窗上，窥探里面的情况。窗

215

帘里没有灯光,"说不定是去上班了。"

"这太危险了。"中等身材的大山正纪皱紧眉头,"这会儿他也——"

在幼儿园里亲近女童。他如果真的改过自新了,大概是不会选幼儿园当职场的。

"他要是再犯案,我们的处境就——"

其他大山正纪的脸上浮现担忧之色。

"我们应该去提醒幼儿园吧?"棕发的大山正纪说。

这个选项也必须纳入考虑。哪怕要承受妨碍有前科的少年犯回归社会的指责,也必须要带着被批判的觉悟发出正义之声不是吗?

眯缝眼的大山正纪带着火气反对:"我说过好多次了,你们太性急了。"

"没时间了。"棕发的大山正纪回嘴,"弄不好明天——不,今天就会出现最坏的情况。"

"还没找到决定性的物证,我们该先观望。"

"为了观望,伤害到别人的话,就本末倒置了。这和虐待儿童没有区别。只要发现一丝可疑,就要立刻报警。这样才能防患于未然。"

"前不久有个父亲和女儿一起散步,结果被人报警,添了老大的堵。还有个女名人发了育儿段子,被人恶意报警,说她有虐待儿童的嫌疑。这种单方面的通报不是已经闹出问题了吗?"

"通报就该加大力度。要是没出事,一笑了之也就是了。周围的人能这么关心孩子,做爸妈的会很有安全感吧?"

"你不是单身吗?说这些根本没有说服力。"

"彼此彼此。反正我觉得该提醒幼儿园。"

眯缝眼的大山正纪恨恨地道:"随你便,你可别后悔。"

正纪看向他："你是不是知道些什么？"

"哈？我知道什么？"

"没事，我看你好像话里有话……"

"我能知道什么？"眯缝眼的大山正纪头一扭，再没有反应。

棕发的大山正纪斩钉截铁地说："那就这么定了，我们去提醒幼儿园。"

没有反对意见。

"走吧。"

就在众人准备走向幼儿园之时——

"啊！"待过足球社的大山正纪失声，"那小子回来了！"

众人齐刷刷地转过头去。

"大山正纪"正从马路对面走来，身边有个矮个子女人。她留着黑色的中长发，长相很不起眼，穿的是米色大衣和黑色长裙。

"还带个女的。"眯缝眼的大山正纪不屑地说，"他不是喜欢幼女吗，还勾搭成年女人？"

中等身材的大山正纪说："可是那女人气质挺幼的。"

她身材娇小，体型也有些像初中生。看交往的人，就看得出"大山正纪"的爱好。

"太危险了。"棕发的大山正纪担忧地说，"弄不好那个女人也要牺牲。"

在幼儿园工作的大山正纪将女人带进公寓的房间里，窗帘紧闭的窗户亮起光来。

正纪看向记者："凶手没有姐妹吧？"

"没有，他是独生子。"

"那那个女人就不是他的姐姐或者妹妹了。"

"我们去救人吧！"棕发的大山正纪毅然道，"得告诉她凶手的真面目，让她小心！"

那个女人不可能知道了"大山正纪"犯过的罪，还和他交往。为了她好，也得提醒一声。

如果知道交往对象就是虐杀女童的猎奇杀人犯，她只怕也要胆寒。救完她，还要提醒幼儿园，这样就不会出现第二个牺牲者了。

他们商议该怎么办，最后决定在上次的咖啡馆里等女人出来。

在咖啡馆里坐了近一小时后，她从公寓的房中走了出来。看来她虽然被带进了猎奇杀人犯的公寓里，人倒是没有出事。

"机会来了。"棕发的大山正纪叫道，"我们走吧。"

众人起身，结好账走出咖啡馆。提着挎包的女人离开公寓，走上马路。

"你好！"

棕发的大山正纪叫她后，她惊讶地回过头。看到几个男人后，她的脸上露出戒备之色："你、你们有什么事……"

她年纪应该是二十多岁。但走近了细看，长相果真透着一股稚气。如果换上校服，看起来应该像初中生。这就是在幼儿园工作的大山正纪盯上她的原因。

棕发的大山正纪微微扬手，展现自己的无害："啊，我们不是什么可疑人物。"

"这我很难相信。"女人左右张望，像在求救。

"我们是想和你谈谈你交往的那个男人！"趁她还没大吵大闹，正纪慌忙切入正题。其他人齐齐点头。

女人狐疑地眯起眼睛："你、你们到底想说什么？"

正纪瞥了伙伴们一眼，是该开门见山，直奔主题，还是旁敲侧击呢？

踌躇一番后，他得出结论：拐弯抹角是没有用的。

"……你知道那个男人的身份吗？"

"身份？"

"对。你不觉得他的名字很耳熟吗？"

女人皱起眉头，侧头沉思。

"他告诉你真名了吧？"正纪说，"名牌上也标了姓呢。"

"嗯……"

"大山正纪。"

女人面露迷惑之色："你是说杀人案的那个？"

"对，就是那个。我们是来提醒你的。"

女人用充满怀疑的眼神扫视他们："……我完全不明白你想说些什么。"

"和你在一起的'大山正纪'就是那起案件的凶手。"

她的表情没有改变。都听到"大山正纪"的名字了，还没有联想到爱美被害案吗？迟钝至此，叫正纪有些不解。

"他是虐杀六岁小女孩的猎奇杀人犯。不赶紧离开他，你也会有危险的。"

"不好意思……"女人犹犹豫豫地开口，"你们误会了吧……他不是大山正纪。"

"不，他就是大山。"

"他该不会——"蒜头鼻的大山正纪插嘴，"没改姓，却用了个假名字吧？"

女人缓缓摇头："我和他已经交往六年多了。"

"什么？"

"他没有犯过罪。"

"可是——"正纪愕然道，"我们是从推特账号查到这里来的。"

他掏出手机，给她看屏幕。上面显示着七年前引发骂战的"大山正纪"的实名账号。

　　女人的眼神闪烁了："这个……不是他，是我的账号。"

　　"可是名字——"

　　"这不是那个大山正纪（masanori），是我的本名——大山正纪（masaki）[①]。"

[①] 日文中表达名字的正纪有masanori、masaki等多种读音。

29

女大山正纪扫视围住自己的男人们。除了一个戴棒球帽的,其他应该都和她同辈,二十多岁。这群人是把她当成猎奇杀人犯"大山正纪",想对她施加"正义的制裁"吗?

她太明白一冲动就围攻别人的可怕了。

"……那个男人真的不是'大山正纪'吗?"他们中的一个面带慌乱地问。

"真的不是。"

第一次遇到他,是在七年前的公园里。当时她在打发时间,等着和女性朋友见面。

她看到一群在公园里玩闹的幼儿园学生。一个穿连衣裙的小女孩走过来,向她送上泥丸子:"这个给你。"她道谢收下,装出狼吞虎咽的样子。小女孩露出灿烂的笑容。

看着这一幕的是位男保育员。他惶恐地低头道歉:"不好意思……"

——我很喜欢小孩子的。他们天真烂漫,真是天使啊。

——是的。小孩子实在可爱。

她被男保育员的微笑打动,回了句心口不一的话。

——所以我一直想找个和小孩子打交道的工作。

听她这么说,男保育员很是高兴。

——做这一行得时刻盯着他们,挺辛苦的,但也很开心。这应该就是我的天职。

之后,正纪和他开开心心地聊了一阵子。

再见到他,是在推特引起骂战后。她注销了账号,漫步走向公园。

她是宅,不擅长人际交往,长相也不漂亮,他却带着笑容和她聊天。在向他倾诉心声、得到他的安慰后,正纪渐渐对他心生好感。

几个月后,他向正纪表白,两人开始交往。他接受了正纪的宅向爱好。可以挺直胸膛做人,不必伪装自己。这在她是第一次。如今两人在公寓中同居。

她瞪着眼前的几个男人,报出他的名字,和"大山正纪"没有一个字一样。

男人们带着困惑,面面相觑。

媒体说杀人案的凶手叫"大山正纪"时,正纪发现他与自己属于读音不同的同名同姓,心里很不舒服。但这到底是男人犯的案,她身为女性,倒没有受人忌讳躲避。

正纪从未想过会有人翻出她七年前注销的实名账号被讨伐的老账,还把男友认成凶手"大山正纪"。

"那个推特真是你的?"眼睛细如刀切的男子问,语气中透出焦躁,"上面不是写了美女泡的茶怎么怎么的吗?不是个男人的账号?"

——原来是说这件事。

当时她全然没有想到这些发言会被视为歧视女性,招致围攻。如果要在肥腻的大叔和漂亮的女性中选一个来泡茶,会有女人特意要大叔泡的茶吗?

一起去找房产中介的女性朋友平时也常说"在美容院里撞上大叔美容师，会起鸡皮疙瘩的""一家雅致的店里要是冒出个大叔服务员，可真扫兴"。她以为两人的价值观一致，才说出这些话以示深有同感，没想到朋友公然全盘否定了她的人格。

或许是因为这个朋友和男人一起吃饭时总是AA，为此窝着火，心里不痛快，才迁怒于她吧。

眯缝眼的男人露出半信半疑的表情："推文讲的都是动画，还全是美少女、美少女。"

此人大概对宅文化一窍不通。他身边没有朋友有这种爱好，想必是认定宅女都走上了BL之路。

和正纪关系好的同性宅友平时都热爱美少女游戏，看到二次元的可爱女孩子都会兴奋不已。她们喜爱美少女角色，不愿看到邋遢的男性角色，所以房间里满是二次元美少女角色的挂画和海报。

"尽情欣赏美少女角色不是专属于男性的特权，女性应该也有这项权利。大众总认为女性会嫉妒美女，耍些阴险的手段欺负美女，但没有几个女性会讨厌可爱的女孩子。再说了，如果这是凶手的推特，照时间来看，他得是在被捕之后，在看守所里注销的账号吧？"

"上面不还有犯罪性的内容吗？喜欢施虐——"

"请不要把虚拟世界和现实混为一谈。"

现实世界和性癖、兴趣爱好是两码事。角色属于二次元，所以她才觉得女孩子哭的样子可爱。她可不想看当保育员的男友疼爱的三次元小女孩哭。在引发骂战前，她一直在网上和同好宅女们畅谈可爱美少女角色的同人志。

"我男朋友不是宅，但很理解我的爱好。"

"那你家里的周边——"

"什么？"正纪没有听漏对方说出的话。前几天公寓的玻璃窗破

223

了，但没有东西失窃，她左思右想后放弃了报警。她怕麻烦。

"入侵我家的该不会就是——"

眯缝眼的男人像是后悔自己的失言，移开视线，默默咬紧下唇。

"……这是犯罪。"正纪沉声道，"还打破玻璃……我要叫警察了。"

"请、请等一等！"另一个高个子急急插话，"这件事我们真的很抱歉。我们以为你男友是'大山正纪'，想拿到证据……结果做过火了。"

其他几人齐齐低下头，说"对不起"。

只有眯缝眼的男人一个人满面焦躁，杵在那里不动。他挠挠头。

正纪瞪着他们："说到底，你们有什么权力这么做？你们是'正义之士'？只是想在网上通过凶手和凶手家人来找乐子吧？"

"不是的。"高个男子答道，"我们做这些，不是出于社会正义、义愤一类暧昧的思想或者情绪。我们有非常个人的苦衷……"

"苦衷？"

男人们的脸上现出犹豫之色，过了一会儿，高个男子带着些许无奈回答："……坦白说，我们叫大山正纪。"

正纪不明所以，轮流打量他们。

"我们同名同姓。因为重名的'大山正纪'犯了罪，我们遭到社会的种种迫害，所以聚到了一起。为了挽救自己的人生，我们在找凶手'大山正纪'。"

男子讲起"大山正纪"同名同姓受害者协会这一组织与其目的。正纪只觉得难以置信。

眼前会集了这么多重名人士。这幅景象有些异样，叫她反胃。仿佛有人披上了另一个长相、体型、服装全然不同的人皮……

想到这一刻，她全身都起了鸡皮疙瘩。这出于直觉。

——披着别人的皮。

正纪问男子："你们确认过每个人都同名同姓了吧？"

"我们互证过身份了。"

正纪深呼吸后道出她想到的可能性："……如果你们在找的'大山正纪'，就在你们之中呢？"

30

后背窜过一阵伴着战栗的电流。

大山正纪哑然呆立当场。凶手"大山正纪"就在他们之中？

这可能吗？

他们互相确认过每个人的名字，但并没有确认对方不是凶手"大山正纪"。

正纪摇摇头，拒绝接受。

他偷眼去看伙伴们的表情。女大山正纪一石激起千层浪，猜疑的情绪转眼间蔓延开来。

"我可不是。"眯缝眼的大山正纪头一个否认，"你们看过我驾照上的年纪了吧？我比凶手要大。"

"我当然也不是。"待过足球社的大山正纪也一口咬定。

其他大山正纪也纷纷否认。

蒜头鼻的大山正纪毫不掩饰他的厌恶之情，嘀咕道："竟然怀疑伙伴……"

即使每个人都否认了，脑中的猜疑仍挥之不去。

"大山正纪"同名同姓受害者协会在网上发了通知，所以看到的大山正纪们聚在了一起。如果凶手"大山正纪"也看到通知——

但有什么好处，值得他混进"大山正纪"同名同姓受害者协会吗？

如果自己就是凶手，会怎么想？

——一群同名同姓的人在自己不知道的地方聚在一起。

这或许会激起说不清的忧虑，能引起他的关注，并考虑伪造身份来参加聚会。

如果凶手真这样做了，那"大山正纪"同名同姓受害者协会开始找"大山正纪"时，他一定非常焦急。站在凶手的角度来说，他应该会拼命阻止大家。

正纪在记忆中搜寻。

有谁反对找"大山正纪"了？

按人数表决时，持反对意见的是做研究的大山正纪、待过足球社的大山正纪、当家庭教师的大山正纪这三个人。但凶手若是认为表面上赞同，背地里耍阴招是上策的话，也有可能潜伏在赞成派里。

人人都显得可疑起来。就没有办法能确定凶手"大山正纪"有没有混进来吗？

正纪陡然间灵光一闪，掏出手机，开始给众人拍照。

"你、你干什么……"众人一阵慌乱与困惑。

"被害人家属和警方的人应该知道凶手的长相。如果你们不是凶手'大山正纪'，应该不介意给他们看看吧？"

31

　　东京都内某处住宅区里有家西洋风的宅邸。铁门旁竖着花岗岩门柱,但凹陷处没有名牌,或许是受不了好奇的视线了。

　　"是这里吗?"大山正纪瞥了记者一眼。

　　"是的,被害人家属就住在这里。"记者看看手表,"还有两三分钟才到约好的时间……但我们先上门吧。"

　　记者按响门铃,两人等了一会儿后,玄关的门开了。

　　出来的是位脸颊消瘦、薄嘴唇的中年男子。他年纪应当在四十五岁左右,但看起来老得厉害,周身散发出绝望的气息。

　　这是正纪在电视上的记者会上看到过很多次的被害人家属——爱美的父亲。他走到门口,双唇抽搐着开口:"你是电话里那位?"

　　"是的。"记者自报家门,隔着门递上名片,"谢谢您不介意我冒昧打电话,还特意腾出时间来。家属的冤屈不是我们能够想象的。"

　　父亲微微点头,像是在强忍痛苦,垂在身边的双手紧握成拳。

　　"实不相瞒,我们在追查'大山正纪'。"

　　父亲从咬紧的牙关间呼出蒸汽般的气,看起来像爆发的怒火与恨意,也像在排出感情,好强忍着咽下咒骂的话语。

"……请进。"父亲不待他们回答,转身往里走。

正纪没有想到家属会请他们进家门,有些困惑。但记者一言不发地跟着父亲走了进去,估计是工作上习惯跟被害人和家属打交道了。

他们被带到一间十三平方米左右的日式房间里。房间像家属的内心一样空虚,几乎空无一物,只有日式衣柜一类最低限度的家具,里面设着佛龛。

正纪与记者并排正坐。

父亲的眼中现出恨意似的怒火。正纪的脑海中浮现出他蹲守从少年监狱出狱的"大山正纪",意图亲手复仇,却被抓捕的身影。

"您太太呢?"记者斟字酌句地问。

"……三年前就离婚了。大女儿自己住。"

"这样啊。不好意思,我都不知道。"

"没事……"

记者注视着佛龛:"我们可以上炷香吗?"

父亲依然紧咬着嘴唇,一声不响地点点头。

记者起身,端坐到佛龛前的坐垫上。他上香合掌时,空气中弥漫着令人窒息的沉默。

记者一退下,正纪便坐到佛龛前。佛龛上摆着的遗照里,小女孩带着笑容。

被凶手"大山正纪"连捅多下的牺牲者。

线香的气味真切地传达出死亡的信息。

面对家属与被害人,正纪感到自己的痛苦不值一提,心中掀起阵阵波澜。

他心里明白痛苦是不可以比较的,感情上却予以否认。

正纪合完掌,回到原来的位置。

父亲眯起眼,视线落在榻榻米上:"大山正纪——不能存在于社会上。"

似要烧死对方的恨意与怒火爆发了。只是与他相对而坐而已，正纪已觉得被其激情击中。

正纪明白这种情绪是冲着凶手"大山正纪"去的，但父亲没有区分同名同姓之人，所以他陷入一种错觉，仿佛自己是以加害者身份正坐在家属面前的。

情绪受到撼动。

"凶手——跟我大女儿上同一所高中。"

这正纪第一次听说。

但记者似乎不大吃惊，是早就收到消息了吗？

"媒体帮忙隐瞒了。我大女儿跟案件毫无关系，我不希望他们曝出来当噱头。同校的学生杀了妹妹，我大女儿没法去上学，最后只能转校了。大山正纪把我大女儿的人生也给毁了。"

"大山正纪"。

他犯的罪伤害了很多人，毁掉了很多人生。

如果法律上赎过罪就能获得原谅，那谁来替被害人家属雪恨呢？社会。只能让社会来了。凶手"大山正纪"活该被社会抹杀。

正纪的手在膝上捏紧。

"我们也有同感。"记者说，"凶手不像是已经反省的样子，也不像是改过自新了。我们认为凶手'大山正纪'必须接受社会的制裁。"

"这当然了。"

"我们弄到了可能是'大山正纪'的人的照片……您能帮忙看看吗？"

父亲见过"大山正纪"出狱后的长相。

记者打开手机里的图像，开始轮流展示："就是这些。"屏幕上一张张显示出参加"大山正纪"同名同姓受害者协会者的照片。

身为被害人家属的中年男子点点头,注视着屏幕,不久后惊叫一声:"啊!就是他!他就是大山正纪!"

手机屏幕上显示的是待过足球社的大山正纪。

32

　　上次来参加"大山正纪"同名同姓受害者协会的人里，只有一个人——待过足球社的大山正纪没有参加这次的聚会。

　　大山正纪告诉众人昨天的事。他和记者一起去拜访被害人家属，请家属看过照片后，对方断言待过足球社的大山正纪就是爱美被害案的凶手。

　　"没想到是那小子！"眯缝眼的大山正纪捏紧拳头，像在后悔自己的疏漏，一副"早知道就狠狠揍他一顿了"的样子。

　　"就是说……他冒充了别人，对吧？"蒜头鼻的大山正纪说。

　　如果曾驰骋绿茵场的大山正纪就是猎奇杀人犯，曝光他真名的杂志理应会提上几句，例如"是什么让热爱足球的少年走上了杀人的道路"。

　　曾驰骋绿茵场的大山正纪和前几天还在参加聚会的大山正纪应该不是一个人。

　　正纪想起先前和"大山正纪"的对话。

　　那是他们分成几组，谈到女排时的事。"大山正纪"走过来，问"你们在聊什么"。印象中，棕发的大山正纪答他"我们在说意大利国家队的扣球很帅"。大山正纪当即了然，立刻接话说"是啊，有好几发扣球直接就得分了"。当时，正纪并未觉得哪里不对。

但知道他是冒牌货后，再回头一想，就有破绽了。

如果他将青春都献给了足球，听到扣球一词，会想到足球的扣球吧。他该认为众人在为意大利国家足球队的扣球很帅而兴奋才对。

然而"大山正纪"第一个想到的是排球。对足球全无兴趣的"大山正纪"才会有此反应。

第一次见面时，"大山正纪"在自我介绍中提到了他踢足球的事："我本来梦想着进军职业，可是'大山正纪'犯了事，搞得同学看我的眼神都怪怪的，队友也生分了……怎么说呢，没人盯我，他们也不传球给我，我就踢不下去了。"

他说的这些经历只怕都是骗人的。后来问他"你踢足球也受影响了吗"，"大山正纪"也回以一副什么都不想说的表情。正纪本以为他是不愿多谈受爱美被害案牵连而破灭的足球梦，但现在看来，八成是怕露出马脚。

难怪他反对去找"大山正纪"。

"就联系不上他吗？"眯缝眼的大山正纪看向正纪。

"……我从今早开始就不停给他打电话发信息，可是没有反应。他知道我们要请被害人家属看照片的时候，就已经明白瞒不下去了吧。"

"可恶！"眯缝眼的大山正纪一拳砸在桌上，倒了茶的杯子一阵晃动。

"可我们弄到他的照片了。"棕发的大山正纪像在调停，"反正也拍到照片了，之后公布出去就算是大功告成了吧？"

记者面露难色："……现在这个时间可能不合适。"

"怎么说？"

"现在流言四起，说那位无辜的男保育员是凶手，对吧？网民都

233

认定他就是凶手'大山正纪',正踊跃地要人肉出幼儿园呢。这种情况下,就算曝光说这才是'大山正纪',也很难取信于人。"

他说得不错。若是没有过硬的证据,恐怕很难颠覆网民的认知。

正纪陡生一念,提议道:"有被害人家属的证言在,就可以证明他是'正主'了。"

记者面色一沉:"……这一招还是留到实在没有办法时再用好。"

"我倒觉得这主意不错。"

"有被害人家属作证,我们当然可以证明他是凶手。但借家属之手来曝光'大山正纪'长相的话,亲属复仇这一要素会太过突出,我们原本的目的——与凶犯同名同姓的人群之痛问题会沦为陪衬。"

原本的目的应该是创造出免于被认成凶手的大环境,同时让大众了解同名同姓者的痛苦。

最重要的是,身为亲眼见过被害人父亲的人,正纪不想拖这位被痛苦与愤怒所困的父亲下水。如果请他帮忙,他想必是乐于作证的,但这么做有违道义。

正纪咬紧下唇,低下头。室内陷入阴郁的沉默。

记者摸着胡子,开口道:"那位真踢足球的大山正纪——有谁有他的消息吗?"

正纪抬起头:"怎么这么问?"

"论到底,凶手有什么必要特地来参加聚会呢……而且我也很好奇,他为什么会冒充踢足球的那位。是有什么深意,还是一时兴起?如果能问问他冒充的人,说不定能问出些线索。"

凶手冒充曾驰骋绿茵场的大山正纪的原因……

仔细一想,这一着是步险棋。"大山正纪"同名同姓受害者协会里汇集了形形色色的大山正纪。凶手就算自称是待过足球社的大山正纪,只要本人来了,这个谎立时就会被揭穿。

不对，等一等。

他是在所有人都自报家门——确信在高中足球界有所作为的大山正纪不在场后——才谈起了自己踢足球的事。"大山正纪"是最后一个做自我介绍的。这是为什么？

——自我介绍就从你开始，再往右一个个来吧。

是因为开始自我介绍时，"大山正纪"这么提议了。

他设计过了，把自己的自我介绍留到最后。

他或许是想要些时间，来捏造履历。那些言行是有意为之，看起来相当巧妙。但他一时半会儿编不出花样，便决定冒充不在场的大山正纪——如果这是急中生智，说明他以前就知道有这么个曾驰骋绿茵场的大山正纪。

正纪用手机上网搜索。

输入的词条是"大山正纪　足球　高中"。

然而前列显示的依然尽是爱美被害案的相关报道、博客和帖子。

看来是不行了。

正纪正要放弃，灵光一闪，在高级搜索栏中限定了日期。他选择了爱美被害案发生前的时间。如此一来，跳出了几条高中足球健儿大山正纪的报道。

他逐一查看，发现第三篇报道中登了大山正纪的照片。

照片里的人果然不是那个参加"大山正纪"同名同姓受害者协会的"大山正纪"。

他为什么没有早些查查长相？

懊悔之情涌上心头。但其他大山正纪的消息都被凶手"大山正纪"的名字冲走，要找也不容易，更何况当时他也不认为有必要查这么细。

记者凑近看看屏幕，点点头："既然知道他的高中了，那查的方法就多了。等找到他的住址，我们再一起上门拜访吧。"

"可是——"棕发的大山正纪像是想起了什么，"到底是谁把保育员的照片发到网上的？既然正主就在会里，这么做可操之过急了。"

正纪有些推测。

"应该是凶手'大山正纪'。"他回答，"他不希望我们曝光他的长相，所以想拿别人顶包。"

棕发的大山正纪忍不住叫了一声："啊，把其他大山正纪当作正主挂出去，他就可以高枕无忧了。但是弄到最后，那个人都不是大山正纪。"

一直有内鬼坏事。

"该死。"眯缝眼的大山正纪用力挠头，"我们都被算计了。"

这时电话铃声响起。

正纪掏出手机，是个陌生的电话号码。

霎时间，全身都紧张起来。

搞不好是凶手"大山正纪"。

正纪向其他大山正纪使了个眼色后，用带着紧张的手指按下通话键："你好，我是大山……"

他接通后，过了一阵子传来的是女性的声音。

"是受害者协会的大山正纪吗？"

那声音满含怒气，正纪一时间没想起她的身份，但很快又反应过来，是前几天那位女大山正纪。

"啊，是的，我是。"正纪一面回答，一面看看其他人，无声地摇摇头。失望的情绪蔓延开来。

"我想问你一件事——"声音明显充满敌意。是出了什么问题吗？

"请说……"正纪战战兢兢地说。

"就是我男朋友的事，你们干什么了？"

"啊？我不太明白你的意思……"

她踟躇一下，用一种平静而愤怒的声音答道："我男朋友说幼儿园有个小女孩样子不太对劲，忽然亲了他。他问小女孩怎么了，小女孩说有陌生人告诉她，喜欢老师就该亲亲老师。"

正纪完全不明所以："等、等一等，我根本听不懂——"

"是有人教唆了吧？考虑到时间点，我可想不出其他嫌疑人了。"

虽然还没有搞清楚状况，但这件事不是可以随口敷衍过去的。

"我确认一下，再给你打过去，可以请你等一等吗？"

她不情不愿地叹息一声，说了声"行"，就挂断了电话。

正纪缓过一口气后，环视其他大山正纪，告诉他们电话的内容。

人人都大惑不解，唯有一人——眯缝眼的大山正纪不自在地移开了视线。

"你做了什么吗？"正纪毫不犹豫地追问。他有种感觉，只要问得含糊些，就会被蒙混过去。

眯缝眼的大山正纪烦躁地望着天花板哼哼，但很快投降似的叹息一声："就是这个，看吧。"

正纪探头看屏幕，上面映着张女童亲吻男保育员脸颊的照片："这是……"

"我偷拍的。"

棕发的大山正纪眉头微皱："这样子不大健康吧？虽说是小女孩主动的，但亲一个陌生男性——"

眯缝眼的大山正纪嘟囔："……是我教唆的。"

有几个人惊疑地看向他。

"是我让她这么干的。我以为凶手'大山正纪'当保育员了，就哄小女孩去亲他了。"

"你这是什么意思？"

"拍到他跟小女孩有性接触的话，就能一锤定音了吧。他滚回去蹲号子，我们肯定就解脱了。"

——你那么喜欢老师的话，会亲亲他的吧？

眯缝眼的大山正纪说，他趁保育员带人上厕所时，偷偷对在公园里玩耍的女童说了这句话。

棕发的大山正纪不悦地责备他："怎么能让小孩子干这种事……丧心病狂！"

"不就亲一下吗？别啰唆个没完了。"

"竟然说不就亲一下……曝光凶手的长相，我们就大功告成了，根本没有必要这么做吧？"

"光曝光能有多大用？就算他的长相传开了，也只是在狭小的网络世界里而已。难道你每次被误认成凶手，都要拿出网上的照片，解释说'看，凶手是长这样的。明白了吧？这不是我'？这反而会招人怀疑，觉得你准备太周全。"

"这……"棕发的大山正纪欲言又止。

"要是凶手又被抓了，我们就省事了。你明白我的意思吧？他不在外面的世界，我们就不用担心招人怀疑了。"

"就算你说得对吧，可——"

"小毛孩亲亲脸而已，有多大问题？小时候吻一下喜欢的老师的脸，能留下心理阴影？长大了就不记得了。"

正纪心里有块疙瘩。

为了解救自己的人生，去利用毫无关系的女童——这种做法毫无道理。

细究起来，即便公开女童亲脸的照片，网上对凶手"大山正纪"群情激愤，以至于他被捕，恐怕罪也大不了。成年人都没有主动出手，该治他什么罪？估计约谈就了事了，只能获得片刻的安宁而已，凶手"大山正纪"很快就会重回外面的世界。

想到这里，正纪意识到一个可怕的可能性，膝盖禁不住打起哆嗦来。

正纪注视着眯缝眼的大山正纪。他紧张得口渴，咽下一口唾沫。

他本不愿去想这种可能性。

但既然想到了，便已无法否定。他下定决心，开口道："你的目的是诱导凶手'大山正纪'出手。"

眯缝眼的大山正纪瞪大双眼。

"你是想让女童亲吻凶手'大山正纪'，借此激起他的欲望。"

他哑然呆立当场。无言以对就是最硬的铁证了。

正纪大力捏紧拳头，拼命克制住挥拳的冲动。

"你的所作所为和凶手'大山正纪'一样，都是在拿无辜的小女孩当牺牲品。"

如果受诱惑的凶手"大山正纪"对女童抱有的并非性欲，而是猎奇性的冲动的话，就会制造出第二个爱美。成年的"大山正纪"再虐杀女童，恐怕没那么容易回到社会。他会判上二十年或者三十年，甚至无期徒刑。根据陪审员对他的印象，判死刑也不是没有可能。照片想必也会公开。

换言之，同名同姓的大山正纪们会彻底解脱，但凭借的是凶手"大山正纪"的第二起猎奇杀人案。

此人忽然反对曝光保育员，是想为第二起案件争取时间。如果曝光后闹大，致使保育员销声匿迹，他就白费工夫了。

眯缝眼的大山正纪受众人谴责，却毫不畏缩，反而怒目相对："结果什么事也没出，这不就得了。"

"这不是看结果就能翻篇的事。"正纪斩钉截铁地说，"你的做法过火了。"

"少讲大道理。大道理能改变世界吗？现在网上有多少人在思考同名同姓的痛苦？"

告发"猎捕大山正纪"时，同名同姓人士遇袭之事受到关注。但报道中诉说的同名同姓的痛苦只引起了一时的热议，很快就归于无声。到底是事不关己。

说心里话，正纪很想对那些不理解自己困境或是漠不关心的人大放厥词："不跟我们一起发声的人就是加害者的帮凶！"但他若是放出这种言论，那么他们也没有为这世上成百上千的其他社会问题发声的事，也要一并受到责难。人不可能对所有社会问题都一视同仁地发声。

那该怎么办才好？怎么做才能让大众理解他们的困境？

"大家都抛在脑后了吧。想装好人的人只会在推特上表示一下共鸣和同情，然后就完了，不会有任何行动。要对抗偏见和歧视，有时也得用些暴力手段。"

正纪感到了一种傲慢与自私——为了达成目的，不惜牺牲他人。

"这样不行。"

"怎么不行？我可是在和现实战斗。没有战斗意志的人少说风凉话。"

"……我也是当事人。"

"你个三流和平主义者，太天真了。你觉得喝喝酒、谈谈心，就能消弭战争、天下太平了是吧？要改变世界，就免不了牺牲。在发声的战士面前，你只会碍手碍脚。"

"战斗就是牺牲小女孩？"

正纪无法认同他的做法。

他已经见过被害人父亲的悲痛，不想再制造出第二个悲剧人物。牺牲的是活生生的人，不是单纯的名字、记号或者数字。

"管它什么时候，问题都出在犯案的罪犯身上吧？要是因为被女性亲密接触了，就兴奋到去强奸，那是谁的罪？反正不是被害女性。"

"这是两码——"

"那你说清楚点，怎么个两码事法？要是说亲密接触的女性或者唆使女性去亲密接触的朋友有错，你会挨批评的。这是推卸责任，是二次强奸。"

"你纯属诡辩。"

"我不是让你反驳我了吗？可不是你说是诡辩，就什么都是诡辩的。"

正纪被其气势压倒，求救地左右张望。确信所有人都对眯缝眼的大山正纪抱有厌恶情绪后，他缓了一口气，心情平复下来。

"我反对这种做法，请你不要再参加聚会了。"

"哈？你竟然要赶我这个受害者出去？"

"你已经是加害者了。"

眯缝眼的大山正纪用恨不能射死人的眼光狠狠瞪着正纪。两人对峙了一阵子。

或许是顶不住周围攻击他的尖锐视线，眯缝眼的大山正纪扔下一句"你可别后悔说大道理"，走出房间。

想到要告诉女大山正纪真相，正纪烦忧起来。

33

像刷子刷出来的云被晚霞染成橙色，远处传来鸟鸣声。

大山正纪缓缓吐出一口气，按下204室的门铃。他希望对方在家。

记者查出了曾驰骋绿茵场的大山正纪的住址，说他是公寓独居。

但正纪按了第二次，又等了两分钟，依然没有反应。寒风大作，枯叶飞过院子的沙地，只听得见沙沙的声音。

棕发的大山正纪问："怎么办？"

"……等等再说吧。"正纪回答后，左右张望有没有可以打发时间的地方。一排新建出售的住宅中有三栋并排的公寓，另外还有房产中介、针灸院、牙科医院，没有咖啡店或者家庭餐厅一类的店。

或许得走上一小段。

"来的时候，我看见咖啡馆了。"蒜头鼻的大山正纪说。

"那我们过去吧。"

众人正要迈步，马路对面出现了一个青年的身影，朝这边走来。他背对夕阳，左手拎了只旅行袋，右手扛着用球兜包住的足球。

他该不会就是……

他们等了一会儿，青年走进公寓。他爬上铁楼梯，看到聚在204室门口的大山正纪一行人，停下脚步，皱起眉头，脸上露出困惑之色。

"请问……"青年用警惕的声音问他们,但没有说完。

"……您是大山正纪?"正纪先发问。青年的脸上看得出高中时期的报道里登的照片的影子。

青年毫不掩饰自己的戒备心,来回打量五人:"是的……你们是?"

正纪看了一眼并列站在走廊里的伙伴,重新转向曾驰骋绿茵场的大山正纪:"实不相瞒,我们也是大山正纪。"

曾驰骋绿茵场的大山正纪眉头皱得更紧,怀疑地眯起眼睛:"你们全都是大山——正纪?"

"是的。"

"什么意思?"曾驰骋绿茵场的大山正纪问。

正纪深呼吸两下:"我们是'大山正纪'同名同姓受害者协会的成员。"

曾驰骋绿茵场的大山正纪不解地歪过头,看来他听都没有听过。

"您不知道?"

"不好意思,完全不知道。'同名同姓受害者协会'是?"

"这里不方便聊,我们可以下去吗?"

走廊上只能勉强容下两人擦肩而过,现在所有人都排成一排,不是个说话的好地方。

曾驰骋绿茵场的大山正纪点点头,走下铁楼梯,将旅行袋放到院子里。

正纪来到他面前,记者和其他大山正纪也并排跟上。

"请说吧。"曾驰骋绿茵场的大山正纪催促道。

"我来从头说明一下。"正纪做起介绍。创建"大山正纪"同名同姓受害者协会的原因、召集来的成员、记者提议后确定的目的……

曾驰骋绿茵场的大山正纪从球兜中取出足球,用右脚的鞋底抵住球，一面前后轻轻转动，一面听他解释。

"你们是想把凶手的长相发到网上吗？"他看着自己的脚下，双目微垂，看不出是什么表情。

"是的。"正纪点点头，"只要凶手的长相见光，我们的人生就有救了。"

"有救了……"

"对。'大山正纪'犯案之后，我们的人生就开始脱轨了。你也一样吧？"

曾驰骋绿茵场的大山正纪抬起头，用脚尖挑起球，再用膝盖一颠，双手接住。

"我——"他吐出一个字，又咽回去。他长出一口气，将球扔到沙地上，一只脚踩上去，凝视起球来。一阵沉默。

"你的人生应该受到影响了。"正纪说，"我看过你的报道。你在球场上上演帽子戏法，赢了比赛，接受了采访，但是名字被凶手'大山正纪'冲走了……"

曾驰骋绿茵场的大山正纪用脚尖轻轻颠球。

"你也很痛苦吧？"

正纪追问后，他将球高高抛起，用肩头颠了起来。动作潇洒自如，仿佛球是身体的一部分。他背后夕阳映照，宛如一幅画。

"影响——自然是有的。"曾驰骋绿茵场的大山正纪停止颠球，用鞋底踩住球，"我没上成足球专业的名牌大学。"

正纪无言地点点头。

他想，果然如此。只要叫大山正纪，人生应该都受了某种负面影响，尤其是站在升学或求职这种重大十字路口的人。

蒜头鼻的大山正纪上前："你要是恨凶手，不如来和我们一起找回人生吧。"

"大山正纪都是伙伴。"中等身材的大山正纪说,"我们要公开凶手的长相。"

棕发的大山正纪神情坚定地点头。

曾驰骋绿茵场的大山正纪轮流打量每个人的面庞,眼神真挚:"这样——真的能解脱吗?"

"当然了!"蒜头鼻的大山正纪斩钉截铁地说,"所以我们才在战斗!"

"……曝光凶手,真的会有什么改变吗?"

"会的。这样,我们的人生会变得更——"

"更好?"

"对!"

"……但是,这样不会加强大众对同名同姓者的印象吗?"

"我不明白你的意思。"

"同名同姓者登上舆论的舞台诉苦,受到关注的话,大众会记住大山正纪这个名字。我担心最后名字会引来好奇的视线,效果适得其反。"

"应该——不会的。我们不发声,现状就不会有丝毫改变。"

"说得太对了。"记者说,"这世上的歧视和偏见可不都是摆在台面上的。如果一件事的危害一望可知,那人人都会关注,会有名流奔走呼吁,争取声援。真正根深蒂固的是存在于幽暗角落里的歧视与偏见。"

曾是足球健儿的大山正纪眉头皱得更紧,嘴唇抿成一条线,陷入了沉默。

"就连反歧视的人也少不了不自觉的偏见。我想聚焦的是这个部分。"

曾是足球健儿的大山正纪看向记者:"你这么说——真是为我们

着想吗？只怕是想拿我们当枪使，好制造新的社会问题吧？"

记者微微皱起眉头。

"就算我们发声提出问题，消除掉明面上的歧视和偏见，也算不上解决了问题吧？"

"……解决自然是算不上，但意义还是很重大的。"

"做法不对，会招人反感。到处招怨可不会拯救所有人。人心和感情是强迫不来的。如果越来越多的人面子上装得通情达理，心底里却存有偏见和歧视，抗议和提出问题的行动就都失败了吧？"

"这么说，你觉得大家就该忍着？"

"我不是这个意思。我只是认为，就算用同辈压力这种'私刑'堵住别人的嘴，也只会加剧对立，导致问题变得更严重。如果很多人只是迫于社会舆论的压力，嘴上不说，心里的偏见和歧视却越来越厉害的话——"

"你到底想说些什么？"

"我们会得疑心病的，会猜疑自己身边发生的所有事。"

"疑心病？"

"对。我大学体育推荐入学的事泡汤的时候，就觉得是因为'大山正纪'犯了事，队伍不欢迎顶着猎奇杀人犯恶名的队员。实情如何我不知道，毕竟我不是教练肚子里的蛔虫。就因为这样，我对他是又疑又恨，怨他不讲道理。"

和自己一样。

正纪想起自己求职连续被拒的事。要跳槽时也是，有家公司表示会录用自己，却又以新冠肺炎疫情为由毁了约。当时正值"大山正纪"出了少年监狱，社会上开始议论纷纷，所以他坚信都是因为名字。

曾是足球健儿的大山正纪说了下去："顶替我靠足球推荐上了大

学的是竞争对手学校的王牌球员。他在天皇杯上力抗甲级联赛球队，拿到职业资格，很快又进了首发，是个能力很强的人。"

"但是——"正纪插嘴道，"这也不能证明你落选不是因为名字吧？"

"是啊，你说得对。可一味怨恨名字，总拿自己当受害者，就免不了看什么都往坏处想。这才是偏见吧？比如表白被拒绝了，不管对方怎么解释，都怀疑是因为名字。要是被朋友冷落了，就算朋友说是太忙了，还是怀疑是因为名字。试镜没选上呢，也不觉得是自己能力不够，一样怀疑是因为名字。升不了职，评价不如别人好，这不就是什么事都赖名字吗？"

他道出的话语直击人心。

自己难以否认。

"一遇到不如意的事，就怪别人。'就是因为我的名字吧''你对我有偏见吧''你歧视我吧'。会有人愿意和这种人来往吗？等对方疲于应付，疏远之后，再告诉自己'他果然因为名字歧视我了'，去恨对方。就这么循环个没完。"

他听起来像在讲大道理，但声音中充满真情实感。他自己在这七年里想必也吃了不少苦。

"正常的朋友和熟人离开自己后，剩下的——"他环视大山正纪一行人，艰难地继续说，"就都是火气大的人了。一直待在愤怒的小圈子里，怒火会越烧越旺，想找个发泄对象。每次失去目标，都会再找下一个。"

正纪觉得他在彻底否定"大山正纪"同名同姓受害者协会，一阵抵触情绪涌上心头，却又意识到这正是他现在点出的问题。

"愤怒的人身边只能吸引到愤怒的人。推特不就是吗？我们就是让愤怒的大众给逼上绝路的吧？"

记者露出不满的表情："……你的意思是，我们陷入回声室效应了？"

回声室效应。

正纪听说过。这种效应是指社交网络上观点相同的人聚在一起，彼此肯定后，会认为这一观点天经地义、不容置疑，不再接受不同意见。充斥着偏见、只能看到偏见的封闭型社区必然会发展出攻击性。

"我不太懂这些专业术语，但这是我的真实感受。我经历了很多事后，有了这种想法。"

正纪想否定他，却无从否定起。

"大山正纪"同名同姓受害者协会正是如此。他们赶走反对派，只留肯定派，为自己的目标与行为找正当理由，一路狂飙。

结果不就导致有人铤而走险了吗？

眯缝眼的大山正纪企图献祭无辜女童。

"可、可是！"正纪握紧拳头，"那我们该怎么办才好？"

曾驰骋绿茵场的大山正纪摇摇头："我不知道。"

"你不知道……你就不恨凶手吗？"

这么一问，他的眼中闪过一道阴影："……要说不平稳的情绪，那自然是有的。我会想，要是他没犯杀人案……可就算放不下受害者意识，在愤怒与仇恨中度日，人生也不会重回正轨。"

"可是——"

"我不知道向社会曝光凶手的真身，能不能让人生重回正轨。发生这样的案子，凶手也叫大山正纪，我的名字被猎奇杀人犯给霸占了。之后足球推荐的事泡了汤，我梦想破灭，陷入绝望……"

对于这种被凶手"大山正纪"夺走名字、毁掉人生的痛苦，大家都感同身受。

"但是说到底，他并没有走进我们的人生。"

正纪登时大受震动。

曾驰骋绿茵场的大山正纪缓缓吐出一口气,说:"我——我们是大山正纪的事实无法改变,凶手是大山正纪的事实也无法改变。"

他的话语在心头不住打转。

"这世上有很多必须解救的受害者。但我认为,也有些人被当作'受害者'之后就止步不前,永远消极地困在痛苦里了。不是人人都想一直坐在'受害者'的位子上的。"

他没有再用鞋底踩球。寒风吹过,球微微滚动。

"所以我不会参加这个会。"曾驰骋绿茵场的大山正纪毅然说完这一句后,挠挠后脑勺,"不过别看我说得挺有气势,我也烦恼了挺久的。我恨过很多事物,觉得世事荒谬,想找人或者东西发泄。现在还时不时烦恼呢。可是我不想再困在这种负面连锁效应里了,我在拼了命地积极生活。"

他的心情表达得再恳切不过。

但可能的话,正纪还是希望他能帮忙。有没有什么话能稍微打动他?比如说……

正纪猛地想起一件事,说:"凶手冒充了你。"

曾驰骋绿茵场的大山正纪面露困惑:"什么?"

"凶手顶着你的经历,混进了我们的会里。"

"我的经历?"

"对。我们是在他消失后才发现他的真实身份的。他直接抢了你的名字。"

曾驰骋绿茵场的大山正纪露出不快的神色。

"所以我们才来找你。我们想着跟你谈一谈,可能会知道些线索。"

"……我跟凶手一点儿关系也没有,你跟我说也没什么用。"

正纪想了想，在笔记本上写下邮箱地址，撕下一页，递给他。

"……这是什么？"曾驰骋绿茵场的大山正纪没有接，视线落在邮箱地址上。

"凶手的联系方式。"

"你怎么会有这个？"

"我是这个会的主办人，为了联系大家，和每个成员都交换了邮箱。这好像是个临时邮箱，我发邮件过去也没有反应。但我觉得你发说不定会有反应。"

曾驰骋绿茵场的大山正纪苦笑："我们没有任何关系，我可不觉得他会有反应。"

"就算是死马当活马医也好——"

"我不想蹚这浑水。"

"我们跟他的联系只剩这个邮箱了。请你一定要帮帮忙。"正纪硬是把便条塞给他。

34

大山正纪把足球放在玄关，自己走进房间。他从旅行袋中抽出脏兮兮的球衣，塞进洗衣机。

洗衣服时，他思考起"大山正纪"同名同姓受害者协会的事来。听他们的意思，协会的成员正在行动，目标是向社会公布凶手的真身。

洗衣机还在转动，他去了房间，盯着收下的便条看。

凶手"大山正纪"冒充他。

为什么是他呢？

说不好奇是假的。

但他还有个更大的疑问。

凶手"大山正纪"为什么会参加"大山正纪"同名同姓受害者协会？动机成谜。他不是同名同姓的受害者，而是加害者。

正纪掏出手机，打开新建邮件界面。他看着便条上的邮箱，逐个输入文字。

其后他表明自己的身份，说知道他在"大山正纪"同名同姓受害者协会里冒充自己的事。他本准备直接发送，但转念一想，又写下了现在的想法。

正纪点下"发送"。

一种耗尽心力般的疲劳感，他黯然叹息一声。

应该不会有回音的。

——我都在干些什么？

正纪苦笑，回到洗衣机边。已经洗完了。他拿起球衣，只见污渍已经洗掉，衣服纯白无瑕。

这时，房间里的手机响起铃声。

难道……

正纪冲回房间，拿起手机。是凶手"大山正纪"的回信。

他边看邮件边盘算。

该通知那个人凶手"大山正纪"回信了吗？

他知道"大山正纪"同名同姓受害者协会主办人的联系方式。经不住主办人的再三恳求，他们在临别前交换了电话号码。

一番深思熟虑后，他没有给主办聚会的大山正纪打电话，而是给凶手"大山正纪"发了封邮件："我们见面聊聊吧。"

35

大山正纪走过绒毯已变成红黑色的走廊。木门大开，墙纸宛如剥落的皮肤。

每走一步，绒毯上散落的玻璃碎片便在鞋底裂开。走廊一角的地上有只红色的枕头。

他要做个了断。这是为了找回自己的人生，为自己的人生讨回公道。

大山正纪边走边往客房里看。房间的窗上没有玻璃，任凭雨打，沙发和床上发了霉，周围一地垃圾，天花板一副快要脱落的模样。

三盏黄铜的枝形吊灯链条从天花板掉落，勉强坠在电线下。

这间被人遗弃、飘着霉味的房间就像自己的人生。

受大山正纪的祸害，高中生活糟到无以复加。名字不过是代表个人的文字而已，他却被名字牵着走，迷失了自我。

大山正纪再次在走廊上迈开脚步，玻璃窗的裂口处吹进一股冷风。

走到楼梯处，一级级向上。他陷入一种错觉，仿佛他攀登的是通往死刑的楼梯。

被执行死刑的会是谁？

要走到十四层楼的最顶层，需要相当的体力和时间。

大山正纪气喘吁吁地推开走廊尽头的铁门。霎时间，强风压遍全身。

血色残阳将周围染得火红，他走进天台。石板大部分都开裂了，缝隙间长着杂草。

大山正纪走到护栏边，周围景致尽收眼底。

杂草丛生的广漠荒野向着四面八方延展。这家酒店的选址想必视野本来就不错。

——是个适合了结一切的好地方。

心跳声微微加快。

改变自己的人生，将自己推落深渊的大山正纪。

如果见到此人，他有无尽的情绪要宣泄。即使心灵已被扼杀，感情仍在。

如果这世上再没有其他大山正纪该多好。这样他就不必与别人比较，也不必被别人比较，可以一直做他独一无二的大山正纪了。

哪怕是一报出来就会引来哄堂大笑的非主流名字，也比人生被同名同姓的人掌控强。就因为同一个世界上还有其他大山正纪，他的人生不再属于他自己。

他感觉只此一次的人生被别人霸占了。

现在也还来得及，他要夺回自己的人生。

他盯着手表等了一阵子后，天台出入口的铁门嘎吱一声缓缓打开。

来的是大山正纪。

大山正纪与大山正纪面对面。在利刃般刺骨的寒风撕裂下，感觉渐渐敏锐起来。

他已经受够苦，受够折磨了。都是因为大山正纪。

所以他要复仇。

"坦白说，我没想到你会答应出来。"

对方耸耸肩。

"……因为你，我吃了多少苦头。因为跟你同名，我的人生倒了大霉。"

大山正纪将多年的苦水全倒出来。不向元凶大山正纪宣泄，他就咽不下这口气。

"只要你还活着，我就得受一辈子罪。"

对方嗤笑："别把自己人生的问题怪到别人身上。就算你推卸责任，也改变不了什么。"

"是你毁了我的人生！"

"你过不好人生，是你自己的问题吧？要怪你不够努力。我可是很努力的。"

"努什么力！你不就会践踏别人的人生吗？罪魁祸首都是你。"

对方眯起眼："你还真是什么都不懂。难道你以为就你一个受害者？我也受了不少罪的。"

"那不是因为你杀人了吗？"

"不。你不知道我每天在学校里都是什么心情。你根本就不了解我。"

"我了解就怪了！你虐杀六岁的小女孩时，就已经十恶不赦了！"

"……所以呢？你特地叫我出来，就为了泄愤？"

大山正纪缓缓吐出一口气。紧张感挥之不去，带着些许铁锈的气味。

"我弄好不在场证明了。"

对方的眼睛险些瞪出眼眶，看得出喉结微微蠕动了一下。紧张感传染了。

大山正纪将现在的情况和他一直以来的感受全都倾吐出来，同时上前一步。

255

对方像被震慑住，随之后退。

"只要你还活着，我就无法夺回我的人生。"

再进一步。

"我要夺回我的人生。"

这次对方一步也没有退，距离拉近了。

郁积数年的厌恶化为杀意，胃里一阵发热，心脏怦怦狂跳，像有人乱擂鼓一样。

一步、两步……

从大山正纪答应见面时，他就下定了决心。虽说时间流逝，但直到眼下这一刻为止，他的杀意也没有淡去。

"只要没有你——"大山正纪猛地扭住大山正纪。对方个子更高，力气也更大。但他打算用心头烧灼的怒火和气势压制住对方。他揪起对方的前襟，一口气往后推去。

两人一起撞到生锈的铁护栏上，发出嘎吱嘎吱的响动。

"你、你这个浑蛋！"

大山正纪们激烈地扭打在一起。

——我不会输。我才不会输。

"浑蛋——"

肚子吃了膝盖一击。腰弯下，脚后跟也离了地。但他没有松手。他十分清楚，一旦被对方拉开距离，自己就没有胜算了。

可恶……

还我的人生来！

赔我！

赔我啊！

大山正纪拼了命。他发出响彻天台的叫声，不停地往后推。

大山正纪撞到铁栅栏上，被迫拱起后背。

继续，继续。

大山正纪的手抬起下巴。视野中大片大片的云，像被鲜血染红了。

胸膛上受到冲击。是拳头的触感。一拳、两拳、三拳……

胸腔忍不住隐隐作痛，他后退一步。大山正纪见缝插针，和他换了个位置。这次轮到他背对护栏了。

大地上吹起的寒风从脖颈抚过后脑勺。这种感觉叫他战栗不已。十四层楼下等候的死亡带着真实感扑来。

大山正纪在背后握紧护栏，大声吼叫。肾上腺素游遍全身。

——要是被杀，就是一辈子的输家了。

大山正纪用指甲抓大山正纪的脸，下狠力去挠。

对手呻吟一声，怕了。

大山正纪疯狂地挥动拳脚，以求脱困。两人又换了个位置，身体却依然抵在护栏上。

就在这时。

"啊——"大山正纪的身体狠狠一歪，从十四楼掉到了地面上。

36

　　昏暗的卧室里,大山正纪在床边坐下。心潮不住翻涌,他自己也压不住。他心里不断打鼓,太阳穴突突地跳,声音十分刺耳。

　　他长出一口气,努力平复心情。

　　正纪拿起扔在床上的遥控器,打开电视。一片昏暗中浮现出青白色的画面,播的是男女偶像一起做菜的综艺节目。

　　他一个频道一个频道地换过去。

　　他在新闻节目上停下。是首都高速上的连续追尾事故,据报道有十二人死伤。他毫无兴趣,却继续看了下去。连续追尾事故的新闻结束后,开始报道初中女生的自杀案。照节目的说法,是同学在社交网络上说她坏话,致使她上吊自杀。女评论员神情严肃地说:"话语有时比肉体暴力更能伤人。"

　　又是霸凌。

　　要扼杀一个人的心,话语就足够了。但心死是复仇的正当理由吗?

　　新闻节目转而播报关东地区的地震,最后是医学界发展的专题节目。

　　没有新闻报道大山正纪坠楼而死。

　　正纪换台找其他新闻,但都没有报道他关注的案件。

他关了电视。屏幕的光顿时熄灭，室内陷入一片漆黑。

过了一会儿，他的眼睛才适应了黑暗。

自首……

正纪闭上双眼，从肺里挤出一口气。

如果那件事曝光了，会怎么样？

他在想，他忍不住不去想。

正纪仰面倒在床上，在黑暗中凝视着天花板。

愁闷的情绪在脑中打转。同名同姓这件事就这么折磨人吗？其他同名同姓人士的罪孽流转，让人生不断偏航。

他沉浸在思考的海洋中，大脑疲惫了，睡魔袭来。就在他眼皮耷拉下来陷入迷糊时，一阵蜜蜂振翅般的震动声传入耳中。

意识清醒了，正纪坐起来。圆桌上黄绿色的光正一闪一闪地摇动。

他伸出手，拿起手机。上面显示着"大山正纪"的名字。

犹豫一番后，他接起电话："喂……"

"啊，你好。"

"有什么事？"

"不好意思，我打个电话问问情况。"

由于心中有愧，正纪心中忐忑，仿佛一切都暴露了："没有发生任何你希望看到的事。"

"这样啊……"声音沮丧得像要沉到地底。

"你还好吗？"

"……嗯，没事。"

"听起来实在不像。"

对方带着自嘲意味的苦笑说："我后悔了。"

"后悔？为什么？"

"我要是早点发现他的真实身份，就能当场抓住他，不会让他给跑了。"

"抓了他,你打算干什么?"

"要是早抓住他,我就给他拍视频。我要让他坦白罪行,再公布视频。这样比曝光他的偷拍照更有冲击力,应该能轰动一时。公众要是知道了我们受害者协会的存在,也会关注同名同姓的痛苦。这样就不会有人再像我们一样受罪了。"

公布视频……

要救这些大山正纪,还有其他办法。

既然他想救大山正纪们……

"怎么了?"

正纪斟酌起哪些要隐瞒,哪些能说。

他横下心,开口道:"坦白说,我跟凶手'大山正纪'……联系上了。"

"真的吗?"

"我发了封邮件过去,他回复我了,还指定了见面地点……我去见过他了。"

"什么?"

"我去见过他本人了。"

倒吸一口凉气的声音。

"……不是吧,你为什么要一个人去见他?"听口气,是在责备他。

"我想单独跟他聊聊。"

"你真会自作主张……这关系到我们的人生。为了公布他的真身,过回平静的生活,我们要——"

"有些事只有私下才能问到,比如说媒体也从来没报道过的犯罪动机。"

"动机……问这个有什么意义？他不就是个对小女孩发情的猎奇变态吗？"

"不是的。"

"那是为什么？"

凶手"大山正纪"亲口告诉自己的话涌上脑海。

凶手说，一切起源于他上高中一年级时受到的霸凌。

"大山正纪"因为在教室里画画，被几个男男女女组成的小团体盯上，受尽了他们的诋毁与辱骂。

"这是什么？好恶心的画！"

"哇，还是裸体。"

"什么？他画裸女？"

"低级！"

"这是变态啊。在教室里画这种东西，不就是性骚扰？性骚扰，性骚扰！"

"这就是所谓的萌？太恶心了，赶紧滚吧。"

自尊心遭到践踏，人格也被全盘否定，心一天天死去。

他说同学都视若无睹。要上学时，他胃痛欲裂，心怦怦狂跳，像要被压碎一样。污言秽语在脑海中不住打转。只要被兜头痛骂过一次，那些话就会化为刻在心头的伤口，永不愈合。

正纪说出了凶手"大山正纪"告诉他的事。

"都这个年代了，喜欢动漫也不至于——"

"看看网络，就知道了吧。现在这个年代，人人都想拿自己的好恶和社会正义画等号，群起制裁别人。"

"也是……我们也领教过网络的恶意，光看就感觉自己的灵魂也被污染了……"

"大家总要批判点人啊事的，还一个比一个嘴臭，像要比拼谁的

261

心灵更丑陋。凶手'大山正纪'受的霸凌是从网络延伸到了现实。"

"又或者说，是网上的霸凌被带到了现实里……"

"没错。但是事情好像没有这么简单……"正纪用力握紧手机，"照凶手'大山正纪'的说法，他也跟我们一样。"

"一样？"

"在教室里老老实实画画的'大山正纪'为什么会沦为霸凌的靶子……"正纪顿了顿才说，"是因为他也跟一个罪犯同名同姓。"

电话里传来傻乎乎的声音："哈？你说什么？受同名同姓杀人犯折磨的是我们。"

"说白了，就是同名同姓的连锁效应。"

"我完全不知道你在说什么。"

"其实，当时好像有个大山正纪因为猥亵女童，被逮捕了。"

电话的对面沉默了一瞬，随即叫道："哦！我看到过那条新闻！被抓的是个小学老师对吧？二十岁出头的。"

"你记得真清楚。"

"爱美被害案的凶手名字曝光之前，我跟打工的女同事聊到同名同姓的事，就搜了搜自己的名字。结果有很多大山正纪，也包括那个性犯罪的大山正纪。"

"太糟心了。"

"那个案子没怎么报道，而且混在很多性犯罪案件里，好像没引发什么关注。当时我还有点优越感，觉得'我比这个大山正纪强'。"

正纪不太明白这种感觉。在发生爱美被害案前，他从未想过同名同姓的问题，反而觉得自己——自己的名字是独一无二的。

不过，如果有个大山正纪比自己更活跃、更有名……

正纪稍作想象，又觉得可以理解了。他看过一篇报道，介绍的是一位非足球项目的新职业运动员，和全球闻名的足球球星同名同姓。此君大倒苦水，说他上高中时为配不上名字而自责，不愿因名字受到关注。但随着自己的努力他建立起自信，接受了那个名字，现在变得很积极，认为这样能让别人一下子就记住自己。

正纪继续说凶手"大山正纪"："当小学老师的那个大山正纪犯猥亵案的事就发生在'大山正纪'的家乡附近，所以在他的高中里也传得沸沸扬扬，他被人当成犯罪后备军，受到了霸凌。"

"就因为名字……"

只要叫大山正纪，人人都想象得到这种痛苦。

"霸凌一天严重过一天。'大山正纪'说他越来越恨主导霸凌的女生，为了找回被剥夺的自尊，还试过反击。他拿上了美工刀。"

"美工刀……"

"他好像是想让那个女生体会到言语对自己造成的伤害。但真对上本人之后，他又畏缩了，什么也没做成……"

"那他为什么要向六岁的小女孩下手？"

"……因为那是霸凌他的女生的妹妹。"

电话对面的大山正纪哑然。他喉咙咕嘟一声，用发颤的声音说："不是他随便看上的？"

"我也一直以为他是随便看上的。"

——她和姐姐一起开开心心地散步，在儿童杂志上当读者模特，将来的梦想是开花店，这些根本就不重要吧？

爱美被害案发生后，媒体报道的尽是被害人的情报，朋友为之愤慨。当时听了这些消息，正纪以为小女孩是因为纯洁又可爱，才被变态给盯上的。

"但事实并非如此。他因为长期被霸凌，心里害怕，不敢反抗霸凌者本人，又钻了牛角尖，才犯了罪。他想让那个女生体会到他的感

263

受，就挑中了她的小妹妹。"

"这么一说，被害人家属是说过凶手和他大女儿上同一家高中。"

——错的是霸凌我的加害者吧？我不知道伤得多痛，还受了性侮辱……所以我别无选择。不动手，我只有死路一条。

凶手"大山正纪"用呕血般的语气宣泄，像在诅咒。

听他本人道出真相时，正纪大为震惊，说不出话来。

但就算被霸凌得厉害，也无法成为伤害无辜小女孩的正当理由。受了别人的伤害，不代表可以伤害别人。"受害者"不是批判、攻击与加害的免罪符。

社交网络上有很多人动辄以受到伤害为由，谩骂别人。看的时间久了，人会渐渐麻木……

但冤冤相报的复仇能带来些什么？

"……情况我都了解了。"对方叹息着说，"可是就算'大山正纪'有值得同情的地方，有被人伤害的一面，我们的人生还是因为他蒙上了阴影。这件事不能就这么算了。"

正纪深呼吸两下："我们的人生问题应该不用再担心了。"

"为什么？"

"……已经了结了。"

"了结……是什么意思？"

"……就是已经结束了。你关注一下新闻，很快就会明白的。"

趁对方尚未追问，正纪先挂断了电话。大山正纪很快又来了三四次电话。但他一直不接，对方像是放弃了，也不再打了。

——对，等废弃酒店的坠楼事件曝光，他也会明白刚刚那句话的意思的。

37

弥漫着刺鼻酒精味的病房中,阳光照亮浅绿色窗帘,大山正纪醒了。

他手伸到床头柜上,拿起小镜子。他身体继续仰躺在床上,将镜子举到脸前。镜中照出的是张眼角肿起、面颊上留着伤痕的脸,模样很不体面。

过了一会儿,一个新来的大约二十多岁的女护士走进病房,问同病房的大学生年纪的男病人:"感觉怎么样?"

"托你的福,好得不得了!"男病人的声音几乎变了调。他对漂亮女护士的心思一望可知。女护士虽然穿着白衣,也遮不住身体的曲线。

看到男病人的样子,她险些失笑,但设法忍住了,转而朝他露出苦笑:"请认真回答,不然我也不知道您好没好。"

"哎呀,我可认真了。最近身体一直特别好,我觉得都是你悉心照顾的功劳。"

正纪泛起冷笑,打量女护士的侧脸。

——年纪太大,看不出一丝魅力。

看了片刻后,女护士扭头问他:"大山先生,您感觉如何?"

"……我后脑勺一跳一跳地疼，很不舒服。"

"是想吐吗？"

"不是。"正纪配合地回答了女护士问的几个问题。

"我知道了。下午会再做一次检查，请您保持静卧。"

正纪点头答应，跟着仰望起天花板来。

手机收到邮件，是女护士离开病房三十分钟后的事。发件人是"大山正纪"同名同姓受害者协会的主办人大山正纪。邮件写道，有件事想电话里说。

正纪按着脖子起身，朝走廊另一头的休息区走去。那里可以通话。

一个电话打过去，主办聚会的大山正纪告诉了他现状。

主办人说，凶手"大山正纪"找出来了。他冒充曾驰骋绿茵场的大山正纪，混进了会里。没想到凶手就在内部。发现他的真实身份时，他已经销声匿迹，来不及做些什么了。

"你们还在找凶手'大山正纪'？"正纪问。

"那当然了。不过我想先观望两三天。有人告诉我，这事很快就会了结。"

"了结？"

"是接触过凶手'大山正纪'的大山说的。我也不明白他是什么意思，他不肯解释。"

"这样啊。"

"不过他好像从凶手本人那里问到了很多，还有新情报。凶手'大山正纪'因为高中时受到霸凌，就向加害者的妹妹下手了。"

霸凌……

"这就是犯罪动机？"

"是的。其实当时有个小学老师猥亵儿童被捕，又跟他同名同姓，所以同学霸凌他，说'你以后也会变成那样的罪犯吧'。"

握着手机的手捏紧了,紧张感传遍全身。

"原来……是这样啊。"

"是的。多少也算是个进展,所以我想跟你说一声。"

"谢谢你。"

"你也多保重。"

电话挂断后,正纪长出一口气,紧张感却未消退。

他倚在柱子上,回想"大山正纪"同名同姓受害者协会里的情况。

参加者都哀叹自己是受害者,互舔伤口。但也不是每个人都这样想。

有人为大山正纪的名字而痛苦,也有人像他一样,反而很感激大山正纪这个名字。

因为它帮他洗掉了罪孽。

《小学老师(二十三岁)猥亵女童被捕》

七年前被捕时,媒体报道了他的名字,网上也有登他照片的报道。

尽管是不起诉处理,他还是丢了工作,对人生绝望了。他也查过改名的手续,但看起来不是件易事。就在这时,爱美被害案发生,杂志曝光了凶手的名字。

结果如何呢?

现在就算上网搜索大山正纪的名字,也只会搜出爱美被害案的报道。

他利用以前的工作经验,当上家庭教师。有些学生的家长因为猎奇杀人犯的恶名抱有偏见,心怀忧虑,但他和爱美被害案的凶手年纪差了足足七岁,倒没有遭人误会。

此后，他得知了"大山正纪"同名同姓受害者协会这个组织。看它顶着自己的名字，他有些好奇，就参加了。会上他谎报了年龄，唯恐别人认出他就是那个猥亵女童被捕的前小学教师。他报大了五岁。

——我是自己做家庭教师的。我显小，但真实年龄是三十五岁。因为年纪的关系，很少有人把我和那个杀人的大山正纪搞混，免了我的担忧。

幸好没有人发现他的真实身份。但在一起混久了，难说身份什么时候就会败露。后来有人在背后用石头砸他，他住了院。他决定拿这件事当借口，和"大山正纪"同名同姓受害者协会保持距离。

正纪摸了摸遇袭倒地时脸栽到柏油路上留下的伤。

多亏了"大山正纪"的恶名，他的人生重回正轨了。他感激凶手。

正纪笑了笑，走回病房。

38

　　大山正纪一个人闷在房间里。身为"大山正纪"同名同姓受害者协会的主办人，他为无力感所侵袭。

　　受凶手"大山正纪"的罪行影响，同名同姓者的人生脱了轨。要找回人生，就必须将"大山正纪"的真身公之于世，证明他们不是此人。出于这种想法，"大山正纪"同名同姓受害者协会的目标一直是找出凶手。凶手却假冒身份，混进会里，其后不知所终。

　　曾驰骋绿茵场的大山正纪说，他给凶手"大山正纪"发邮件，成功见到了对方。但听"大山正纪"本人说了爱美被害案的犯罪动机后，又发生了什么呢？

　　这种自作主张的行动叫正纪火气更大了。如果曾驰骋绿茵场的大山正纪在联系上对方时就通知他，他们本可以全员出动，抓住凶手"大山正纪"的。

　　他们要直接向"大山正纪"宣泄自己的满腔心事，满腔痛苦，说服他拍露脸视频道歉，再由"大山正纪"同名同姓受害者协会主导发布视频。如此一来，就能让公众普遍了解到与罪犯同名同姓之人的烦恼。在被害人、被害人家属还有加害者家属的痛苦掩盖下，这种烦恼想必无人关注，但它的的确确地存在于现实之中。他们可以引起大众的注意，提出新的社会问题。

正纪本是这样设想的。大好的机会，就这么浪费了。

他不禁叹息。

凶手"大山正纪"这会儿会在哪里做什么呢？完全叫他给逃掉了。

——已经了结了。

电话中听到的话语猛地涌上脑海。责备曾驰骋绿茵场的大山正纪独自行动时，对方在回以"我们的人生问题应该不用再担心了"后，说了这样一句。

这到底是什么意思？

"了结"是指什么？

再追问下去，他意味深长地回答。

——就是已经结束了。你关注一下新闻，很快就会明白的。

正纪想让他解释，他却自顾自地挂了电话，再打也打不通了。

他的意思是关注一下新闻，就会明白"了结"的含义吗？这说明媒体可能会报道与凶手"大山正纪"相关或是与同名同姓受害者相关的消息。

到底发生了什么？

既然会上新闻，想必不是小事。同名同姓受害者当真能摆脱痛苦吗？当真不用再为人生担忧了吗？

正纪直盯着手机，不住地在新闻网站上按"刷新"。如果有什么消息，网络应该比电视要快。

然而这一天什么消息也没有。以防万一，他也看了各家电视台的晚间新闻，却依然不见大山正纪的名字。

他放弃，直接上了床，第二天一大早就看手机，把新闻网站的标题一条条翻过去。

《诈骗团伙遭揭发，被骗总额逾二十亿日元》
《三岁女童被弃养，活活饿死》
《大学教授对男学生职权骚扰》
《十五岁高中生因持有大麻被捕》

他无视一眼就看得出无关的报道，遇到只凭标题难以排除的报道就看内文。

就在这时——

《男性坠楼身亡，自首男子被捕》

他点击标题，打开报道的一瞬间，心跳声骤然加快，太阳穴的血流开始咕嘟作响。

本月25日晚，一名居住于东京都××区××町的男子因杀人向警方投案自首。

据警方消息，25日晚8时许，男子至位于东京都××区××町的警察署自首，称其"在废弃酒店的天台上与人扭打，致使对方坠楼死亡"。

警方以涉嫌伤害致死罪，逮捕并审讯了因致大山正纪死亡而自首的嫌疑人大山正纪。警方认为两位同名同姓者间存在纠葛，正谨慎展开调查。

2021年1月26日

正纪目瞪口呆地盯着报道。

大山正纪害死大山正纪。

换作局外人看到这种内容，恐怕会满脑子问号。嫌疑人和被害人的照片都尚未公开。

——就是已经结束了。你关注一下新闻，很快就会明白的。

脑海中不断回响曾驰骋绿茵场的大山正纪最后说的话。

正纪现在终于明白这句话的意思了。

曾驰骋绿茵场的大山正纪和凶手"大山正纪"扭打起来，致使"大山正纪"死亡，所以才有了了结。

正纪想：竟然会是这种方式。

"大山正纪"的噩梦终结在同为大山正纪者的手上。

但这样当真就结束了吗？

大山正纪害死了"大山正纪"。大众会谈论此事取乐，大山正纪的名字只怕又要被大书特书。

动机无疑就是同名同姓的痛苦。曾驰骋绿茵场的大山正纪话音中像是放下了，心里却一定还受着仇恨与痛苦的煎熬。

他是在直接见到凶手"大山正纪"后，克制不住情绪了吧？

在电话中说起这些时，曾驰骋绿茵场的大山正纪就已经决定要自首了。

正纪关掉新闻页面。大山正纪害死"大山正纪"的事件估计很快就会引起关注，闹得沸沸扬扬。不知道同名同姓痛苦的人、知道了也无法理解的人会更大放厥词。

对别人的痛苦毫不理解。

扛着正义之旗攻击恶人的人，有多少是真的面对过别人的伤痛的？

正纪给参加过"大山正纪"同名同姓受害者协会的所有人群发邮件。他附上大山正纪害死"大山正纪"并被捕的新闻链接，总结说下次应该就是最后一次聚会了。

尽管突然定于第二天聚会，除了正纪，还是有五个人来了"大山正纪"同名同姓受害者协会。

中等身材的大山正纪、棕发的大山正纪、蒜头鼻的大山正纪、做研究的大山正纪、上初中的大山正纪。正在住院的家庭教师大山正纪和已经分道扬镳的眯缝眼大山正纪没有回信。

记者在回信里冷淡地说本职工作太忙，无暇参加。这恐怕是借口。他是看凶手"大山正纪"已死，所以对"同名同姓问题"没了兴趣。毕竟噱头已经不在人世了。

只要采用过激手段——向社会曝光赎罪后回归社会的少年犯罪者的真身，"大山正纪"同名同姓受害者协会就会大受关注。话题性十足。身处内部的记者也可以传达当事人的心声，扬名立万。

——你只怕是想拿我们当枪使，好制造新的社会话题吧？

脑海中回想起曾驰骋绿茵场的大山正纪的指责。看来他没有说错。

所以"同名同姓问题"一旦没了甜头，记者就失去了兴趣。

"我一直在关注新闻。"棕发的大山正纪说，"可是还没看到后续报道。"

做研究的大山正纪叹息地摇摇头："没想到会这样收场……"语气中透出悔恨。

令人窒息的沉默降临。

他们的路到底走对了吗？互相倾诉同名同姓带来的伤害，互相安慰与激励。创建同名同姓受害者协会的动机仅止于此。但在比受害者更愤怒的记者激情演说的煽动下，他们认定向社会曝光凶手的真身是正义之举，能解救他们的人生。

结果大家都看到了。

从某种意义上来说，曾驰骋绿茵场的大山正纪是反对这种算得上暴力的手段的。但他见到凶手后，酿成了凶案。他是被他们拖下水的。

打破沉默的是蒜头鼻的大山正纪："但这样我们就解脱了。既然凶手'大山正纪'已死，我们就绝不会是他。"

中等身材的大山正纪反对："害死他的也是大山正纪，而且原因是受同名同姓所苦。"

"这样社会就会知道我们的痛苦了。"

"这可不见得。这次他们俩都成年了，所以名字都见了报。我们的名字到底要传遍全国，被人当乐子看了。"

"不至于吧……"

"你觉得网上的人会不调侃吗？大山正纪害死'大山正纪'，被害人还是有前科的猎奇杀人犯，动机是同名同姓的痛苦——这不是送上门来的段子？网站、推特还有匿名论坛都会乐翻天的。《新闻秀》也一样。反正真名也见光了，我们再不愿意，同名同姓也会引发关注的。"

蒜头鼻的大山正纪苦着脸垂下头，像是想象到了即将来临的暗淡未来。

"还有，"棕发的大山正纪叹着气说，"警方一旦断定这是扭打致死的事故，以受同名同姓之苦为由，害死凶手'大山正纪'的大山正纪很快就会出来，还有可能缓刑。就算世上没了个猎奇杀人犯'大山正纪'，可还有那个'大山正纪'在。以后我们每次向别人说起同名同姓的痛苦，对方都会怀疑我们是不是害死凶手'大山正纪'的大山正纪。"

很有这个可能。往后就是伤害致死被捕的大山正纪阴魂不散了。

事情怎么会闹成这样？

正纪曾衷心祈求世上再没有凶手"大山正纪"，但他绝没有想过这种结局。他们做错了什么？现在木已成舟，无可挽回了。

"话说回来……"做研究的大山正纪疑惑地说，"我不明白的是，他们之间发生了什么。"

"你是指？"正纪反问。

"照他的说法，他见到凶手'大山正纪'之后，问出'大山正纪'杀害小女孩的动机是受同学霸凌了吧？是被遇害小女孩的姐姐霸凌了。'大山正纪'都肯坦白这些了，怎么还会扭打起来？"

"……不知道。他在电话里根本没说。要是有后续报道，说不定会真相大白。"

曾驰骋绿茵场的大山正纪说，因为爱美被害案，他被推荐上足球名牌大学的事泡了汤。

看他自己的样子，像是时间久了，也接受了。难道他内心另有想法？又或者是见到"大山正纪"本人后，聊着聊着气急了眼？

全是谜。

出入口的大门就是这时被敲响的。

正纪与其他大山正纪们面面相觑。或许是两个缺席者之一来了。

"我去开。"正纪走到出入口处，打开大门。

站在门口的，是曾驰骋绿茵场的大山正纪。

正纪哑然，一时呆在原地。这人应该被捕了，怎么会出现在眼前？

要说是被释放了，也未免太快了。

其他大山正纪走过来后，也个个呆若木鸡，说不出话来，表情活像是见了鬼。

"你……怎么会来？"正纪用发颤的声音挤出这句话。

曾驰骋绿茵场的大山正纪环视参加者们："……我收到了要聚会的邮件，犹豫了很久要不要来，就拖到了现在。"

为了省事，正纪是给"受害者协会"里登记过的人群发的邮件。但是——

"你不是被捕了吗？"

"被捕？"曾驰骋绿茵场的大山正纪纳闷道。

"我看到报道了。'大山正纪'坠楼死了。是你把他从废弃酒店的天台上推下去的吧？"

"……不是我。"

"那到底是谁？"

曾驰骋绿茵场的大山正纪深吸一口气，答道："自首被捕的是凶手'大山正纪'。"

"什么？"无法理解的话语像陌生的语种一样，从耳边吹过，正纪丝毫没有听懂，"……坠楼死的不是凶手'大山正纪'吗？"

"不是的。"

"那凶手'大山正纪'还活着？"

"是的。等事情都查清楚了，报道里说不定也会曝光他的长相。"

被捕的是凶手"大山正纪"。

既然这是事实，那正纪有一个大大的疑问。

坠楼而死的究竟是谁？

背后窜过一股寒气。

这世上应该还有些大山正纪没有参加"大山正纪"同名同姓受害者协会。但他们不知道凶手的长相与邮箱地址，也无从接触起。换言之，坠楼而死的是来过聚会的大山正纪中的一人。

这次没有回音，也没有来的是眯缝眼的大山正纪和当家庭教师的大山正纪。他刚和当家庭教师的大山正纪通过电话，那剩下的就是——

正纪紧张地咽下一口唾沫。吞咽声在胸腔中响得厉害。

"大山，"正纪说，"你说过你三天前见了凶手'大山正纪'，还跟他聊了聊。坠楼事件是那之后才发生的吧？可是你好像早就知道这件事了。我猜啊，废弃酒店的天台上是不是有三个大山正纪，然后有两个扭打起来，其中一个——"

曾驰骋绿茵场的大山正纪静静摇头："坠楼事件是一个多月前发生的。"

"什么？"

"……凶手'大山正纪'是一个多月前跟以前的同学大山正纪扭打起来，导致对方摔死的。"

39

来到"大山正纪"同名同姓受害者协会的大山正纪眼见众人大感不解，一时不知该从哪里讲起。

"总之，先进来再说吧。"最年长的大山正纪提议。其他人都点头赞同。主办聚会的大山正纪让到一边，示意"请进"。

正纪走到会场中间。他感到所有人的视线都落在自己背上。

他在桌前停下脚步，扭过头，与表情僵硬的大山正纪们对视。

"说吧，以前的同学大山正纪又是谁？"主办聚会的大山正纪开门见山地问。

"……我从头讲起。"正纪说，"四天前大家回去之后，我想了又想，给凶手'大山正纪'发了邮件。我没期待他回复我。说不定我心里是想，这样也算是找到借口，说自己做过点什么了。可是他回了邮件。"

"他为什么只回复你？"

"我不知道。邮件是我一时冲动下乱写的，都是自顾自在说。可能是哪里触动到他了，他回信说'我想跟你聊聊'……我犹豫了一阵子，还是答应了。地点不是废弃酒店，而是他指定的公园。那座公园挺大的，但没什么人。"

"你为什么一个人去见他？"

"他说了，要是有人一起去，他不会现身。他指定那家视野开阔的公园，估计也是想远远地观察来见面的人。"

主办聚会的大山正纪一副难以理解的表情，却又默默点了点头。

"我就是在那里跟他聊的。我问他为什么要冒充我，他说他有些羡慕我，因为我在高中足球界踢出过成绩，受到瞩目，人气不错。估计是因为我们同名，年纪又相近，弄得他更在意我了。"

"……我也经历过，我明白。"

"凶手说他知道'大山正纪'同名同姓受害者协会这个组织之后，不惜假冒身份混了进来。可到了自我介绍时，他不知该如何回答，情急之下灵机一动，就冒充我了。他听了每个人的自我介绍，已经确定我没去了。"

——我想当受老天眷顾的大山正纪。

凶手"大山正纪"表情痛切地嘟囔。

事实上，正纪上高中时全神投入足球，每天都过得很充实。他有梦想，为了梦想不断努力。他梦想以后让全日本都知道自己的名字。

"我把自己的全身心都投入进去了。"

他向往聚光灯下的位置，将青春献给了足球。不料同名同姓的少年犯下猎奇杀人案，人生蒙上了阴影，他自己永远无法拭去的阴影。

口头答应过他的推荐入学被毁约，最后他上了一家偏差值①较低的普通大学。他在那里进了很一般的足球社，开始自娱自乐地踢球。竞争对手学校的王牌球员顶替他靠推荐入学升入足球名牌大学后，在天皇杯上大放异彩，赢得了职业球坛的关注。看到这条新闻时，他不免大受打击。竞争对手实现了他花了两三年时间去忘却的梦想。

---

① 偏差值：日本升学时使用的分数排位计算方式。

凶手"大山正纪"回归社会,是又过了四年后的事了。他怕人生破灭,但没有输给名字。

——我想找回自己的人生。

正纪这样想着,又开始追梦。

"对方说'我不一样。我输给了名字,很痛苦'。说着,他就开始倾诉了。我在电话里也说过,凶手'大山正纪'在高中被人霸凌。猥亵女童被捕的小学老师名字就叫大山正纪,连累到了他。"

——你以后也会变成那样的罪犯吧?

他只是喜欢动画,在教室的一角画画女孩子,就背上了这样的罪名。因为他和性犯罪者同名同姓。

他会参加"大山正纪"同名同姓受害者协会,或许是因为他自己在上高中时,就备受同名同姓的性犯罪者困扰。

"但是,当时同一所学校里其实还有一个大山正纪。"

众人发出惊异与不解的声音。

"他们好像不在一个班,但另外那个人同为大山正纪,却没有受到霸凌。"

"还有这么个大山正纪……"主办聚会的大山正纪神情复杂地皱起眉头,"那更会比较,更会痛苦了吧?毕竟身边就有个名字一样却不受霸凌的大山正纪在。"

"是啊。最后他受不了这种环境的折磨,绝望之下下了狠手。"

"就算是这样吧!"蒜头鼻的大山正纪愤慨地说,"我也不会因为这种原因就同情他的。谁没受过苦。我们尝过想放弃人生的绝望,可也没有杀人;心死了,可也咬牙忍着。"

在虐杀无辜的小女孩时,他已是板上钉钉的加害者了。受霸凌也不是这么做的正当理由。但这一事实若是被公之于众,或许会扭转舆论的走向。毕竟这世上无缘无故受到他人伤害与折磨的人数远超想象。

——因为你土。因为你丑。因为你性格阴暗。因为你社恐。因为你宅。因为你画萌图。因为你学习不好。因为你和罪犯同名同姓。

无论在现实里,还是在社交网络上,都有些人没有攻击旁人,却因为上述的种种借口遭到谩骂与中伤。他们受到了伤害。一定有不少人和怒火攻心的"大山正纪"有共鸣。

主办聚会的大山正纪问:"坠楼而死的那个大山正纪就是他以前的同学吗?"

正纪点点头:"提到这个同学时,凶手'大山正纪'说他已经不在人世了。我追问他之后,他坦白说一个多月前同学大山正纪联系他,约他出去。"

——坦白说,我没想到你会答应出来。

——因为你,我吃了多少苦头。因为跟你同名,我的人生倒了大霉。

同学大山正纪向他宣泄了多年的积怨。同一所高中里同名同姓的人犯了猎奇杀人罪,即使这个大山正纪未受同名同姓的性犯罪者风评的牵连,也到底躲不过这一次的负面影响。他应该和其他许多大山正纪一样,受了不少苦。

"我弄好不在场证明了。"

同学大山正纪在倾吐完心声后,这样说。

——只要你还活着,我就无法夺回我的人生。

——我要夺回我的人生。

同学大山正纪激愤不已,朝他扑来。他们在废弃酒店的天台上扭成一团,最后对方坠楼。

这是他第二次杀人。

凶手"大山正纪"说,眼前的景象叫他害怕。这次媒体恐怕会曝出他的照片。他也许没法轻易回归社会了。

——要是尸体被发现，人生就彻底完了。

"'大山正纪'说他被逼急了，想藏尸。他联系他妈妈，叫她开车来接他，把遗体运了出去。"

"这也太过了……"主办聚会的大山正纪否定似的摇摇头，"他妈妈竟然会帮忙藏尸……"

"听说凶手的妈妈因为儿子是猎奇杀人犯，受不住舆论的谴责，自杀未遂过。既然她体会过生不如死的滋味，那知道儿子再犯，应该吓得魂都飞了。"

忽然有一天，成了猎奇杀人犯之母。这种痛苦难以想象。公众的责难、媒体的连日围追堵截、邻居的眼神……

正纪操作手机，点开收藏夹中的报道，给众人看。

本月20日上午八点半左右，有人报警称"奥多摩的山崖下有男性尸体"。据警视厅消息，发现尸体时，该男子挂在山路斜坡约五米下的树上。男子名为大山正纪（二十三岁）。其母称"他两天前说去远足，此后就失去联系"。警方认为该男子是在远足时不小心坠坡而死的。

"就是这个。"

看了屏幕的主办人大山正纪惊叫："啊！我知道这篇报道。我看过。我还在会上说，要是死了的是凶手'大山正纪'，我们就解脱了。难道就是他？"

正纪放松似的吐出一口气，点点头："就是那个同学大山正纪。他跟凶手一个年级，所以年龄自然也一样。"

"我还以为就是起意外死亡。"

"他为了杀凶手'大山正纪'伪造不在场证明,结果搬起石头砸了自己的脚。"

凶手"大山正纪"说,同学大山正纪告诉他自己骗家人"去奥多摩远足了",说完就朝他扑了过去。但他反过来利用了这份不在场证明。他将尸体运到奥多摩山中,丢到山崖下,弄成远足中意外出事的样子。

主办聚会的大山正纪用紧张的声音说:"这次媒体光明正大地报道了名字,一旦发现被捕的就是猎奇杀人犯'大山正纪',就会闹得满城风雨。这只是时间的问题。"

正纪想象这种可能:"这是一定的。我们也得做好心理准备了。"

"这次他的长相——"蒜头鼻的大山正纪探出身子,"准会被曝光。这么一来,我们就可以证明自己不是他了。也未必都是坏事。"

提出不同意见的是最年长的大山正纪:"他的照片会登出来吗?我倒觉得回归社会的少年犯在成年后再犯的话,媒体会比较谨慎。要是法院认可了正当防卫,他还可能无罪,就更不会被曝光了。"

众人陷入沉默。

这次自首或许只会造成一个结果:大山正纪的名字传遍全日本。

"凶手'大山正纪'为什么会自首?"棕发的大山正纪问。

"……警察没那么好骗。发现尸体时,因为有死者母亲的证言在,通报说他是意外死亡,媒体也是这么报道的。但警方好像怀疑死亡现场不在那里,在调查了。"

"这些你是从哪里知道的?"

"凶手'大山正纪'自己说的。他跟我说被害人的电脑里找出了证据,显示被害人在他出狱后,搜了很多跟他相关的信息,所以警察来找他了。他知道自己有嫌疑,觉得被捕只是时间的问题,就自首了。"

众人恍然大悟地点点头。

"话说回来，会里遇袭的那位大山正纪来了吗？"

主办聚会的大山正纪像是不解他何以另起话头，但立刻答道："当家庭教师的大山遭到袭击，住院了。"

"听说那位大山正纪就是被凶手'大山正纪'给打的。"

"啊？为什么？"

"他说当家庭教师的大山就是那个猥亵女童的小学老师。"

众人失声惊叫。

"那个小学老师像是假报年龄来参加的。凶手'大山正纪'上高中时一直走不出猥亵女童的大山正纪的阴影，所以会上一见面就认出来了。他好像见过对方被捕时的照片，怒气上冲，就动手报仇了。"

"原来是这样……我七年前在网上看到报道时没有点开，所以没见过那个小学老师的照片。"

"要是见过，说不定你也会认出来。可惜发现他是那个小学老师的只有凶手'大山正纪'。"

"……这么一说，当家庭教师的大山报告说自己遇袭时，凶手'大山正纪'告诉我们，电车里有人往他后背上贴了字条。他还提到了'猎捕大山正纪'这个词……看来是事先就准备好了字条，想把自己犯罪的责任推到失去理智的大众身上。"

完全是同名同姓的连锁效应。

主办聚会的大山正纪垂眼喃喃道："我们以后会怎么样呢？"

正纪咬紧牙关，缓缓吐出一口气。

——走不出名字阴影的人生。凶手"大山正纪"被捕，会给它画上句号吗？

他不知道。

社交网络上依然每天都有人在伤害别人。他们以自己受到伤害、心里不痛快、愤慨了一类的理由正当化这种行为，毫不怀疑自己的正义性，也不去想象他们的正义可能会诅咒、折磨、伤害别人。

被同名同姓左右的人生究竟算是什么？是谁的罪过？是犯罪的人，或是将同名同姓者与凶手混为一谈的人，还是败给名字的自己？

赢不过犯下重罪者的恶名是当然的。越是负面新闻，越让人印象深刻。

"……自从'大山正纪'犯案后，我一直在想。"正纪说，"大家都太喜欢攻击别人了。"

他觉得自从新冠肺炎疫情蔓延，人们被迫减少外出后，从前靠理性与道德压制的攻击性就决堤而出了。公务员、个体户、自由职业者、艺人、运动员……只是诉诉苦，就会招致围攻。一张笑容满面的照片也会遭到声讨。

"大山正纪"在这种时候出了少年监狱，正是天生的靶子。

"被误认为是凶手父亲的无辜员工发了大众眼中的歧视性推文，激起骂战的女大山正纪、被冤枉的保育员在推特上都受到了诽谤中伤。'大山正纪'上高中时只是画了些动画图，就遭到霸凌。那边那位也是——"

正纪看看上初中的大山正纪。听说同学借着同名同姓的由头霸凌他，叫他很痛苦。

"最可怕的是，有些人相信自己有权决定可以诽谤中伤的对象。痛苦地陈述语言暴力何等残酷的人，在面对他们认为罪无可恕之人时，也动辄恶语相向。如果对面是杀人犯，就可以肆意辱骂？如果是性犯罪者呢？是说过歧视性话语的人呢？是大放厥词的人呢？是出轨的艺人呢？是画不健康漫画的漫画家呢？是街头采访里说话让人反感的普通人呢？对面是谁，就可以心安理得地骂到他自杀？"

"大家都说，我没有逼他自杀。"主办聚会的大山正纪说，"我只是在批评十恶不赦的罪行而已。"

"是啊。可那些受到大众批评的人只是碰巧没有自杀而已。"

"碰巧……"

"那些因为发言、兴趣或者出轨招致大众声讨的人只是最后没有自杀而已。只要自以为有权去批评去攻击的人,他们攻击的人还活着——还没有自杀,大家不用背上'杀人罪'了,仅此而已。"

铺天盖地的批评,全盘否定对方的人格,这种杀伤力自然足以杀死一个人。

"请大家想一想自己上初中、高中的时候,应该恶作剧过,开过冒犯别人的玩笑,也说过不合适的话。要是有人咬定自己一次都没有说过,那他要么是忘了,要么是没有自知之明。事实如此。可社交网络上却进入了这样一个时代:没说过是理所当然的,只要失言一次,人格就会遭到全盘否定。不管从前做过多少善事,说错一句话就会沦为恶人,招致围攻。"

主办聚会的大山正纪默不作声地点点头。

"这个时代不允许原谅。不一起声讨,大众就会攻击你,说你在助纣为虐,支持恶人。我想,有很多人是不想遭到攻击,才去攻击当时的牺牲品的。这就是霸凌的结构。如果不跟着霸凌群体霸凌他们讨厌的人,下一个被霸凌的就是自己。"

"你说得对。我以前也这么想过。"

"现在这个时代,说说自己的努力都会遭到攻击。我也经历过。我妈妈支持我追梦,每天都会给我做营养均衡的饭菜。我在高中足球界踢出了一点成绩,妈妈接受采访,讲了这段轶事后,被网红给批评了,弄得推特上都在攻击。"

"别说得跟美谈似的,好不爽。"

"妈妈对你好不是理所当然的，恶心。"
"要是其他母亲也被逼着这么做，可怎么办？"
"这篇报道会害苦全世界的母亲的，影响不好。"

一个人的抨击推文以比瘟疫传播更快的速度传播开来，将负面情绪传染给大众。

愤怒、仇恨、悲伤……

"看到他们批评有营养师证的妈妈对我的爱，我很伤心，妈妈自己也很伤心。真希望这些人在说报道影响不好之前，先想想自己的话会不会伤到别人。我受够了戾气这么大的世界，两三年前就戒了网，然后开始摆脱杂念，积极朝着目标努力。"

"原来是这样。"

"我认为我们是时候走出那些人的'恶意'了。逼人去死的话毫无正义可言。"

大山正纪……

正纪左右打量同名同姓的众人。

——他们就是自己。

但又不是自己。即使大家同名同姓，像克隆出来的一样，身世、出生时间、父母、朋友、价值观、想法、强项、弱项等也全然不同，是一个个不同的人。

正纪轻叹一声。

他身边的人恐怕也和别人同名同姓。就这一点来说，几乎所有的日本人都有同名同姓之人。也有女性和被害人津田爱美同名同姓吧？看到媒体连日报道"自己的死"，她心里也绝不会好受。这应该比其他案件更容易叫她移情。

"我——"正纪开口，"现在在认真地踢足球。"

大山正纪们齐齐惊呼："啊？"

"坦白说，要进职业球坛，是晚了很多，但我参加了乙级联赛球队的选拔——入队测试。他们很少公开招募，可高中时的教练帮我介绍，给了我挑战的机会。"

"那——那结果呢？"主办聚会的大山正纪用恳求的眼神问。不，更准确地说，他有追根问底的意思，像是相信这个答案会解救自己……

"我成了'练习生'。'练习生'没有薪水，但可以参加练习，争取拿到职业合同。"

"职业……"

"以前也有中泽佑二这样的例子。他是后卫，从练习生变成职业球员，在职业联赛上大显身手，甚至进了日本国家队。努力是可以开拓未来的。"

努力做出成果，消除恶名也不是没有希望。

"我一定会洗掉恶名的。"正纪带着决心说，"不管要花上多少年，我都要用我的名字活下去。"

他遇到过看他时带有偏见与怀疑的人，但大学足球社的队友态度始终如一。和他们聊得多了，他发现自己被其他人的名字困住了。一直支持他追梦职业球坛的母亲也鼓励了他。

母亲告诉他，她怀孕时是多么期待孩子出生。她说，想了一个多月才想好他的名字，最后定为由代表"人该走（为保护应当保护的对象而行动）的道路"的"纪"和代表"正义"的"正"组合成的"正纪"。

不错，即使叫着同一个名字，名字上寄托的心意也一定各有不同。在这个意义上来说，哪怕同名同姓，依然独一无二。

大山正纪们的视线汇集到一处。

"我们一起洗掉恶名吧。就算一个人办不到,大家一起加油,应该有希望吧?我们大山正纪要一起找回自己的名字。这或许要花上些时间,但我们各自加油,一点点洗掉恶名,说不定就能让大山正纪变成美好的名字。"

"都看我们自己的了……"主办聚会的大山正纪喃喃道。

"是的。我们要积极向上地努力,而不是用曝光凶手照片这种过激的方法。"

"我赞同。"最年长的大山正纪铿锵有力地说,"我也一定会在自己的研究领域做出成绩来的。"

大山正纪齐心协力的话,一定会迎来这么一天。

棕发的大山正纪、蒜头鼻的大山正纪、中等身材的大山正纪都毅然点头。

少年大山正纪有些瑟缩,但语气坚定不移:"我也会在学校里挺起胸膛的。"

名字。

它暧昧,却又无法轻易摆脱。人在看到与自己同名同姓的人时,潜意识里会觉得别扭,觉得不舒服,但多谈几句,或许会发现对方比与自己志趣相投的人更能理解自己。

正纪心情十分舒畅。在名字被"大山正纪"玷污的几年里,他第一次觉得云开雾散,豁然开朗。

未来就在眼前。

尾　声

　　大山正纪在看守所里盘腿而坐，一双眼狠狠地瞪着铁栅栏。

　　与曾驰骋绿茵场的大山正纪在公园里见面的记忆涌上心头。或许是逞强，此人在发来的邮件里倒完积年的苦水后，说现在的生活没有输给名字。所以正纪有了兴趣。在为名字所苦的人里，他是个特例。正纪想和他聊聊。

　　见了面，倾吐完心声，正纪已决意去自首。

　　少年时的前科会对这次的事故有什么样的影响？他的正当防卫能立住脚吗？还是会被判过失致死罪？

　　以前的同学大山正纪。

　　他们对彼此都有堪称同类相斥的感情。同一个名字、同一所学校、同一个年级、同一栋公寓……

　　正纪想起他犯案后的一桩风波。回归社会后，他出于兴趣调查了当时的情况。事情起源于一个邻居发的推文。

　　"附近的公寓门口停了好几台警车，吵得要死，是出什么事了吗？"

　　附的照片是公寓和停在公寓门口的几辆警车，还有穿着警服的警察。同一个人又发推文说："完了！昨天的警察照片好像跟那起爱美被害案有关。凶手竟然就住在附近，吓死人了！"

结果，网民人肉出了住址。拍到庭树间露出的206室名牌——标有"大山"的字样——的照片也传遍全网。网民认定206室就是爱美被害案凶手的家，更挂出那家父亲的工作单位。

但他们找错人了。住在206室的是同学大山正纪一家。

网民最先在二楼找到大山的姓氏，就以为那是凶手的住处。如果他们再查查四楼的名牌，会发现同一栋公寓里有两家姓大山的。

不错，同一所高中的两个大山正纪住在同一栋公寓里。事实上，警察来的是405室。

"我跟踪了大山正纪的爸爸。他在高井电力工作。他妈妈没出家门，可能是全职主妇！"

"我挖出了高井电力主页上的员工名单。猎奇杀人犯大山正纪他爸本名叫大山晴正，今年四十八岁，是个精英，人生赢家，年收入怕是超过一千万了。真没天理。"

"在电视上胡说八道，好像跟他没关系的凶手他爸就是这人吗？"

"看这面相，是能养出个猎奇性犯罪者。这爹当得真垃圾，毫无伦理观、道德和常识。"

"别以为还能过你的安生日子！你养出了个杀人犯儿子，睡觉也给我小心点！"

父亲接受报社采访的报道——"我希望儿子能像我一样，就让他继承了我名字中的一个字。我希望他能像名字一样，'行得正'，关爱他人，度过美好的人生。"——也沦为众矢之的。

"这下子可以确定就是他了。他都承认儿子的名字里也有'正'字了。"

全网的评论都将矛头指向同学大山正纪和他的家人。但几天后,同学大山正纪的爸爸工作的高井电力在官网发布公告,风向随之一变。

> 对于本次的津田爱美被害案,敝司祈盼逝者安息,也对其家属表示悼唁。另外,敝司员工大山晴正与被捕的少年毫无网络传闻中的血缘关系。敬请诸位理解。

就结果而言,这次乌龙风波救了他的父母。人肉凶手一家的风潮就此刹车。可惜附近的居民知道了这件事,逼得他们搬了家。

他对曾驰骋绿茵场的大山正纪说的话涌上脑海。

两个上同一所高中的大山正纪,一个坠楼而死,一个活了下来。

其实是受霸凌的宅男大山正纪坠楼而死,而和女生们一起霸凌他的大山正纪活下来了。

小学、初中的日子十分乏味。他不受女生欢迎,也几乎没有和她们说过话。只有学生会或者什么任务排到一起时,会例行公事地说几句。

他本想在上高中后来个大变身,但气质改了,本性不变。

就在这个时候,他得知同年级里有个和自己同名同姓的学生。

他问了班里的同学,又远远观察过,确定对方是个老老实实地缩在教室一角画画的典型宅男。

——我可不想被当成这种人的同类。

他暗暗地想。他不愿看到"大山正纪"变成没人缘的人的名字。

哪怕只把自己摘出来也行。抱着这个期望,他开始展现两人的差别。

——就算都叫大山正纪,我跟他也不是一路的。

他标榜自己与宅男大山正纪不同，站在女生一边，拿出女生喜欢的观点。他满心想博个好人缘，不惜说些言不由衷的话。没用多久，他就学会了把宅男大山正纪打成反派，把自己粉饰成好人的手段。他通过否定另一个人，坐稳了安全的位子。

"哇……这叫萌图？我生理上就接受不来。这世上有大把健康的作品吧，人还是该多接触接触那种好画。"

"你可不要因为二次元满足不了你，就跑去性犯罪啊。大山正纪再犯罪的话，我的名字都要不干净了。"

"最好别养成这种惹女孩子讨厌的兴趣。这事得怪你自己。你好好反省改过吧。她们被你的画伤害了，有权批评你。"

非难别人的伦理观时，会感觉自己这个庸人也成了圣人。周围的人也深信不疑。事实上，他越是否定宅男大山正纪，价值观相同的女生们就越支持他，越称赞他。以往对他爱理不理的女生忽然开始交口称赞他了。

他学到了一件事。有些女生心地善良，不会批评别人与外界，这一招用起来没有多大效果，但喜欢批评别人与外界的女生一迎合就会称赞他。他心想，真好摆布。

"不愧是大山，跟这位就是不一样。"

"跟画萌图的宅男大山就是不一样。"

"大山说得太对了。"

"大山好懂女孩子的感受！"

"我们受到伤害了，我们好可怜。"

"和认识不到自己错误的人就是不一样。"

越多人向他投来尊敬的视线，他就越兴奋。找一个牺牲品，指责他是恶人，就能享受到众星捧月的待遇。而同名同姓的大山正纪就是最合适的人选。

对比之下，对方显得不堪，更能拉开两人的距离。

——你过不好人生，是你自己的问题吧？要怪你不够努力。我可是很努力的。

宅男大山正纪在废弃酒店的天台上步步紧逼时，他这样还击。

——同名同姓者的罪孽会由同名同姓者继承。

为了让别人相信他和猥亵女童的小学老师大山正纪不同，他努力给人好印象。牺牲并否定宅男大山正纪也是方法之一。为了制造差别，他常去隔壁教室。

宅男大山正纪说他上高中时甚至自杀未遂过。最后他试图袭击霸凌他的人，却没有成功。他在班会上被当成"拿美工刀伤害弱女子的小人"，遭到围攻，于是学也不愿意上了，终日窝在家里。

不想受霸凌的话，迎合她们就行了。只要道句歉，"以后会洗心革面，画正经的画"，就不会被人批评、被人中伤了。

——我就这么做了。

正纪怕自己沦为靶子，事事讨好献媚。无论她们说话何等荒谬，他都肯定赞同，一味隐瞒真我。所以他没有被霸凌，反而赢得一片称赞，说他是好男生。

为了讨人喜欢，时而言不由衷，时而夸大其词，时而随声附和——不管是谁，应该多多少少都这么做过。

一切乱了套，都怪霸凌宅男大山正纪的女生提起了她的妹妹。

"我有个妹妹在读小学，我很担心她！她很可爱，照片能上杂志，要是被人盯上了可怎么办？"

他表示出兴趣后，女生给他看了妹妹的照片。到底是当读者模特的，确实可爱，和姐姐大不相同。

这个六岁的妹妹不像姐姐一样霸凌别人，无邪的笑容迷住了他。他怕别人看出自己被小女孩吸引，表面装得规规矩矩："……嗯，是得防好了。这位大山正纪说不准能犯下同样的事。"

他努力克制冲动,但没能忍住,向她妹妹——爱美搭了话。带进厕所后,爱美抵抗,他不禁掏出本想着用来吓她的凶器。

等他回过神来,一切已经结束。

他出狱后听说,出了杀人犯的高中闹翻了天。媒体也试着采访学生,学生们讲述了对凶手的印象。

"他在班里也独来独往,没有朋友。"

"就是所谓的宅男,沉迷动漫,只有二次元角色是朋友的那种。"

"他对小女孩的执念挺吓人的。"

"能感觉出他不擅长跟现实的女生打交道。他不敢直视女生,就算有事要说,也结结巴巴的。"

"他阴森森的,班里没人愿意跟他打交道。"

学生们讲的是对宅男大山正纪的印象。

这其中有夸张和捏造,但应该不是故意撒谎。女学生遇袭的事已是传遍全校的美工刀事件。

一个大山正纪因杀人嫌疑被捕,另一个大山正纪受了霸凌,不去上学。两个人都不在学校,也难怪有学生分不清他们。

其他班上那些没什么来往的学生一早认定,虐杀六岁女童的大山正纪是宅的那个。因为他很像做得出这种事的人。

媒体采访时也是先预设好答案,再去收集符合他们报道需求的意见,所以没有注意到人都不对。就算发现蹊跷,他们恐怕也无视了。

曾驰骋绿茵场的大山正纪就对受霸凌的宅男大山正纪复仇杀人的说法深信不疑。正纪想让这个没有输给名字的大山正纪当传话筒,所以跟他见了面。

行凶杀人的"大山正纪"受被害人姐姐霸凌的"故事"一旦得到别人的佐证,就会被视为"真相",在社交网络上不胫而走。说得肯定些就行了。就算没有一丝一毫的证据来证实，只要"故事"讲得煞有介事，很多人一看就照单全收。爱美被害案中，那些胡编乱造的谣言被当作事实传遍全网。诉说真相的声音被淹没，大众的脑中只留下"理想的故事"。正纪认为这种风潮愚蠢至极。

他闭上眼，静静呼吸。

但即使世上没有一个人愿意相信，也不要紧。说到底，这些手段对警察本来就没有用。大众信不信都在其次，他也不是为了骗他们才伪装自己的。

在少年监狱中度过的七年时光奔涌而出。

他后悔不该冲动犯案，也在反省自己。他在心中不住地道歉，但又从心底里害怕改恶从善。

一旦改恶从善，他就会认识到自己的罪行何等自私残忍，罪孽何等深重。

他克制不住欲望，在激情的驱使下行了凶。他犯的是重罪，推卸责任、找正当理由等一切手段都不适用。

这太过沉重，压得他内心也近乎崩溃。

他真能承受住吗？

所以他渴望慰藉，再微小也好。他觉得如果没有慰藉，他就没有资格改恶从善。

如果他是宅的那个大山正纪多好。

同名同姓。既然都叫大山正纪，他想顶替受害者色彩更浓、更招人同情的一方。

他想骗的不是公众，而是自己的内心。

只要他的罪孽还有一丝值得同情的余地……他就有资格改恶从善了吧？他就可以允许自己改恶从善了吧？

正纪睁开双眼，眼前是铁网。

他不介意自私的骂名。

他想获得原谅。

得不到原谅，他就无法在社会上活下去。

他已经想好回归社会后第一件要做的事。

出狱后有位律师跟他聊过。律师告诉他，以"洗白前科"为由申请改名很难通过，但这次情况特殊，他还是未成年，真名就被曝光，或许可以争取。以恶名已传遍全国为由去申请，法院有可能同意。

他没有立刻申请，是因为他又害死了宅男大山正纪。当时他感觉自己不久之后就要因为这项罪名被捕。他已经成年，如果改名后被捕，报道的就是改过的名字了。改前的名字也会传扬开。

这样就没有意义了。

所以他想等害死宅男大山正纪的罪行赎完，自己被释放后再去申请。

在"大山正纪"同名同姓受害者协会的成员还在为名字所苦之时，他要舍弃这个可恨的名字。

这次，他一定要用干干净净的名字活下去。

正纪期盼着摆脱名字的束缚。

读客
悬疑文库
认准读客读悬疑，本本都是大师级。

专注出版中、英、美、日、意、法等世界各国各流派的顶尖悬疑作品。

为读者精挑细选，只出版两种作品：
经过时间洗礼，经典中的经典；口碑爆表、有望成为经典的当代名作。

跟着读客悬疑文库，在大师级的悬疑作品中，
经历惊险反转的脑力激荡，一窥人性的善恶吧。

打开淘宝，扫码进入读客旗舰店，
下一本悬疑更惊奇！